MAX MEIER-JOBST

DAS ERWACHEN DER UNSCHULD

Bibliografische Information der Deutschen Nationalbibliothek:
Die Deutsche Nationalbibliothek verzeichnet diese Publikation
in der Deutschen Nationalbibliografie; detaillierte bibliografische Daten sind im Internet über http://dnb.dnb.de abrufbar.

Umschlagfoto Fotolia/Denisfilm

Herstellung und Verlag: BoD – Books on Demand, Norder-
stedt

ISBN: 9783744868532

Prolog

Entgegen der sonstigen Gepflogenheiten im Stahlhof, der ja immerhin eine Einrichtung der Offenen Kinder- und Jugendarbeit war, schloss der Leiter hin und wieder die Tür zu seinem winzigen Büro. Alle hier wussten, was das bedeutete: Der Boss brauchte seine Ruhe. Er erzählte zwar jedem, der es hören wollte, dass einem seine Tür immer offen stand, aber das durfte man nicht wörtlich verstehen. Mittlerweile hatten seine Mitarbeiter gelernt, dass man ihn in manchen Situationen lieber nicht störte, wenn man es sich nicht nachhaltig mit ihm verscherzen wollte.

Um sich in Stimmung zu bringen, machte er Musik an. Die eingestaubten CDs im Regal waren genauso alt wie der überdimensionierte, im Proberaum ausrangierte Ghettoblaster, der aus Platzmangel am Boden stand. Niemand nutzte mehr ein solches Gerät, aber wie von so vielen liebgewonnenen, althergebrachten Dingen im Stahlhof hatte er sich auch davon einfach nicht trennen können.

Die zweite Strophe seines Lieblingsliedes von Tocotronic, „Mein Prinz", war gerade verklungen, da klopfte es. Da es untypisch war, dass die Kinder anklopften – wenn sie etwas wollten, platzten sie meist einfach herein – musste er davon ausgehen, es könne sich doch um einen Kollegen handeln, der es wagte, die ungeschriebene Regel zu missachten. Missmutig stellte er die Musik aus und rief „Herein", doch seine Miene hellte sich sofort auf, als er sah, wer es war.

Der Junge war elf, maximal zwölf, hatte schokoladenbraune Haut, tieftraurige dunkle Augen und einen wunderschönen Lockenkopf. Anders gesagt: Er war perfekt.

„Du wolltest mich sprechen, Boss?"

Er stritt es zwar stets ab, aber insgeheim liebte er es, wenn die Kids ihn so nannten. Besonders wenn sie es, so wie dieser kleine Engel, wirklich noch ehrfürchtig und respektvoll meinten, ohne jede Spur von Sarkasmus oder Ironie.

„Setz dich. Willst du was trinken?"

Der Junge nahm auf dem kleinen Klappstuhl Platz aber schüttelte mit dem Kopf. Dennoch bekam er eine Flasche Cola vor sich auf den Schreibtisch gestellt, die für solche Anlässe stets in der untersten Schublade des Schreibtischs in einer kleinen Kühlbox bereitlag. Nur zögerlich ließ er sich durch die einladende Geste des Pädagogen überzeugen, einen Schluck zu nehmen.

„Du kommst ja noch nicht all zu lang zu uns. Ein paar Mal haben wir beide dennoch bereits das Vergnügen gehabt. Und ich habe dabei schnell gemerkt: Du bist ein ganz besonderer Junge."

Das sagte er immer, aber diesmal stimmte es wirklich. Ein unterdrücktes Lächeln huschte über das sanfte Gesicht des Kindes.

„Heute ist dein Glückstag. Denn ich habe eine ganz besondere Überraschung für dich. Etwas, das sich jedes Kind in deinem Alter hier wünscht. Hast du eine Ahnung, welchen Wunsch ich meine?"

Der Junge schwieg und es war nicht ganz klar, ob er noch über die Frage nachdachte oder wartete, dass sein Gegenüber weitererzählte, also hakte der Pädagoge lieber noch einmal nach. „Was ist denn dein größter Wunsch, seitdem du am Stahlhof bist?"

„Dass meine Eltern sich wieder vertragen."

Was für ein süßes, unschuldiges Kind. Kurz überlegte er, ob er ihn wieder wegschicken sollte, doch als er sah, wie er den Blick senkte und mit der rechten Hand verlegen an seinen Locken spielte, wusste er, dass es unmöglich war, einen solch perfekten Jungen gehen zu lassen.

„Das ist ein schöner Wunsch und ich drücke dir die Daumen, dass er in Erfüllung geht. Aber ich meinte das eher bezogen auf den Stahlhof. Es gibt doch hier einen Ort, von dem du bestimmt schon gehört hast, aber den du noch nicht kennst, oder?"

Jetzt war der Groschen gefallen. Er machte große Augen. „Ich darf in die Lounge?"

„Ganz genau. Dort wo sonst nur die Großen hindürfen."

„Wann?"

„Jetzt sofort, wenn du möchtest."

„Aber… Es ist doch gar nicht Freitagabend." Aufregung und Neugierde standen ihm förmlich ins Gesicht geschrieben.

„Na und? Ich hab schließlich den Generalschlüssel und kann in die Lounge wann immer ich will. Aber das muss unter uns bleiben. Sonst will am Ende noch jeder dahin. Und das geht natürlich nicht. Also, kein Wort zu niemandem, versprichst du mir das?"

Das Ja kam wie aus der Pistole geschossen. Spätestens jetzt wusste er, dass es klappen und wunderbar werden würde.

1.

Der Stahlhof war in jeder Hinsicht ein außergewöhnlicher Jugendclub. Gegründet in den 1970er-Jahren von einer Gruppe Studenten, hatte er sich etwas Klandestines bewahrt. Die Sagen und Legenden, Gerüchte und Halbwahrheiten über das, was hinter den Mauern der einstigen Fabrik geschah, rankten und sprossen seit jeher genauso wie das Efeu an den Außenwänden der backsteingotischen Industriebrache.

Wohlmeinend könnte man es so ausdrücken: Die Einrichtung genoss den Ruf eines Ortes der alternativen Jugendkultur. Und das, obwohl die linksautonomen Besetzer, die Obrigkeits- und Konsumverweigerer von damals, mittlerweile ganz normale Mieter und Beschäftigte waren, mit Bezahlung in Anlehnung an die Tarifverträge des öffentlichen Dienstes – und ihr Arbeitgeber, der Stahlhof e.V., ein zu hundert Prozent aus kommunalen Mitteln finanzierter Träger der Jugendhilfe.

Mit diesen bürgerlich-bürokratischen Strukturen waren die meisten Bewohner der Großbausiedlung Schmachthagen natürlich nicht vertraut, und so konnten die in die Jahre gekommenen Pädagogen weiter erfolgreich den Geist des Gründungsmythos kultivieren, indem sie sich als die letzte Bastion eines staats- und kapitalfernen Jugendfreiraums ausgaben, für die sie sich tatsächlich hielten.

Da ohnehin jeder im Stadtteil genau wusste (oder zu wissen glaubte), was sich in der ehemaligen Ziegelei befand, verzichteten die Betreiber auf jegliche Werbung oder Öffentlichkeitsarbeit. Es gab noch nicht einmal ein Schild am Eingang. Rein gar nichts ließ von außen darauf schließen, dass sich hinter dem kleinen, rostigen und mit vielen Schichten von Graffiti übersprühtem Tor ein Jugendclub befand.

Wer durch dieses Tor ging, entkam dem Ghetto aus Hochhausschluchten und Hoffnungslosigkeit und betrat doch gleichzeitig ein anderes. Tauchte auch noch so oft der Begriff ‚Offene Jugendarbeit' in den Vereinsstatuten auf, der Stahlhof war ein geschlossenes System, verheißungsvoll und doch gnadenlos.

Zunächst einmal standen für die allermeisten Jugendlichen jedoch die Annehmlichkeiten im Vordergrund, die der Stahlhof seinen Besuchern bot und die sich, oberflächlich betrachtet, kaum von jenen unterschieden, mit denen andere Einrichtungen um die Gunst der Zielgruppe warben.

Da war der mit Sperrmüllsofas und billiger Auslegware eingerichtete Club-Bereich, gut ausgestattet mit beliebten Spielen einschließlich Videospielen aller Art – populäre Einstiegsdrogen für die Jüngsten.

Dann natürlich der Freizeitraum mit den obligatorischen Kicker- und Billardtischen, Dartscheiben und Tischtennisplatten sowie ein großer Bolzplatz mit Kleinraumtoren und Basketballkorb im Hinterhof. Daneben, für die kalten Tage, sogar eine improvisierte Turnhalle, sprich, ein mit Matten ausgelegter Raum mit Softbällen und Boxsäcken. Allesamt Orte für Jungs, für Wettkampf und Rauferei, für das Ausleben roher Gewalt unter dem Deckmantel des Sports, befreit vom Leistungsdruck der Vereine und den Zwängen des Fairplays.

Auch die Mädchen hatten ihre Räume, und da half zum Leidwesen mancher Pädagogen kein Gender-Mainstreaming und auch keine konzeptionell verordnete Emanzipation: Sie dekorierten sie in Pink, verrichteten darin Bastel- und Handarbeiten, backten Muffins oder übten sich in Hochsteckfrisuren und Hennatattoos.

So weit, so normal. Doch der Stahlhof war bedeutend mehr als die Summe seiner Angebote. Er war so vielschichtig wie der abbröckelnde Putz an den Wänden und so undurchsichtig wie die überwucherten Mauern und beschmierten Wände, die ihn vor den Blicken der Außenwelt schützten.

Über allem stand der Zusammenhalt, das Gruppen- und Zugehörigkeitsgefühl, das für eine von vorgeblich unverbindlichen Strukturen geprägten Einrichtung gänzlich untypisch war. Die Kinder und Jugendlichen hielten nicht nur nach innen zusammen, sondern schotteten sich auch nach außen ab. Für Neue war es schwer, einen Fuß hinein zu bekommen.

Doch was war es, das sie einte? Sicherlich, es gab einen rhetorisch begabten Leitwolf, eine Vaterfigur, einen Guru-Pädagogen, über den noch zu sprechen sein wird. Doch das war bei Weitem nicht alles.

Der soziale Schmierstoff des Stahlhofs waren seine Partys. Schon sehr früh wurden die Kinder an eine ganz besondere Kultur des Feierns herangeführt. Getrieben von dem Wunsch, es den Großen gleich zu tun, vollzogen sie jedes Wochenende lustvoll eine Gratwanderung zwischen Eskapismus und Ekstase. Der Stahlhof war die Kneipe der Kleinen, die Disco der Dreikäsehochs.

Beinahe überflüssig zu erwähnen, dass dort, wo derart ausgelassen gefeiert, Grenzen überschritten wurden. An den Stellen des Konzepts, an denen die verantwortlichen Pädagogen von Förderung der Eigenverantwortung sprachen, von Freiheiten und Erfahrungsspielräumen, witterten einige besorgte Bürger nicht ganz zu Unrecht Verstöße gegen das Jugendschutzgesetz und die Fürsorgepflicht gegenüber Schutzbefohlenen.

Doch wo kein Zeuge, da kein Kläger, da kein Richter. Jugendliche und Betreuer würden einen Teufel tun, die Behörden einzuschalten, Nachbarn gab es aufgrund der randständigen Lage keine und die Eltern – na ja. Ab und zu meinte die ein oder andere chronisch besorgte Mittelschichts-Mutti aus besser situierten Nachbarstadtteilen, deren Balg sich in die Niederungen des Stahlhofs verirrt und nach einer durchzechten Nacht reumütig bei den Eltern ausgeweint hatte, Beschwerde über die Verhältnisse in der alten Fabrik führen zu müssen.

Doch die Revoluzzer von einst hatten ihre Lektionen gelernt, ihre Abschlüsse im und ihren Frieden mit dem System gemacht und dabei einander nicht vergessen.

Konkret hieß das: Hier kam der charismatische Clubchef ins Spiel, der beste Verbindungen ins Jugendamt unterhielt. Der Referatsleiter der für den Stahlhof zuständigen Abteilung gehörte zu den Gründervätern der Einrichtung. Er war der Überzeugung, dass es in der Natur des (adoleszenten) Menschen lag, Alkohol und dergleichen Rauschgifte zu konsumieren sowie gewisse andere Dinge zu tun. Wenn man es also ohnehin nicht verhindern konnte, war es doch umso besser, wenn man die Heranwachsenden dabei wenigstens im Blick hatte, sie dabei begleiten konnte. Das echte Leben – nur unter Laborbedingungen. Was war dagegen schon einzuwenden?

So war es unter anderem zu erklären, weshalb früher oder später sämtliche Versuche scheiterten, die Feiern im Stahlhof zu zügeln, die Exzesse zu dämmen und die sich allseits auftuenden Grenzübergänge wieder zu schließen.

Und vermutlich wäre es noch viele Jahre so oder so ähnlich weitergegangen, wäre da nicht eines Tages dieser neue Praktikant aufgetaucht.

2.

Die Leute sagten, wir seien Sandkastenfreunde, aber das stimmte nicht. Wir hatten nie zusammen im Sandkasten gespielt. Ich konnte Sand nicht leiden. Schon gar nicht den auf unserem kleinen Spielplatz im Hof zwischen meinem Haus, Nummer vier, und seinem Haus, Nummer sechs. Jederzeit lief man hier Gefahr, in Zigarettenkippen, Hundehaufen, Glasscherben oder Schlimmeres zu treten.

Niklas hatte keine Angst vor solchen Dingen. Er war zwei Jahre jünger, einen Kopf kleiner und dennoch doppelt so mutig wie ich.

Außer ihm hatte ich keine Freunde in der Nachbarschaft. Ich lebte viele Jahre in Schmachthagen, ging dort aber nie zur Schule. Meine Eltern hatten die Eigentumswohnung im elften Stock lange vor meiner Geburt gekauft, zu einer Zeit, als es noch schick war, im Hochhaus zu wohnen und als das Grau unserer Betontürme als modern und nicht als monoton empfunden wurde. Sie waren beide Lehrer im benachbarten Ginsterfelde, mein Vater am Gymnasium, meine Mutter an einer Grundschule, und es stand schon bald fest, dass ich ihre Schulen und nicht die des Viertels – von zweifelhaftem Ruf wie inzwischen das gesamte Quartier – besuchen würde.

Wir lernten uns also weder in der Schule noch auf dem Spielplatz kennen, sondern im Einkaufszentrum. Da war ich gerade zehn geworden und Niklas acht. Es war eigentlich mehr eine Ladenpassage als ein richtiges Ein-

kaufszentrum, eine triste Ansammlung von Billigläden und Imbissbetrieben. Aber für uns Hochhauskinder war das EKZ trotzdem die Mitte der Welt, was wegen der geografischen Lage im Zentrum der am Reißbrett entworfenen und in geometrisch angeordnete Blöcke unterteilten Großwohnsiedlung sogar fast der Wahrheit entsprach.

Zwischen der uns strengstens verbotenen Spielhalle und der Dönerbude gab es ein paar auch für Kinder zugängliche Geräte: einen Flipper, zwei Videospielautomaten – Fußball und Autorennen – sowie ein rosa Pferd, das sich auf und ab bewegte und komische Geräusche machte, wenn man eine Mark einwarf.

Und dann war da noch dieser Visitenkartendrucker, der als einziges Gerät immer frei war. Er stand ein bisschen abseits, neben dem Passfotoautomat. Alle Maschinen faszinierten mich, doch die vielen, meist größeren Kinder, die sich nachmittags um sie scharten, schreckten mich ab. Aber nicht nur deswegen war der Visitenkartenautomat mein Lieblingsapparat. Ich verbrachte Stunden davor. Man konnte die Visitenkarten mit einer großen Auswahl aus Piktogrammen und Zeichnungen schmücken, je nach Hobby oder Beruf.

Wie fast jedes Kind liebte ich es, in Gedanken ein Anderer zu sein, erwachsen zu sein. Ich war Chefarzt, Rechtsanwalt, Bestatter, Vogelkundler, Künstler, Kegelmeister, Fußballprofi und vieles mehr. Doch so fantasievoll meine Entwürfe auch waren – mein bescheidenes Taschengeld reichte nie aus, um sie zu Papier zu bringen. Stolze fünf Mark hätte der Druck in der kleinstmöglichen Auflage gekostet.

Eines Tages stand er plötzlich hinter mir. Als ich spürte, wie jemand näher kam und versuchte, mir über die Schulter zu schauen, dachte ich zunächst, er wolle mir einen Streich spielen.

Ich drehte mich um und blickte direkt in sein Gesicht. Ich sah Sommersprossen und eine Stupsnase, weit geöffnete, tiefbraune, geheimnisvoll traurige Augen, deren Pupillen etwas zu schnell hin und her wanderten, einen kleinen Mund und vor allem eine für dieses zierliche Kerlchen schier riesige Mähne lockiger, schwarzbrauner Haare, die wild abstanden und ihm gleichzeitig tief ins Gesicht hingen. Dass seine Haut ein ganzes Stück dunkler war als meine, fiel mir erst viel später auf, als ich zum ersten Mal mitbekam, wie sie ihn damit aufzogen und wie wütend es ihn machte.

Was ich jedoch sofort erkannte, war, dass er mir keinen Streich spielen, mich nicht ärgern würde. Es gibt Menschen, die müssen nicht sprechen, um etwas zu sagen. Niklas gehörte dazu. Die Art und Weise, wie er mich ansah, genügte, um mich zu beruhigen. Mein ansonsten stark ausgeprägter Fluchtinstinkt bei jeder Annäherung durch fremde Kinder war sofort erloschen. Und so war tatsächlich ich es, der Schüchterne von uns beiden, der mit einer einfachen Frage und auf dem Fundament eines neugierigen Blickes den Grundstein für eine über viele Jahre bestehende Freundschaft legte.

„Möchtest du auch mal?", fragte ich ihn.

Manchmal denke ich darüber nach, wie unser Leben wohl verlaufen wäre, wenn ich in diesem Moment nichts gesagt hätte. Hätte er mich dann angesprochen? Oder wäre er einfach wieder gegangen? Hätten wir uns inmitten all dieser Siedlungskinder, denen ich sonst immer so tunlichst aus dem Weg ging, überhaupt jemals wiedergetroffen?

In jedem Fall nickte er und stellte sich, noch immer wortlos, neben mich. Ich zeigte ihm, wie die Maschine zu bedienen war. Er suchte das Design und die Farben heraus, das Schreiben fiel ihm jedoch schwer, so dass ich das Tippen übernahm.

„Wie willst du heißen?"

„Niklas."

„Ist das dein echter Name?"

„Klar."

Ich tippte den Namen ein.

„Wie heißt du mit Nachnamen?"

„Weiß nicht."

„Du musst doch wissen, wie du mit Nachnamen heißt." So klein war er doch auch nicht mehr, und er wirkte durchaus aufgeweckt.

„Warum? Ist das wichtig?"

„Na ja, hier ist noch so viel Platz. Außerdem gehört das so, auf Visitenkarten steht immer der Nachname."

„Dann schreib doch deinen Namen dazu."

Ich schäme mich heute ein wenig dafür, aber in diesem Moment bereute ich, ihn an die Maschine gelassen und in mein Spiel einbezogen zu haben. Er verstand offenbar das Prinzip nicht, dachte ich mir. Was für ein Baby! Ich rollte mit den Augen.

„Wie heißt du denn?", fragte er mich, unbeirrt.

„Simon Specht."

Er beugte sich über die Tastatur und tippte umständlich, vervollständigte die erste Zeile, bis auf dem Bildschirm stand: Niklas +SEmoN.

Ich war seltsamerweise so gerührt, dass ich ganz vergaß, ihn auf die falsche Schreibweise meines Namens hinzuweisen.

„Ich muss jetzt los", sagte er schließlich, etwas unvermittelt. „Sonst krieg ich wieder Ärger."

Jetzt wollte ich nicht mehr, dass er ging. Ich wollte unsere gemeinsame Visitenkarte fertigstellen. „Wo wohnst du?"

„Gropiusstraße vier."

„Ich wohne Gropiusstraße sechs!"

Ohne uns verabredet zu haben, gingen wir beide am nächsten Nachmittag wieder ins Einkaufszentrum. Ich war vor ihm da und als ich ihn nicht sah, befürchtete ich bereits, er würde nicht kommen. Doch wenig später tauchte er auf, mit einem Lächeln auf den schmalen Lippen und noch weiter geöffneten Augen als am Tag zuvor. Wir setzten unsere Arbeit fort. Ich gab erneut unsere Vornamen ein, diesmal ohne Schreibfehler, und war so zufrieden wie seit langem nicht mehr.

„Jetzt müssen wir noch Bilder auswählen", sagte ich und überließ ihm kameradschaftlich den Vortritt.

„Was soll ich nehmen?", fragte er mich.

„Was du willst. Irgendwas, was dir passt." Diese Art der authentischen Visitenkartengestaltung, ganz ohne Quatschnamen und Fantasieberufe, war schließlich auch für mich Neuland.

Nach langem Suchen wählte er schließlich die Zeichnung eines unscheinbaren Vogels aus.

„Warum hast du dir den denn ausgesucht?"

„Na, wegen dir. Du heißt doch Specht."

Er kicherte, wobei sich seine ansonsten so weit geöffneten Augen für einen kurzen Moment zu zwei winzigen Schlitzen zusammenkniffen und seine Stupsnase noch stupsiger wurde.

Der Vogel auf dem Bildschirm war alles, nur kein Specht, und ich hasste es, wenn man Witze über meinen Nachnamen machte, aber ich konnte dem kleinen Niklas einfach nicht böse sein – und reagierte mit einem ebenso komisch gemeinten Konter: Ich kannte mittlerweile so ziemlich jedes Bild, das der Automat zu bieten hatte und brauchte daher nicht lange, bis ich die vermutlich als Symbolbild für Gärtner gedachte Zeichnung eines buschigen Stau-

dengewächses auswählte. Es dauerte einen Moment, bis Niklas die Analogie zu seiner Frisur erkannte. Mir fiel ein Stein vom Herzen, als seine Augen sich wieder zu Schlitzen zusammenzogen und sein Näschen von der Erschütterung seines frechen Kicherns vibrierte.

„Was fehlt jetzt noch?", fragte er mich.

Ich trug unsere Anschriften ein. Bei der Berufsbezeichnung und bei der Telefonnummer überlegten wir lange, wurden uns aber schließlich einig.

„So, und jetzt, lass uns die ausdrucken!", sagte er, nachdem wir fertig waren.

„Das geht leider nicht. Viel zu teuer. Kostet fünf Mark."

Niklas wühlte in seiner Hosentasche, zog zuerst einen völlig zerkauten, aber aus mir unerklärlichen Gründen nicht weggeworfenen Kaugummi, dann eine selbstgebastelte Steinschleuder und schließlich, mit triumphierender Geste, ein Fünf-Mark-Stück hervor. Voller Stolz grinste er mich an.

„Wo hast du das denn her?"

„Von meinem Vater."

„Hat er dir das geschenkt?"

„Nö. Habs mir genommen. Krieg sowieso wieder Ärger."

Ich hakte nicht weiter nach und wir druckten unsere Visitenkarten.

Ich weiß gar nicht mehr, wie viele es waren, jedenfalls verlor ich meine Hälfte des Stapels in den Jahren danach. Nach unserem Wegzug aus Schmachthagen waren sie plötzlich nicht mehr da.

Nur eine einzige überlebte, da ich sie in meiner Geldbörse aufbewahrt hatte.

Und dort trage ich sie bis heute, in dem kleinen Geheimfach unter den Kartensteckplätzen. Die Brieftaschen wechselte ich danach noch oft, die Visitenkarte zog jedoch immer mit um. Eigentlich sollte ich mir einen besseren Platz dafür suchen, denn sie ist mittlerweile völlig zerknickt, aber ich bringe es nicht übers Herz, sie herauszunehmen.

So wie ein Vater die Fotos seiner Kinder immer bei sich trägt, so schleppe ich dieses letzte Relikt meiner Kindheit stets mit mir herum.

Wenn ich traurig bin oder melancholisch — beides passiert durchaus häufig — dann hole ich sie hervor, sehe mir den verblichenen Vogel und die seltsame Pflanze an, lese unsere Namen und unsere fast richtig geschriebene Anschrift („Gropius Strasse 4+6, SCHMACHTHAGEN") und die originelle Lösung, die wir uns für die Telefonnummern hatten einfallen lassen („Tel.

GEHEIM!"").

Vor allem aber ist es die Berufsbezeichnung, auf die wir uns geeinigt hatten, die mir immer wieder die Tränen vor Rührung in die Augen treibt:
"FREUNDE."

3.

Bereits während des zweiten Semesters begann Simon, sich um ein Praktikum für die Sommerferien zu kümmern. Wie seit langem geplant, schrieb er zunächst eine Bewerbung an den Stahlhof. Wochen vergingen – und es kam noch nicht einmal eine Absage. Auch auf seine Nachfrage per E-Mail erhielt er nie eine Antwort. Erst als er sich dazu durchrang, anzurufen, teilte ihm eine junge Frau am anderen Ende der Leitung mit, dass man leider bis auf weiteres keinen Bedarf an Praktikanten habe, es tue ihr sehr leid, und wo seine Bewerbung abgeblieben sei, könne sie nicht sagen, der Chef sei manchmal etwas verpeilt in solchen Sachen und habe überhaupt viel zu viel um die Ohren mit dieser ständig wachsenden Bürokratie, dem ganzen Papierkram.

Natürlich war Simon enttäuscht, aber ein wenig hatte er auch damit gerechnet. Wer im Stahlhof ein Praktikum machen wollte, brauchte Kontakte ins Innere der Einrichtung, musste zum Beispiel aus der ehemaligen Klientel oder dem Umfeld der Pädagogen stammen.

Simon war in seinem Leben genau einmal im Stahlhof gewesen. Es war ein Ort, der ihm als Kind Angst machte und den er als Jugendlicher verteufelte. Und dennoch: Jetzt, wo er – zumindest theoretisch – die Voraussetzungen dafür erfüllte, auf die andere Seite zu gelangen (er war volljährig und hatte ein einschlägiges Studium begonnen), gab es für ihn nichts Wichtigeres, als genau das zu schaffen. Er gab also nicht auf.

Vielleicht hatte er ja doch einen Kontakt. Anke Gebhardt, eine Freundin seiner Eltern, ehemalige Schulsozialarbeiterin in Ginsterfelde, nun im benachbarten Schmachthagen Leiterin einer Einrichtung der Kinder- und Jugendhilfe, die den umständlichen Namen Kijukosch trug (Kinder- und Jugend-Koordinationsbüro Schmachthagen).

Er besuchte sie in ihrem Büro, das im zweiten Stock einer gewöhnlichen Siedlungswohnung untergebracht war. Sie redete schnell und viel und sah dabei mal in Simons Augen, mal gedankenverloren in Richtung der Fensterbank, auf der zwei ineinander verschlungene weibliche Figuren aus Porzellan oder Keramik standen, so genau vermochte Simon es nicht zu erkennen. Er wusste nur, dass er die Skulpturen abscheulich fand.

„Seit der Scheidung bin ich also sozusagen mit dem Kijukosch verheiratet. Und wenn meine Nicole jetzt bald auszieht, wird es noch schlimmer werden. Dann hab ich nur noch den Job." Ruckartig wandte sie sich vom Fenster ab und ihm zu. „Entschuldige, ich weiß gar nicht, warum ich dir das alles erzähle, das interessiert dich bestimmt überhaupt nicht."

„Doch, natürlich, Frau Gebhardt, ich…"

„Anke. Bitte, nenn mich Anke. Ich fühl mich schon alt genug."

„Natürlich, Anke, entschuldige."

Es entstand ein peinliches Schweigen, wie es auf lange Monologe oft folgte. Simon war zu höflich und zu schüchtern, um endlich sein Anliegen vorzutragen, doch da seine Eltern mit ihr gesprochen hatten, wusste sie natürlich längst, worum es ging.

„Du bist doch bestimmt nicht bloß gekommen, um mit mir über den Beruf des Sozialpädagogen und die Aufgaben des Kijukosch zu reden. Deine liebe Mutti erwähnte etwas von einem Praktikum im Stahlhof. Warum möchtest du eigentlich genau dorthin?"

Das war eine berechtigte Frage, auf die es viele Antworten gab, aber nur eine, die in Ankes Ohren hoffentlich halbwegs plausibel klingen würde und die er sich für diesen Anlass zurechtgelegt, ja geradezu auswendig gelernt hatte.

„Ich interessiere mich für Offene Kinder- und Jugendarbeit. Außerdem bin ich in Schmachthagen aufgewachsen und fühle mich dem Stadtteil noch immer verbunden. Der Stahlhof ist die einzige Einrichtung dieser Art im Quartier, daher würde ich dort gern mithelfen und Erfahrungen sammeln."

Anke nickte, sie schien mit der Antwort zufrieden zu sein. Simon war erleichtert.

16

„Also, ich will sehen, was ich für dich tun kann, Simon. Ich gehöre, anders als viele hier, nicht zum Freundeskreis von Joachim Lieberknecht, dem Stahlhof-Leiter. Aber er schuldet mir mehr als einen Gefallen, daher probiere ich es einfach mal." Sie schaute auf die Uhr. „Jetzt erreiche ich ihn nicht, aber ich kann ihn gleich heute Nachmittag anrufen und dir dann Bescheid geben, einverstanden?"

Anke hielt ihr Versprechen. Am Telefon war sie jedoch weit weniger gesprächig als noch während des Treffens. Offenbar hatte sie auch ihre Gründe dafür, lieber nicht über die Details ihrer Einstellungen und Erfahrungen im Bezug auf den Stahlhof zu sprechen.

„Hast du morgen um 13 Uhr schon was vor?"

„Nein."

„Dann hast du da jetzt ein Vorstellungsgespräch im Stahlhof, mit Joachim Lieberknecht persönlich."

Simon bedankte sich überschwänglich, konnte seine Erleichterung und Freude kaum zurückhalten.

„Du kennst ihn nicht, oder?"

„Warum fragst du?"

„Na ja, er ist nicht ganz einfach."

Simon wartete gespannt darauf, dass sie ihre Aussage konkretisierte, aber Anke schwieg.

„Was heißt das, nicht ganz einfach?"

„Ach, nichts. Vergiss, was ich gesagt hab. Du musst dir dein eigenes Bild machen. Er ist halt ein Original. Sicherlich werdet ihr euch prächtig verstehen, er hat einen sehr guten Draht zu jungen Menschen."

Mit diesen nebulösen Andeutungen beendete sie das Telefonat und aus Simons Freude wurde Aufregung, wurde Panik.

Was war das nur für ein verrückter Plan.

Aber jetzt gab es kein Zurück mehr. Er würde hingehen, und er würde Joachim Lieberknecht überzeugen müssen.

Was ziehe ich an? Wie soll ich mich geben? Noch viel wichtiger als die Wahl der Kleidung war die Wahl der Worte, der richtige Tonschlag. Er probte beides vor dem Spiegel, stundenlang.

Dann mischten sich natürlich auch noch die Eltern an. Er hatte eine Jeans und ein kariertes Kurzarmhemd gewählt, es war ein warmer Tag im Mai, doch die Mutter legte Veto ein: „Jugendclub hin oder her, zu einem Vorstellungsgespräch zieht man sich ordentlich an."

Sie bügelte noch schnell ein gutes Hemd, die Jeans wurde gegen eine Anzughose ausgetauscht, vor Krawatte und Jackett konnte er sich mit Verweis auf die Temperaturen zum Glück noch drücken.

Trotzdem dauerte es keine fünf Minuten, bis sich Schweißflecken unter seinen Achseln bildeten, gut sichtbar auf dem hellen Hemd. Mit nichts als einer Hülle, die seinen ausgedruckten und noch so spärlichen Lebenslauf enthielt, machte er sich auf den Weg zur alten Fabrik.

Es dauerte eine Weile, bis er das kleine Tor überhaupt fand, so lang war er nicht mehr hier gewesen. Doch als er es durchquerte, den Innenhof hinter der Mauer mit dem Bolzplatz betrat, da überkam ihn sofort die Erinnerung, so plötzlich und unangenehm wie ein Mückenstich.

Sechs Jahre lag sein letzter Besuch zurück, eine unendlich lange Zeit für einen so jungen Menschen, und trotzdem hielt er, genau wie damals, Ausschau nach Niklas, obwohl er wusste, dass er nicht hier sein konnte. Überhaupt, der ganze Hof war um diese Zeit menschenleer und auch auf sein Klopfen an der Tür zum Inneren des Stahlhofs reagierte niemand.

Irgendwann trat er einfach so ein, ging vorbei an den Billard- und Kickertischen zu einer Wendeltreppe. Er war noch nie dort gewesen, doch er ahnte, dass der Chef sein Büro oben haben würde.

„Wir haben noch geschlossen", begrüßte ihn Joachim Lieberknecht, ohne von seinem Schreibtisch auch nur aufzusehen. Der Raum war winzig, neben dem Tisch, einem Regal und dem Pädagogen passte kaum noch etwas hinein.

„Entschuldigen Sie, die Tür stand offen, ich habe keine Klingel gefunden. Ich bin Simon Specht."

Jetzt sah Joachim Lieberknecht ihn an. Er war dick, aber nicht im Gesicht, das hatte durchaus feine, fast schon karge Züge, Falten auch, Simon schätzte ihn auf um die sechzig, trotz der noch vollen, aber ergrauten Haare. Er trug ein weißes T-Shirt und darüber eine geöffnete, abgetragene Jeansweste.

„Egal, was Sie mir verkaufen wollen, ich brauche es nicht und ich kann es mir auch nicht leisten", sagte er.

Hielt er ihn etwa wirklich für einen Vertreter? Oder wollte er ihn aufziehen, wegen seines förmlichen Outfits? Wie auch immer, Simon bereute es zutiefst, auf die Ratschläge seiner Mutter gehört zu haben.

„Ich hatte um 13 Uhr einen Termin zum Vorstellungsgespräch. Sie sind doch Joachim Lieberknecht, oder?"

Jetzt sah er ihn zum ersten Mal richtig an, musterte ihn geradezu von Kopf bis Fuß. Simon merkte, wie er überlegte, ob sie sich schon einmal begegnet waren, war sich aber ziemlich sicher, dass er sich in den letzten Jahren genügend verändert hatte, um nicht wiedererkannt zu werden. Vor sechs Jahren war er immerhin noch ein halbes Kind gewesen.

„Das steht zumindest in meinem Pass, aber dafür kann ich nichts." Er lachte laut, als sei das Gesagte in irgendeiner Form lustig gewesen. „Und wenn ich einen Termin um 13 Uhr gehabt hätte, dann wüsste ich das."

Simon war verunsichert. War er zu früh? Hatte sie ihm eine falsche Zeit genannt?

„Anke Gebhardt hat deswegen doch mit Ihnen telefoniert?"

„Ach, verstehe… Anke Gebhardt. Du bist also der Student. Ich hab bloß zu ihr gesagt, sie soll den Kerl mal vorbeischicken und dass ich ab eins da bin. So schnell wird daraus dann ein Termin zum Vorstellungsgespräch. Das ist mal wieder typisch Sesselpupser-Pädagogen. Na, dann setz dich mal. Ich hab zwar nicht viel Zeit, aber gut."

Simon nahm auf einem winzigen Klappstuhl Platz, so niedrig, dass er kaum über den mit Aktenbergen gepflasterten Schreibtisch sehen konnte.

Diese Herablassung schien dann sogar dem Pädagogen zu viel zu sein, so dass er sich aus seinem bequemen, durchgesessenen

Chefstuhl erhob. „Komm mit, wir gehen mal lieber woanders hin."

Während sie die Treppen wieder nach unten stiegen und in einen gemütlich eingerichteten, pink gestrichenen Nebenraum gingen, streckte der Pädagoge ihm die Hand entgegen. „Ich heiße übrigens Joe oder, wie unsere Leute hier sagen, Big Joe oder manchmal auch Boss, aber das mag ich nicht besonders. Und dein Name war noch mal?"

„Simon Specht."

„Gut, Simon, setz dich." *Big Joe* ließ sich auf das Sofa fallen und legte die Füße auf den davor stehenden Beistelltisch.

„Stört's dich, wenn ich rauche?"

Simon schüttelte mit dem Kopf, aber da hatte er die Zigarette schon angezündet.

„Erzähl's bloß nicht deiner Freundin Anke Gebhardt." Er grinste, als wäre er selber noch ein Teenager und Anke Gebhardt seine Lehrerin. Simon war zwar gewarnt worden, aber so hatte er sich Joachim Lieberknecht dann trotzdem nicht vorgestellt.

„Möchtest du was trinken?"

„Nein, danke", sagte Simon, obwohl sein Mund eine Wüste war, doch er ahnte, dass auch ein Getränk dagegen kaum helfen würde.

„Na, dann erzähl mal. Du studierst Sozialpädagogik?"

„Ja, also Erziehungswissenschaft, um genau zu sein, an der Universität, zweites Semester."

„Uni, Fachhochschule, das ist mir egal. Viel wichtiger ist, was du draus machst. Also, warum willst du Pädagoge werden?"

Über alles hatte er sich vorher Gedanken gemacht: die Standardfragen nach Stärken und Schwächen, von denen er in Online-Bewerbungsratgebern gelesen hatte, die wichtigsten von ihm im Studium bereits erworbenen Erkenntnisse, die vermeintlich konkrete Motivation für seine Bewerbung am Stahlhof. Aber auf diese grundlegende wie naheliegende Frage war nur unzureichend vorbereitet.

„Also, meine Eltern sind beide Lehrer und ich...", er geriet ins Stocken und bereute sofort, mit seinen Eltern angefangen zu haben, was spielte das hier schon für eine Rolle? Doch Big Joe schien eine Idee zu haben, worauf er hinauswollte und vervollständigte seinen Satz.

„…hast gedacht, das Talent zur Pädagogik liegt in der Familie, aber auf die Penne hab ich eigentlich keinen Bock, drum mach ich mal den Sozialpädagogen, ist lässiger."

„Ja, so könnte man es vielleicht ausdrücken", sagte Simon erleichtert.

„Ganz ehrlich: Das reicht nicht. Entweder, du findest einen besseren Grund dafür, diesen Beruf zu ergreifen, als den, dass deine Eltern was Ähnliches machen, oder du suchst dir lieber was Anderes. Zumal Schule und das, was wir hier tun, ungefähr so viel miteinander zu schaffen haben wie Himmel mit Hölle, und ich denke, ich brauch dir nicht zu erzählen, wer aus meiner Sicht die Guten und wer die Bösen sind."

„Es hat eigentlich doch nichts mit meinen Eltern zu tun. Ich weiß nicht, warum ich das gesagt habe."

Ehrlichkeit, Flucht nach vorne, seine einzige Chance.

„Womit also dann?"

Simon dachte nach und obwohl er so nervös war, fiel ihm plötzlich ein, wie er es ausdrücken konnte. Authentisch, autobiographisch – aber natürlich auch nicht zu ehrlich.

„Ich bin in Schmachthagen aufgewachsen. Ich hatte das Glück, eine behütete Kindheit zu haben, aber ich weiß aus vielen Begegnungen, dass das in diesem Teil der Stadt eher die Ausnahme ist. Ich möchte Sozialpädagoge werden, weil ich genau diesen Kindern helfen will, es raus aus dem Ghetto zu schaffen. Oder zumindest diesen Ort zu einem besseren Ort zu machen."

„Okay." Lieberknecht grinste, was den Funken Selbstbewusstsein in Simon, zu dem ihm seine Aussage verholfen hatte, sofort wieder zum Erlöschen brachte. „Du kannst ja doch reden. Und Idealist bist du auch, das gefällt mir. War ich auch mal. Aber Reden und Ideale allein bringen überhaupt nichts, auch wenn dieser Irrglaube in unserer Branche bedauerlicherweise sehr verbreitet ist. Was konkret würdest du denn gern tun, um dieses Ghetto, wie du sagst, erträglicher für die Kinder zu machen?"

„Ich denke, man müsste mehr in Bildung und Betreuung investieren, in Beratungsangebote, Förderung und Prävention…"

„Wenn du investieren willst, musst du Bänker werden. Oder Politiker. Sozialarbeiter investieren nicht, Sozialarbeiter haben nämlich kein Geld. Sozialarbeiter machen nur eins: Sie arbeiten."

„Das würde ich ja auch tun", sagte Simon und konnte nicht vermeiden, beleidigt zu klingen.

„Was würdest du denn tun? Was kannst du diesen Kids geben? Gibt es irgendetwas, das du ihnen bieten kannst, um sie, wie es immer so schön heißt, von der Straße zu holen? Gibt es eine Sportart, in der du dich auskennst, bist du handwerklich begabt, spielst du irgendwelche Instrumente, kannst du vielleicht rappen oder tanzen oder zeichnen oder bist du ein Computerfreak?"

„Äh, nein, das alles eher nicht. Mit dem Computer kann ich ganz gut umgehen, aber Freak würde ich jetzt nicht sagen."

„Hast du sonst irgendwelche Talente oder zumindest Interessen?"

Endlich eine Frage, auf die er vorbereitet war, auch wenn zu befürchten stand, dass er mit seiner Antwort den Boss des Stahlhof kaum überzeugen würde.

„Ich höre viel Musik, geh oft ins Kino, interessiere mich für Politik, für Umweltfragen und ich lese gern."

„Genau das habe ich befürchtet. Kino, Politik, Literatur… Schöne Dinge, find ich alles auch ganz toll, aber was hat das mit der Lebenswirklichkeit von diesen Kids da draußen zu tun?" Er zeigte auf das Fenster, das leider geschlossen war, so dass sich der Raum zunehmend mit beißendem Zigarettenqualm füllte.

„Hast du irgendeinen Plan, wie man die Kids mit solchen Dingen kriegen soll?"

„Nein, aber genau das will ich lernen. Deshalb bin ich ja hier", sagte Simon, eine Spur zu defensiv im Ton.

„Tja, dann werd ich dir mal was sagen: Das kannst du dir abschminken. Das lernst du nicht an der FH, nicht an der Uni und schon gar nicht hier, in Schmachthagen. Das geht nämlich nicht. Glaub mir, ich mach den Job seit fast 40 Jahren. Ich weiß, wovon ich spreche. Mein Rat ist: Find raus, was du wirklich willst und was du kannst. Und nimm's nicht persönlich, aber für mich sieht's nicht danach aus, als ob das was mit Sozialpädagogik zu tun hat."

Simon war brüskiert und konnte das auch nicht länger überspielen. „Heißt das, Sie geben mir nicht einmal die Möglichkeit, während der Semesterferien mal ein bisschen reinzuschnuppern?"

Es war ihm zwar bewusst, dass der Zug abgefahren, die Tür verschlossen war, aber angesichts solcher Unfairness musste er einfach etwas erwidern. Es war anmaßend, wie schnell dieser Mann, der ihn – von einer Jahre zurückliegenden, aus seiner Sicht wahrscheinlich bedeutungslosen Begegnung mal abgesehen – doch überhaupt nicht kannte, über ihn urteilte.

„Sag mir, in welchem Projekt ich dich unterbringen soll. Willst du dich von Elfjährigen beim Bolzen hinterm Haus übel foulen lassen? Oder vielleicht lieber beim Mädchentreff Tipps zu Haarextensions geben? Das hat doch keinen Zweck, mach dir nichts vor. Du passt hier nicht rein, das wissen wir beide. Kaffee kochen und Reden schwingen kann ich selber ganz gut, dafür beute ich keine Praktikanten aus."

Damit war das Gespräch für den Pädagogen offenbar beendet, denn er schaute auf die Uhr, nahm die Füße vom Tisch, warf seine erst zur Hälfte aufgeraucht Zigarette in eine nur beinahe leere Colaflasche, die auf dem Boden stand und ging zum Fenster, um es endlich zu öffnen.

„Wie gesagt, ist wirklich nicht persönlich gemeint. Ich kann verstehen, dass du jetzt so 'ne Krawatte hast auf mich, aber in ein paar Jahren denkst du vielleicht: Gut, dass ich dem alten Knacker begegnet bin. Glaub mir's."

Zum Abschied ließ sich Simon widerwillig erneut die Hand geben und der Stahlhof-Leiter schüttelte sie so fest, dass sie noch Minuten danach weh tat.

Simons Plan war gescheitert. Er war sich sicher, dass dieser Mann in Unrecht war und vor allem ihm abermals Unrecht getan hatte. Und fast sicher, dass er ihn nie wieder sehen würde.

Zumindest in diesem Punkt aber irrte er sich: Diese Begegnung sollte nicht seine letzte mit Big Joe sein – und schon gar nicht die folgenreichste.

4.

Die Visitenkarten waren nur der Anfang. Wir wurden unzertrennlich und dachten uns immer neue Spiele aus. Wobei, eigentlich war nur ich es, der sich die Spiele ausdachte, aber erst Niklas erweckte sie zum Leben, gab ihnen Sinn.

Unsere Freundschaft blieb lange Zeit ein Geheimnis. Vielleicht hatte es damit zu tun, dass das Grundkapital unserer Beziehung, die fünf Mark für die Visitenkarten, aus einem Diebstahl stammte. Vielleicht wollte ich Niklas aber auch einfach nur ganz für mich allein und erzählte deshalb zunächst niemandem von ihm, weder meinen Eltern noch meinen wenigen Schulfreunden. Auch er machte keine Anstalten, mich seiner Familie vorzustellen.

Obwohl er jünger war als ich, hatte er weitaus größere Freiheiten, worum ich ihn beneidete. Ich durfte nachmittags nie lang allein draußen spielen und musste im Winter schon sehr früh, nämlich bei Anbruch der Dämmerung, wieder nach oben. Niklas hingegen kam gleich nach der Schule runter und ging immer erst, wenn sein Vater von der Arbeit zurückkehrte.

Noch bevor ich seine Wohnung zum ersten Mal betrat, lernte ich sein Haus kennen. Es stand direkt neben unserem, hatte jedoch acht Etagen mehr und zählte mit insgesamt zwanzig Geschossen zu den drei höchsten Wohntürmen der Siedlung, denen unmittelbar im Zentrum oberhalb der Einkaufspassage.

Für mich waren es Wolkenkratzer, zu denen ich ehrfürchtig hinaufsah. Meine Eltern allerdings mochten die Häuser nicht besonders. Sie nannten die Bewohner scherzhaft die ,High Society'. Erst viel später habe ich das ganze Ausmaß dieses scheinbar harmlosen Witzes verstanden, den Sarkasmus und das doppelte Wortspiel darin.

Ich war fasziniert von den Fahrstühlen. Es gab zwei, statt nur einen wie bei uns, und sie waren zwar kleiner und schmutziger als unserer, aber dafür richtig schnell. Kein Vergleich mit diesen lahmen Dingern in Kaufhäusern oder auf Bahnhöfen! Wir fuhren oftmals den ganzen Nachmittag nur hoch und runter. Es war ein wahres Fest für uns, wenn wir das Glück hatten, vom Erdgeschoss oder gar vom Keller bis in den Zwanzigsten ohne Halt durchrauschen zu können. Kurz vor dem Ziel gab es dann immer eine recht abrupte Bremsung, und wenn man in einem ganz bestimmten Augenblick hochsprang, fühlte es sich für Bruchteile von Sekunden so an, als wären wir schwe-

relos. Ich kann das Kribbeln im Bauch heute noch spüren, wenn ich daran denke; ein Gefühl fast wie auf der Achterbahn. Nur, dass mir im Aufzug anders als auf dem Jahrmarkt (und trotz des oftmals geradezu beißenden Gestanks darin) niemals schlecht wurde.

Es gab noch etwas, das fast genauso kribbelig war: Wenn mehrere Personen in den engen Aufzug einstiegen, oder eine Mutter mit Kinderwagen, dann rutschten Niklas und ich ganz nah zusammen. Ich lehnte an der Wand und er an mir. Sein Kopf war direkt unter meinem und ich konnte nicht widerstehen, seine Haarpracht zu berühren. Sobald niemand in unsere Richtung sah, strich ich vorsichtig mit meiner Hand durch seine Locken.

Er tat so, als würde er es nicht merken und wir sprachen nie darüber, aber ich glaubte zu wissen, dass er es mir nicht übel nahm, dass er es vielleicht genauso schön fand wie ich.

Stiegen die Fahrgäste wieder aus, hielten wir ihnen höflich die Tür auf, denn der Lift war ein so altes Modell, dass es auf jeder Etage noch richtige Außentüren gab. Die netten unter den Bewohnern lächelten uns zu, bedankten sich sogar.

So kam ich auf die Idee für unser neues Spiel: Liftboy. Wir warteten, bis Leute einstiegen, fragten dann, in welche Etage sie wollten und drückten den entsprechenden Knopf für unsere Fahrgäste. Niklas war für -1 bis 9 zuständig, ich für 10 bis 20, wo er ohnehin nur mit Mühe ankam.

Wir hielten nicht nur Lift- und Haustür im Erdgeschoss auf, sondern boten Hausfrauen und älteren Herrschaften auch an, ihre Einkäufe bis in die Wohnung zu tragen. Schnell hatten wir Fans, insbesondere unter den Seniorinnen, die uns Bonbons oder sogar ein paar Münzen zusteckten.

Es gab aber auch griesgrämige Nachbarn, die darauf bestanden, selbst den Knopf zu drücken und die Tür zu öffnen und uns finster ansahen, spätestens, wenn sie uns zum zweiten Mal begegneten. Einer von diesen Kinderhassern muss uns beim Hausmeister verpfiffen haben. Als er uns erwischte, schmiss er uns raus und erteilte uns Aufzug-Verbot – mit dem üblichen ‚Kein Spielplatz'-Totschlagargument, das Erwachsene zu solchen Anlässen gerne verwendeten.

Niklas schien das nicht zu scheren, aber ich war verletzt, fühlte mich ungerecht behandelt, schließlich nahm ich unser Spiel, wie eigentlich alles in meinem Leben, sehr ernst. Wir schadeten niemandem, im Gegenteil, wir trugen dazu bei, dass sich die Bewohner wohler fühlten. Wir sorgten sogar dafür, den

Aufzug sauber zu halten: Mehr als einmal räumten wir achtlos von Fahrgästen auf den Boden geworfenen Unrat weg. Deshalb hielten wir uns auch nicht an das Verbot. Kurz nachdem der Hausmeister verschwunden war, nahmen wir unsere Tätigkeit wieder auf.

Neben unfreundlichen Erwachsenen gab es jedoch noch eine Gruppe von Fahrgästen, die mir Kopfschmerzen bereitete: andere Kinder. Sie verstanden nicht, was an unserem Spiel so toll sein sollte, lachten uns aus.

„Lass uns das nächste Mal besser aussteigen, wenn die wiederkommen", sagte ich zu Niklas, nachdem drei etwa zwölfjährige Jungen uns auf der ganzen Strecke vom Erdgeschoss bis in den siebzehnten Stock zunächst mit hämischen Blicken und, nachdem Niklas ihnen die Zunge herausgestreckt hatte, auch mit bösen Sprüchen gepiesackt hatten.

Verwundert sah er mich an. „Warum? Wenn die uns nerven, dann sollen die aussteigen! Wir sind schließlich die Liftboys! Nächstes Mal schmeißen wir die raus!"

War er einfach noch zu klein, um einzusehen, dass wir keine Chance hatten, gegen all diese älteren, größeren, stärkeren Hochhauskinder? Ich bewunderte ihn für seine Furchtlosigkeit, hatte aber gleichzeitig auch die böse Vorahnung, dass uns genau diese Eigenschaft noch zum Verhängnis werden würde.

Wenig später stieg ein Mädchen zu. Anders als bei Jungs, fiel es mir bei Mädchen schwer, das Alter zu schätzen. Vielleicht war sie so alt wie ich, vielleicht aber auch schon elf oder zwölf. In jedem Fall war sie unglaublich dick und rotzfrech. Sie schien Niklas zu kennen, aber nicht unbedingt zu mögen (wie konnte man Niklas nicht mögen?), denn als er ihr zunickte, zeigte sie ihm zur Begrüßung ohne jeden Anlass den Mittelfinger. Niklas streckte ihr im Gegenzug die Zunge heraus.

„Wer ist das?", sagte sie und zeigte auf mich, ohne mich dabei eines Blickes zu würdigen, so als wäre ich gar nicht da.

„Das ist mein Freund." Es war zwar eine unangenehme Situation, aber dennoch schmeichelte es mir, dass er mich so und nicht einfach mit Namen vorstellte.

Was dem Mädchen jedoch zu missfallen schien. „Hat der auch einen Namen, dein Freund?", fragte sie, wobei sie das letzte Wort ganz besonders spöttisch aussprach.

„Simon."

Peinlicherweise war ich nicht in der Lage gewesen, die Frage selbst zu beantworten, sondern überließ Niklas noch immer das Reden.

Das Mädchen kramte in der Hosentasche ihres türkisen, viel zu engen Jogginganzugs und holte einen kleinen Filzstift hervor. Ehe wir uns versahen, hatte sie es getan: in krakeligen Buchstaben unsere Namen an die Aufzugswand geschmiert, dazwischen ein Herzchen.

Niklas rastete völlig aus. Er brachte den Aufzug bei der nächsten Gelegenheit zum Stoppen, noch bevor das Mädchen ihre Etage erreicht hatte, und schubste sie zur Tür.

„Raus aus dem Lift! Hau ab, du dicke Kuh!"

Sie schien amüsiert über seine Reaktion, täuschte Empörung vor und lachte hämisch.

„Wieso, ich dachte, er ist dein Freund?", sagte sie und machte einen albernen Kussmund, während der zierliche Niklas vergeblich versuchte, das massige Mädchen gewaltsam aus dem Lift hinauszubefördern. Ich stand wie paralysiert daneben, unfähig, irgendetwas zu unternehmen.

„Wir sind die Liftboys und du hast den Lift beschmiert! Du dreckige, dicke, dumme… Hure!"

Jetzt verging dem Mädchen das Lachen. Sekundenlang geschah nichts, doch auf einmal gab es einem lauten Knall, ihre Hand war in seinem Gesicht gelandet. Sie hatte ihn mit voller Wucht auf die Wange geschlagen.

„Das wirst du büßen, du Scheiß-Nigger."

Endlich stieg sie aus. Der Aufzug setzte seine Fahrt fort. Auch wenn Niklas sich von mir abwandte und der Spiegel beschmiert und zerkratzt war, bildete ich mir ein, ein paar kleine Tränen über seine Wangen laufen zu sehen.

Ich überlegte, was ich sagen sollte, fühlte mich elend, ja sogar schuldig, hatte das Gefühl, er habe sich meinetwegen mit ihr gestritten und ich ihn nicht verteidigen können.

Ehe ich mich dazu durchringen konnte, etwas zu sagen, kam der Aufzug schon wieder zum Stehen. Niklas wischte sich mit dem Ärmel durchs Gesicht, rotzte einmal laut und öffnete die Tür. Ein alter Mann am Stock stieg gemächlich ein.

„Erdgeschoss?", fragte er, als ob nichts gewesen wäre. Der Mann nickte, Niklas drückte.

„Danke sehr. Ihr seid gute Burschen! Das hat man heute selten!", sagte er, nachdem wir ihm im Erdgeschoss erst die Fahrstuhl- und dann die Haustür aufhielten.

Ich wollte nach draußen, doch Niklas packte mich am Arm. „Lass uns weiterfahren!"

„Aber…", sagte ich, noch immer unfähig, das Geschehene in Worte zu fassen.

„Von der lass ich mir bestimmt nicht unser Spiel verderben!"

Der Aufzug war weg, als wir drückten, bekamen wir den anderen und ich war froh darüber.

Wir sprachen nicht darüber, sondern fuhren einfach weiter. Auch ich tat so, als wäre nichts gewesen, doch jedes Mal, wenn die Tür sich öffnete und neue Fahrgäste zustiegen, hatte ich Angst, wir würden erneut dem Hausmeister, den fiesen Jungs oder gar dem vulgären Mädchen begegnen.

Der Nachmittag ging vorbei und zum ersten Mal seit Beginn unserer Freundschaft war ich froh darüber, nach Hause zu müssen. Wir erreichten das Erdgeschoss und als ich gerade die Tür aufmachen wollte, kam mir jemand entgegen.

„Oh nein", sagte Niklas.

„Ich möchte bitte raus!", sagte ich.

Er schob mich mühelos in den Aufzug zurück. Er war dick, er war – zumindest aus damaliger Sicht – riesig und vor allem war er sehr wütend. Es war klar, wessen großer Bruder das sein musste. Warum hatte mich Niklas nicht vor ihm gewarnt? Wir hätten längst Reißaus nehmen sollen! Doch nun waren wir ihm ausgeliefert.

„Du hast meine Schwester beleidigt, du kleiner Scheißer."

Niklas wollte die Tür wieder öffnen, doch der bullige Junge schubste ihn weg, so kräftig, dass er zu Boden fiel.

„Lass ihn in Ruhe", sagte ich, eher flehend als bestimmend, schon froh darüber, diesmal wenigstens überhaupt Worte gefunden zu haben.

„Was mischst du dich denn da ein? Was hast du eigentlich hier zu suchen?". Anders als seine Schwester sah er mir direkt in die Augen. Sein Blick war furchterregend und der Flaum über seinen Lippen ließ ihn trotz seines runden Kindergesichtes in meinen Augen ungemein erwachsen und gefährlich erscheinen. „Fährst mit dem Negerjungen die ganze Zeit rauf und runter, wie die Affen, und guckst blöd zu, wie er meine Schwester beleidigt", beantwortete er sich seine Frage selbst.

Niklas richtete sich langsam wieder auf. „Sie hat angefangen."

„Halt lieber die Schnauze. Noch ein Wort über meine Schwester und du bist tot, Affe." Der dicke Junge machte animalische Geräusche und lachte grunzend.

„Ich bin Liftboy und kein Affe."

„Liftboy? Ich lach mich tot."

Ich betete, dass endlich jemand kommen oder zumindest der Aufzug durch eine Bestellung in einer anderen Etage sich in Bewegung setzen würde, doch nichts davon geschah.

„Ja, Liftboy! Und jetzt verpiss dich!"

Wie konnte Niklas nur so mit ihm sprechen? Hatte er den Ernst der Lage noch immer nicht erkannt?

„Ich soll mich verpissen? Ich werd dir zeigen, was ich jetzt mache, mit dreckigen Negern, die meine Familie beleidigen und sich in dreckigen Aufzügen rumtreiben."

Ohne weitere Umschweife öffnete der korpulente Junge seinen Hosenstall. Ich traute meinen Augen nicht. Wir wichen zurück, soweit wir konnten, doch natürlich war es zwecklos, sein Strahl würde uns treffen – und schwerer noch die Demütigung, Scham und Ekel.

„Was ist denn hier los?"

Es war die Stimme des Hausmeisters, der die Fahrstuhltür aufgerissen hatte. Wer hätte gedacht, dass wir uns jemals so über ihn freuen würden! Der dicke Junge beeilte sich mit dem Rückzug, doch es war schon zu spät, im Schritt zierte seine Jeans ein tiefblauer, sich langsam ausbreitender Fleck. Wir waren verschont geblieben, gerettet in letzter Sekunde.

„Macht, dass ihr hier raus kommt, sofort! Wie oft soll ich das noch sagen: Der Aufzug ist kein Spielplatz!"

Doch, genau das war er für uns gewesen, ein phänomenaler Spielplatz – bevor ein paar schreckliche Kinder ihn zum Affenstall, ja gar zur Toilette degradiert hatten.

Nachdem wir ihnen fortan erfolgreich aus dem Weg gegangen waren, erfuhren wir einige Monate später, dass die dicken Kinder weggezogen waren, dem Vernehmen nach habe man sie in ein Heim gesteckt. Das Vermächtnis des Mädchens, unsere Namen und ihre vergiftete Liebesbotschaft in krakeliger Schrift an der Aufzugwand, überdauerte jedoch noch viele Jahre, bis die Verwahrlosung der Fahrstühle irgendwann so weit vorangeschritten war, dass *die Wohnungsgesellschaft sich vor der Instandsetzung nicht mehr länger drücken konnte und alle Schmierereien und Kratzer entfernen ließ.*

Als wir darüber hinweg waren, erzählten wir uns immer mal wieder die Geschichte und lachten gemeinsam über den erbärmlichen Anblick des Jungen, in dem Moment, als sein Angriff im wahrsten Sinne des Wortes in die Hose gegangen war.

Doch bei aller Freude über diesen kleinen Triumph war es doch eine Niederlage gewesen, denn unsere Karriere als Liftboys war mit jenem Vorfall abrupt zu Ende gegangen – und ich gezwungen, mir ein neues Spiel auszudenken, den nächsten Schritt zu gehen.

5.

Das Praktikum bei Anke Gebhardt war eine einzige große Ernüchterung. Hätte Simon nicht einen größeren Plan, eine geheime Agenda, hätte er spätestens jetzt Studium und Berufswunsch gewechselt.

Dabei war die Sozialpädagogin durchaus bemüht, ihrem Lehrling ansprechende Arbeiten zu geben und bezog ihn in nahezu alle Aufgaben des Kinder- und Jugendkoordinationsbüros Schmachthagen ein. Was schon daran lag, dass die Einrichtung an chronischem Personalmangel litt. Sie bestand nämlich neben der Leitung lediglich aus einer weiteren festangestellten Kraft, einer Teilzeit-Verwaltungsangestellten namens Claudia, die Simon aber nur selten sah, da sie stets entweder Urlaub hatte, Überstunden abbummelte, krank war, kranke Kinder hatte oder irgendwelche Fortbildungen besuchte.

Er saß also die meiste Zeit auf Claudias Platz, im selben Büro wie seine Chefin, und hatte sich sogar an den Anblick der Frauen-Figuren auf der Fensterbank gewöhnt.

Am ersten Tag hatte er von Anke zunächst feierlich ein Dossier mit Kopien aller wesentlichen Paragrafen aus dem Sozialgesetzbuch erhalten. „Das ist unsere Bibel. Hier steht drin, was wir machen, warum wir es machen und wer dafür bezahlt. Wie wir es machen, das wirst du dann schon noch sehen, erst einmal musst du das verstehen."

Im Anschluss an die Paragrafen lernte er dann bei ausgewählten Hospitanzen einige von Ankes Klientinnen kennen, was nur wenig interessanter war. Es handelte sich wirklich ausschließlich um Frauen. Simon spielte während des betreuten Eltern-Kind-Treffs mit ihren maximal zweijährigen Kindern, über weite Strecken durch die Nase atmend, weil die Windeln bei dem ein oder anderen offenbar stets prall gefüllt waren, während Anke, selbst kurz vorm Burnout, den Müttern Tipps für Entspannungsübungen und Stressbewältigung gab. Er machte beim Alleinerziehenden-Café die Erfahrung, was es bedeutete, als einziger Mann an einem Tisch meist übel betrogener Frauen zu sitzen und dadurch zwangsläufig, egal was er sagte und wie verständnisvoll er sich gab, zu einer Art *advocatus diaboli* gemacht zu werden.

Ausgerechnet bei den sporadischen Terminen zu Einzelberatungen, die ihn noch am ehesten interessiert hätten, durfte er zu seinem Bedauern nicht mitwirken. Er musste dann sogar das Büro verlassen und seine Arbeit an einem Behelfsschreibtisch im Gruppenraum fortführen, zwischen Spielzeugkisten und Sitzsäcken.

Dafür band sie ihn umso stärker in ihr wichtigstes und gleichzeitig anstrengendstes Aufgabenfeld ein, die Gremienarbeit: montags das Sozialraumträgertreffen im Jugendamt, mittwochs der Arbeitskreis Jugend und Schule an der Gesamtschule, 14-tägig donnerstags die große Kijukosch-Kooperationsrunde in turnusmäßig wechselnden Einrichtungen des Stadtteils.

Jede Sitzung musste vorbereitet, moderiert, protokolliert und nachbereitet werden, wobei sich Simon schnell als zuverlässiger und gewissenhafter Assistent für seine (nicht zuletzt durch private Probleme) latent überforderte Vorgesetzte erwies. Besonders die große Runde und die Sitzungen im Jugendamt konnten sich ohne weiteres über mehrere Stunden hinziehen, man musste in diesem Beruf also durchaus Sitzfleisch mitbringen. Jetzt verstand Simon, was Joachim Lieberknecht gemeint hatte, als er von ‚Sesselpupserpädagogen' gesprochen hatte.

Der Stahlhof-Chef machte aus seiner Verachtung für die Gremienarbeit keinen Hehl. Selbst als sie in Simons dritter Praktikumswoche am Donnerstagvormittag zu Gast im Stahlhof waren, nahm er nicht am eigentlich für die Leitungskräfte obligatorischen

Treffen teil, sondern schickte lediglich seinen Stellvertreter, der ihn unter fadenscheinigen Gründen entschuldigte. Bestimmt, dachte sich Simon, sitzt er oben in seinem Kabuff, qualmt eine nach der anderen und kommt nicht eher wieder raus, bis der letzte der Kollegen sich vom Hof gemacht hat und er wieder Alleinherrscher sein kann.

Während es in der großen Kooperationsrunde und dem kleineren Arbeitskreis in erster Linie um die Bewilligung von Geldern für Projekte der einzelnen Träger und um Möglichkeiten der Zusammenarbeit ging, wurde im Jugendamt auch über ganz konkrete Fälle gesprochen. Die Behördenmitarbeiter stellten die Familien vor, ohne Namen zu nennen, und die Vertreter der einzelnen Einrichtungen trugen anschließend vor, welche ihrer Angebote für die jeweiligen Klienten womöglich hilfreich sein konnten.

Diese Runde wurde, anders als alle anderen an denen er teilnahm, mal nicht von seiner umtriebigen Chefin moderiert, sondern vom Jugendamt. Hier war Anke Gebhardt nur eine von vielen, die um die Gunst des Amtes buhlten, denn neben dem Auftrag, die Einrichtungen des Stadtteils miteinander zu vernetzen, galt es schließlich auch, die eigenen Kurse und Beratungen des Kijukosch zu bewerben und auszulasten, den eigenen Arbeitsplatz zu sichern.

Schnell begriff Simon, dass auch die vermeintlich so selbstlose Sozialarbeit ein Markt war – vielleicht sogar der einzige, der an einem Ort wie Schmachthagen florierte (den Schwarzmarkt mal ausgenommen).

Es ging um Angebot und Nachfrage und manchmal sogar so zu wie auf dem Basar: Stellten die Jugendamtsleute eine neue Familie vor, die es zu vermitteln galt, überboten sich die konkurrierenden Träger geradezu in Hilfsangeboten. Der eine warb für seine Erziehungsberatung, der nächste hielt eine ambulante Erziehungshilfe durch sein Team für angebrachter, wieder ein anderer schlug gar, wenn all das nichts fruchte, die Unterbringung der Kinder in der eigenen Wohngruppe vor, man habe da zufällig noch zwei freie Plätze.

Dabei benutzten sie ganz spezielle Wendungen, die Simon zunächst fälschlicherweise für Phrasen hielt, bald aber herausfand, dass es euphemistische Codewörter waren, verschlüsselt und in Watte gepackt fast wie in Arbeitszeugnissen: Etwa wurde das Outsourcing von Aufgaben der öffentlichen Hand stets als Akt im Sinne des *Subsidiaritätsprinzips* dargestellt. Familien, die offensichtlich in Schwierigkeiten steckten und Hilfe benötigten, durften niemals bloß *Problemlagen* haben, sondern mussten im selben Atemzug auch über nicht näher definierte *Ressourcen* verfügen, waren sie auch noch so arm oder doof oder beides. Überhaupt war das Wort Armut verboten, es schien geradezu anrüchig zu sein. Stattdessen sprach man von *ALG2-Beziehern*, von *suboptimalen Wohnverhältnissen* oder *unausgewogenem Ernährungsverhalten*.

Sie vermieden es sogar, den stigmatisierten Namen des Stadtteils zu nennen, in dem sie arbeiteten, sondern referierten stattdessen ausschließlich über den *Sozialraum*.

Waren dann all die kinderreichen ALG2-Bezieher subsidiarisch auf die verschiedenen Einrichtungen aufgeteilt, durften die Sozialarbeiter nach getaner Arbeit endlich in ihre Kleinwägen steigen und Feierabend machen. Niemand von ihnen wohnte in den Hochhäusern ihrer Klientel. Offenbar verwendeten sie ihre mühsam erarbeiteten Ressourcen lieber, um sich in Sozialräumen mit geringeren Problemlagen wohnhaft niederzulassen.

Simon hingegen konnte zu Fuß nach Haus gehen. Er mochte den Weg durch die Hochhausschluchten. Das Kijukosch lag ganz in der Nähe der höchsten Häuser im Zentrum, seiner alten Heimat. Von dort aus waren es nicht einmal fünfzehn Gehminuten bis zu seiner neuen Heimat.

Er bewohnte mit seinen Eltern ein Reihenendhaus in einem Neubaugebiet, das offiziell noch zum Ortsteil Schmachthagen gehörte, sich aber sowohl durch die Struktur der Bebauung, als auch die der Bewohner grundlegend von der gleichnamigen Großwohnsiedlung unterschied. So war es zu erklären, dass die Anwohner jener gepflegten Doppel- und Reihenhäuser ihr Quartier konsequent und beharrlich als Teil des benachbarten, bürgerlichen Stadtbezirkes Ginsterfelde ausgaben.

Simon hasste diese überhebliche Unbeugsamkeit seiner

Nachbarn. Lange Zeit hatte er immer und nicht ohne Stolz mit Schmachthagen geantwortet, wenn man ihn fragte, wo er wohnte. Doch irgendwann waren ihm die ständigen Diskussionen, die darauf folgten, zu mühsam geworden. Selbst Ortskundige meinten nämlich, ihn belehren zu müssen, dass seine Straße auf keinen Fall zu Schmachthagen gehören könne.

Nun antwortete Simon also auch mit Ginsterfelde, wie ein geschlagener Unabhängigkeitskämpfer, dessen Vaterland durch einen reichen, präpotenten Nachbar annektiert wurde. Genauso wie er sich die Sprache der Jugendarbeiter zu eigen machte, ihr Schwadronieren über den Sozialraum imitierte, obwohl es ihn tief in seinem Inneren anwiderte.

6.

Von meinem Zimmer aus kann ich die Überreste der Orte meiner Kindheit sehen: im Hintergrund die Silhouette der Hochhäuser von Schmachthagen und davor die Grünfläche, die wir ,das Feld' nannten, obwohl es eigentlich eher eine Wiese war, ein einfaches Stück Brachgelände am Rand der Siedlung, auf dem wir Fußball oder Fangen spielten. Den ,Wald', einen schmalen Streifen mit Bäumen, deren höchsten Gipfel wir einnahmen wie Raubritter fremde Festungen, gibt es nicht mehr. Hier stehen jetzt Reihenhäuser, unter anderem unseres.

Wir entdeckten diesen Ort in unserem ersten gemeinsamen Sommer, als das Wetter besser wurde und wir begannen, außerhalb der Hochhäuser und des Einkaufszentrums zu spielen. Mein junger Freund war, anders als ich, ein hervorragender Kletterer und es dauerte nur Sekunden, bis er den größten Baum des winzigen Waldstücks erklommen hatte.

„Ich komm da nicht hoch! Da falle ich bestimmt runter", rief ich von unten hinauf.

Niklas stieg wieder herab und stellte sich neben mich. „So, jetzt kannst du hochklettern! Ich bleib hier stehen, und wenn du fällst, dann fange ich dich auf. Ehrenwort!"

Ich war dermaßen gerührt, dass ich gar nicht anders konnte, als es zu versuchen. Obwohl ich wusste, dass der kleine Niklas mich kaum würde halten können, überwand ich mich, unterdrückte den Schwindel und schaffte es bis nach ganz oben. Die Aussicht auf die Wohntürme war spektakulär.

Unzählige Male saßen wir danach in jenem Sommer dort, erholten uns vom Toben und Bolzen auf dem Feld, tranken Capri Sonne oder aßen Kratzeis, warfen mit Blättern nach Vögeln und sprachen über alles, was uns in den Sinn kam. Dort oben, wo sich unsere Worte mit dem Wind und dem Rauschen der Blätter vermischten, fiel das Reden seltsamerweise leichter als unten.

„Wenn ich groß genug bin, haue ich ab von hier", sagte Niklas eines Tages, in einer für einen Jungen seines Alters erschütternden Ernsthaftigkeit.

Ich wünschte mir, dass er niemals groß werden, dass er seinen Plan niemals umsetzen würde.

„Wir könnten uns ein riesiges Baumhaus bauen und für immer hier bleiben", schlug ich stattdessen vor. Ich war alt genug, um zu wissen, dass das unmöglich war, aber auch noch jung genug, um es mir trotzdem wunderbar vorzustellen.

Wir unterhielten uns darüber, wie so ein Baumhaus aussehen würde und was man benötigte, um es zu bauen.

„Wir bräuchten echt eine Menge Sachen. Das würde nur mit Hilfe von Erwachsenen klappen", sagte ich zusammenfassend, vernünftig und realistisch wie ich war, und dachte bereits darüber nach, wie ich meinen Vater für unser Vorhaben begeistern könnte.

„Nein!", sagte Niklas bestimmt. „Du darfst niemandem von unserem Baum und unserem Plan erzählen."

Ich musste es ihm versprechen, hoch und heilig.

Am nächsten Tag kam Niklas mit seinem Ranzen zum Baumhaus, obwohl immer noch Ferien waren.

„Was hast du denn da drin?"

Er wollte es mir erst oben zeigen. Der Rucksack war dermaßen schwer, dass sogar ein talentierter Kletterer wie er Schwierigkeiten hatte, damit den Baum hinaufzusteigen. Ich befürchtete, dass der Ast, auf dem wir saßen, unter dem Gewicht zusammenbrechen könnte. Als es anfing, verdächtig zu knacksen, wurde auch Niklas klar, dass wir handeln mussten.

„Warte, ich häng ihn hierhin." Er trennte sich von seinem Ranzen und befestigte ihn an einem benachbarten Ast. Kalte Schweißtropfen oder vielleicht sogar schon Tränen liefen mir das Gesicht hinunter, da ich immer noch panische Angst hatte, jeden Moment in die Tiefe abzustürzen – doch zum Glück hörte das verdächtige Knacksen unter uns auf.

Dafür machte sich nun der Ast neben uns bemerkbar. Niklas' Gepäck war einfach zu schwer, selbst für den vermutlich größten Baum der Siedlung. Die alte Buche warf den Ranzen ab wie ihr Blätterkleid im Herbst.

Wir stiegen so schnell es ging hinab und begannen, seine überall auf dem Boden verstreuten Sachen aufzuräumen. Niklas' Teddybär hatte den Sturz unbeschadet überlebt, sein mit roten Rennwagen bedruckter Pyjama war bloß etwas schmutzig geworden, das sicherlich mühsam zusammengebaute Lego-Raumschiff wieder in seine Einzelteile zerlegt, eine Flasche Fanta lief langsam aus, Bonbons und Süßigkeiten rollten in alle Richtungen. Am schlimmsten hatte es aber einen verzierten Bilderrahmen getroffen: Nicht nur, dass die Glasscheibe zerborsten war, auch die kleinen Steine und Muscheln, die den Rahmen schmückten, waren größtenteils hinüber.

Zum zweiten Mal sah ich Niklas weinen, was für einen Jungen in seinem Alter und in Anbetracht der vielen Tage, an denen wir uns nun schon gesehen hatten, sehr selten war. Diesmal gab er sich, anders als im Aufzug, keine Mühe, seine Gefühle vor mir zu verstecken.

„Wir kleben das wieder an, wir reparieren das", sagte ich, wohl wissend, dass wir das nicht hinkriegen würden, aber es brach mir das Herz, ihn so zu sehen.

Ich betrachtete das Foto im Rahmen. Es zeigte ihn, als er noch kleiner war, mit seinen Eltern. Ich hatte sie in all den Monaten, die wir uns nun schon kannten, immer noch nicht zu Gesicht bekommen. Sein Vater hatte noch viel dunklere Haut als er und seine Mutter war genauso weiß wie ich.

Erst da begriff ich, was es mit seinem Teint und seinen Haaren auf sich hatte: Sie waren schlicht das Erbe seines Vaters. Diese Tatsache war so profan wie logisch und doch betrübte mich die Erkenntnis ein wenig, hatte ich mir doch irgendwie eingebildet, mein kleiner Freund wäre etwas ganz Besonderes, sein außergewöhnliches Aussehen eine Art Geschenk, seine exotische Schönheit ein unerklärliches Wunder der Natur.

„Was ist denn das für ein Foto?", fragte ich, während ich zaghaft den Arm um ihn legte, in der Hoffnung, er würde dadurch und über das Erzählen mit dem Weinen aufhören können.

„Da waren wir am Strand. Warst du schon mal am Strand?"

Es hatte funktioniert, die Tränen hörten auf zu fließen, er schniefte nur noch ein wenig.

„Ja, schon oft. Vielleicht fahren wir in den Herbstferien wieder hin, nach

Spanien", sagte ich und dann, weil er doch noch sehr traurig aussah, gab ich ihm ein Versprechen, das erste von vielen, das ich nicht würde halten können: „Komm doch nächstes Mal einfach mit! Meine Eltern haben bestimmt nichts dagegen. Dann sammeln wir Muscheln und Steine am Strand und machen einen neuen Bilderrahmen, versprochen, noch viel schöner als der alte."

Niklas strahlte wieder und es war ein Gefühl wie Weihnachten und Geburtstag auf einmal, dass ich das geschafft hatte, ja vielleicht sogar der Grund dafür war.

Wir packten alles zurück in den Ranzen, auch den kaputten Rahmen, stellten ihn am Baumstamm ab und kletterten wieder hinauf, wo wir uns noch lange darüber unterhielten, was wir alles gemeinsam am Strand anstellen könnten.

„Warum hast du eigentlich diese ganzen Sachen mitgebracht?", fragte ich ihn irgendwann, obwohl ich es mir eigentlich denken konnte.

„Weil wir hierbleiben, für immer. Hast du doch selbst gesagt."

„Aber wir haben doch noch gar kein Baumhaus."

„Brauchen wir nicht. Ich kann auch auf dem Ast schlafen, wetten?"

Es kostete mich einiges an Überzeugungskraft und ich fühlte mich ungemein erwachsen, als ich es schließlich geschafft hatte, Niklas von der Unmöglichkeit seines Vorhabens zu überzeugen, ohne ihm das Gefühl zu geben, dass ich mich darüber lustig machte oder unseren Traum völlig aufgegeben hatte.

Als es Zeit für mich wurde, zum Abendessen nach Hause zurückzukehren, stieg ich hinab und er folgte mir ohne Widerrede, überholte mich sogar, flink wie er war. Im Gehen entdeckte ich noch einen winzigen Stein, der zu Niklas' Rahmen gehört haben musste, und steckte ihn ein, ohne dass er etwas davon bemerkte.

Ich nahm mir vor, diesen Stein wie einen Schatz zu hüten. Und ich schwor mir, dass das Versprechen, das er mir kurz zuvor gegeben hatte, umgekehrt genauso galt: Ich würde Niklas auffangen, wann immer er drohte zu fallen. Ich war mir sogar sicher, dass ich dafür groß genug war. Seit ich ihn an meiner Seite hatte, fühlte ich mich so stark wie nie.

Den Stein verlor ich leider dennoch, wenige Monate später. Dass ich auch Niklas irgendwann verlieren würde, dass irgendwann nichts und niemand ihm mehr Halt geben könnte, das ahnte ich damals noch nicht im Entferntesten.

7.

Simon hätte nicht gedacht, dass es so leicht gehen würde. Es funktionierte tatsächlich, im zweiten Anlauf schien sein Plan doch noch aufzugehen. Natürlich war auch Glück dabei, aber eben nicht nur: Er lernte schnell und hatte sich sein während des Praktikums erworbenes Wissen zunutze gemacht.

Anke unterstützte sein Vorhaben von Anfang an, auch aus eigenem Interesse. Sie war dringend darauf angewiesen, dass ihre Einrichtung attraktive Angebote machte und neue Zielgruppen erschloss, die für sie unzugänglich waren: Jugendliche, insbesondere männliche. Was kam da gelegener als ein junger Mann!

Doch auch wenn Simon es sich nicht eingestand, hatte der Stahlhof-Chef recht: Man brauchte Inhalte, besser noch, ein Steckenpferd, um sich der Zielgruppe zu nähern. Die einzige relevante Thematik, mit der Simon sich einigermaßen anfreunden konnte, waren Computer.

Er überlegte, womit sich Kinder am ehesten beeindrucken ließen und landete, wenig überraschend, zunächst bei Videospielen. Doch das Spielen allein war konzeptionell zu dünn, medienpädagogisch zu geächtet, als dass man daraus ein Projekt hätte stricken können. Blieb das Programmieren eines eigenen Spiels, das man durchaus als kreativen, schöpferischen Akt verkaufen könnte. Schon nach kurzer Ansicht einiger Tutorial-Videos zu diesem Thema verwarf er die Idee wegen der Komplexität der Materie allerdings wieder. Dafür würden seine bescheidenen Kenntnisse niemals ausreichen, geschweige denn die Geduld der mutmaßlich eher erlebnis- statt ergebnisorientierten Klientel.

Was er sich hingegen zutraute, war das Erstellen von Webseiten und Blogs. An der Schule hatte er mal einen solchen Kurs besucht, der sehr gut angekommen war. Natürlich verbot sich jeder Vergleich zwischen Neigungskursen am Gymnasium Ginsterfelde und einem Offenen Angebot in Schmachthagen, aber dennoch: Vielleicht würde es ihm auch dort gelingen, etwas Ähnliches aufzubauen.

Er mailte einer ehemaligen Mitschülerin namens Laura, die denselben Kurs besucht hatte und seitdem regelmäßig bloggte und nun sogar Medienwissenschaft studierte. Sie antwortete ihm umgehend, schickte ihm einige ganz konkrete Tipps und sicherte ihm ihre Unterstützung für sein Projekt zu.

Anschließend schrieb er ein Konzept, in dem er sämtliche erlernten Pädagogik-Schlagworte unterbrachte: Eigenverantwortung, Medienkompetenz, niedrigschwellig, berufsvorbereitend und so weiter. Anke war begeistert.

Sie stellten es beim nächsten großen Trägertreffen vor. Es gab in Schmachthagen nur zwei Orte, die über die nötige Infrastruktur, sprich einen PC-Raum mit ausreichender Kapazität für ein solches Angebot verfügten: Natürlich zum einen die Integrierte Gesamtschule Schmachthagen, kurz IGS, und zum anderen – den Stahlhof.

Auch wenn der Boss abermals nicht am Tisch saß, sondern sein Stellvertreter, blieb der Jugendclub zurückhaltend. „Das ist ein interessanter Vorschlag unseres jungen Kollegen, aber wir haben schon eine PC-Werkstatt am Laufen, ich sehe da derzeit bei uns keinen Bedarf", sagte der Stahlhof-Mensch, ein langhaariger Alt-Hippie namens Rainer (den Nachnamen kannte Simon nicht, da alle ihn duzten).

Dankbar meldete sich daraufhin die Schulsozialarbeiterin der IGS, Frau Schmidt-Kleinbauer, zu Wort. Niemand duzte sie, und dennoch war sie stets bemüht, die von ganz oben verordnete Zusammenarbeit zwischen Schule und Jugendarbeit voranzutreiben. „Ich könnte mir das bei uns durchaus vorstellen, im Rahmen der Nachmittagskurse für die Ganztagsschüler." Als sie die wenig begeisterten Minen ihrer Mitstreiter in freier Trägerschaft sah, schob sie schnell hinterher: „Selbstverständlich stünde das Projekt als Kooperationsangebot allen Jugendlichen des Sozialraums offen."

Dazu musste man wissen: Für die außerschulischen Jugendarbeiter war allein das Konzept der Ganztagsschule schon ein Affront, zwang es sie doch, ihre Angebote und damit ihre Arbeitszeit immer später in den Abend und ins Wochenende hineinzuschieben.

Und genau das spielte Simon in die Karten, darauf hatte er spekuliert, wohl wissend um das Konkurrenzdenken seiner neuen

Kollegen. Denn letztendlich entschieden weder die IGS noch der Stahlhof im Alleingang, ob und wo ein Kooperationsprojekt durchzuführen wäre, sondern die gesamte Runde. So sahen es die vom Jugendausschuss des Gemeinderates festgelegten Statuten des Kijukosch vor, mit denen man die Einrichtung politisch zur Zusammenarbeit verdonnern und Einzelgängertum sowie Konkurrenzdenken eigentlich hatte bekämpfen wollen.

Es folgten weitere Redebeiträge, die allesamt in die Richtung gingen, die Simon sich wünschte: Der Jugendclub sei als Austragungsort wegen höherer Niedrigschwelligkeit (welch hübsches Paradoxon!) und Zielgruppennähe geeigneter – und was spräche schon gegen ein zweites Angebot dieser Art? In der Schule, das räumte Frau Schmidt-Kleinbauer ein, gab es schließlich sogar bereits drei verschiedene Computer-Kurse. Und auch Rainer musste zugeben, dass der PC-Raum im Stahlhof die meiste Zeit leer stand.

So kam es, dass der Vorschlag, das Projekt im Jugendclub durchzuführen, mit großer Mehrheit und nur einer Gegenstimme (Schmidt-Kleinbauer) sowie einer Enthaltung (Rainer) angenommen wurde.

Natürlich hatte Simon keine Ahnung, was ihn erwarten würde, und natürlich hatte er auch Angst, aber in diesem Moment war da bloß die Freude. Er hatte es geschafft. All die Strapazen, die er während des Praktikums und bereits zuvor an der Uni auf sich genommen hatte, waren nicht umsonst gewesen. Es stand jetzt eins zu null in seinem todernsten Spiel gegen Big Joe. Aber, so viel war auch klar: Die Partie hatte eben erst begonnen.

8.

Meine erste und stärkste Erinnerung an Niklas' Wohnung ist der Gestank. Sogar die Kekse, die er für uns aus einer Schale im Küchenschrank holte, schmeckten nach Rauch.

Jetzt wusste ich, woher der seltsame Geruch kam, der immer in Niklas' Klamotten lag und den ich zuvor nie hatte zuordnen können: Es waren die Zigaretten seiner Mutter. Noch bevor sie eine aufgeraucht hatte, zündete sie sich bereits die nächste an.

Mein Besuch war nicht geplant gewesen. Niklas und ich waren, wie jeden Nachmittag, verabredet, ohne dass es eine vorherige Absprache darüber gegeben hatte. Doch er kam und kam einfach nicht runter. Er hatte mich noch nie versetzt, also machte ich mir Sorgen und beschloss, nach ihm zu sehen.

Ich schlich mich hinter einem anderen Bewohner ins Haus und klingelte erst, als ich schon vor der Wohnungstür stand. Es dauerte ewig, bis jemand öffnete. Es war Niklas.

„Ich kann heute nicht runterkommen. Muss mich um Mama kümmern."

Er wirkte zerstreut, sah mich kaum an, ganz anders als sonst, wenn wir uns trafen und sich seine eigentlich so traurigen Augen vor Freude weiteten, bevor er zu lachen begann und sie zu kleinen Schlitzen wurden.

„Ist deine Mama krank?"

Er antwortete mir nicht und ich hatte schon die Befürchtung, er würde einfach die Tür vor meiner Nase schließen, doch er ließ mich hinein.

Seine Mutter lag auf dem Sofa und machte keine Anstalten aufzustehen, als sie mich erblickte. Sie sah um Jahrzehnte älter aus als auf dem Foto, das Niklas mit in den Wald gebracht hatte. Ihre Augen wirkten aufgequollen und die Ringe darum waren tellergroß. Sie trug ein viel zu weites T-Shirt und eine lila Leggins. Auf dem gekachelten Sofatisch vor ihr standen ein übervoller Aschenbecher und eine angebrochene Tablettenpackung.

„Das ist mein Freund Simon, Mama."

„Da hast du dir aber einen außergewöhnlich großen Freund gesucht, mein Kleiner." Ich war mir nicht sicher, wie sie das meinte, in jedem Fall klang es wertend, aber ob es bemängelnd oder bewundernd war, vermochte ich nicht zu erkennen. Vielleicht ja beides. In jeden Fall fühlte es sich gut an, denn eigentlich war ich für mein Alter gar nicht besonders groß.

„Dürfen wir spielen gehen?"

„Mein Kleiner, lass mich jetzt nicht allein." Nun war ich mir sicher, dass sie krank sein musste. Welche gesunde Mutter sagte schon so etwas zu ihrem Kind?

„Wir gehen ja nicht nach unten, nur nebenan, okay?"

„Ihr holt euch was zum Spielen von nebenan und dann setzt ihr euch hier zu mir ins Wohnzimmer, einverstanden?"

Niklas nickte. Ich hatte eigentlich keine Lust, meinen Spielkameraden mit dieser Frau zu teilen, sie machte mir sogar Angst, aber ich sagte nichts. Wir gingen in sein Zimmer, das winzig war und furchtbar unordentlich.

Vielleicht war es auch gar nicht winzig, sondern genauso groß oder klein wie meines, aber es war dermaßen vollgestellt und chaotisch, dass es mir winzig erschien.

Obwohl ich Aufräumen hasste, wie so ziemlich jedes Kind, hätte ich es keine fünf Minuten in meinem Zimmer ausgehalten, wenn es so ausgesehen hätte. Der Boden war überhaupt nicht mehr zu sehen. Eine dicke Schicht aus Legosteinen, Stofftieren, Anziehsachen, leeren Süßigkeitenverpackungen, Buntstiften und zerknüllten Blättern Papier bedeckte ihn vollständig.

Niklas holte eine Brettspielsammlung aus dem Schrank, der nicht viel ordentlicher als der Fußboden aussah. Der dicken Staubschicht nach zu urteilen, hatte er damit seit Ewigkeiten nicht mehr gespielt.

„Mensch ärgere dich nicht? Oder lieber Mühle?"

„Entscheidet ihr, ich spiele nicht mit, ich kann nicht. Ich schaue euch nur zu."

Ich versuchte, mich soweit wie möglich von seiner Mutter wegzusetzen, aber dem beißenden Qualm ihrer Zigarette konnte ich mich nicht entziehen. Es dauerte nicht lang, bis meine Augen tränten.

Wir spielten ein paar Runden und sprachen dabei kaum ein Wort. Und es war nicht nur der Tabak, der die Atmosphäre vergiftete. Es war die ganze Aura dieser Frau. Ich beschloss, sie zu hassen, mit der gleichen Leidenschaft, mit der ich Niklas liebte.

Irgendwann behauptete ich, nach Hause zu müssen und stand auf. „Danke für die Kekse", sagte ich, wohlerzogen wie ich war, obwohl sie widerlich geschmeckt hatten. „Und gute Besserung."

„Du kommst uns doch bald wieder besuchen, oder?"

Ich antwortete ihr nicht, denn im Lügen war ich nicht besonders gut.

An der Tür fragte ich Niklas flüsternd, ob er morgen wieder runterkommen würde, doch er zuckte nur mit den Schultern.

„Wenn Papa wiederkommt, ja. Sonst, mal schauen."

Ich verstand nichts und stellte dennoch keine Fragen. Beunruhigt wie selten zuvor ging ich nach Hause, wo mich meine Mutter, mein Vater und mein schönes, aufgeräumtes Zimmer bereits erwarteten.

9.

Das Computerzimmer war ein schmuck- und vor allem fensterloser Raum im Keller eines Seitenflügels der alten Ziegelei. Es roch feucht, die Belüftung war miserabel und anders als man meinen sollte, war es dort unten an jenem Spätsommertag nicht angenehm kühl, sondern warm und stickig.

Simon hatte keine Ahnung, wie viele Kinder überhaupt kommen würden, ‚niedrigschwellig‘ bedeutete nämlich hauptsächlich eines: ohne verbindliche Anmeldung. Gemeinsam mit Anke hatte er in den vergangenen Tagen viel Werbung für das Projekt gemacht, einen aufwändig gestalteten Flyer drucken lassen und ihn in ganz Schmachthagen verteilt. Dennoch fuhr Simon erst einmal bloß die Hälfte der etwa ein Dutzend in die Jahre gekommenen Rechner hoch, was die Hitze gleich nochmals vergrößerte.

Die andere Hälfte war ohnehin kaum zu gebrauchen, das hatte ihm Rainer zuvor schon erklärt. Er war nämlich nicht nur stellvertretender Stahlhof-Leiter, sondern auch für so ziemlich jede Werkstatt im Jugendclub zuständig. Und mit Computern schien er es nicht viel anders als mit Fahrrädern oder Nebelmaschinen zu handhaben: Er ließ die Kinder daran herumschrauben, vorgeblich, um sie zu reparieren, aber, wie die vielen völlig verhunzten Rechner zeigten, hatten diese Maßnahmen mehr Schaden angerichtet als behoben.

Selbst jene Rechner, die sich zumindest noch hochfahren ließen, waren vollgestopft mit dubiosen Programmen und mutmaßlich hochgradig virenverseucht. Die Pop-up-Fenster, die sich beim Versuch, eine Internetverbindung herzustellen, unaufgefordert öffneten, warben allesamt für eindeutig jugendgefährdende Inhalte. Simon war heilfroh, dass er Anke hatte ausreden können, ihn bei seinem ersten Kurstermin zu unterstützen, denn wenn sie das gesehen hätte, wäre sie vermutlich in Ohnmacht gefallen.

Als fünf Minuten nach dem offiziellen Kursbeginn noch immer niemand gekommen war, wurde Simon langsam nervös. Um sich abzulenken, packte er die Muffins aus, die Anke ihm mitgegeben hatte – selbstgebacken. Das tat sie ständig, backen für ihre Klientinnen. „Ohne leibliches kein seelisches Wohl“, sagte sie immer, aß aber selbst allerhöchstens ein paar Krümel ihrer eigenen Kreationen (was man ihr auch ansah, denn sie war viel zu mager).

Was tun, wenn keiner kam? Das Wetter – sowohl zu gutes als

auch zu schlechtes – oder eine vermutete Grippewelle hatten bereits einige Male in den letzten zwei Praktikumsmonaten dafür gesorgt, dass der üppig gedeckte Tisch beim wöchentlichen Alleinerziehenden-Café beinahe leer geblieben war und Simon drei Viertel von Ankes Torte mit nach Hause nehmen durfte.

Aber das waren etablierte Angebote, die schon Teilnehmer hatten, zwar nicht jedes Mal präsente, aber immerhin. In den entsprechenden Berichten für die Behörde konnte man die Zahlen dann einfach ein bisschen nach oben korrigieren, um den Fortbestand der Projekte nicht zu gefährden. Doch was würde aus seinem Kurs, wenn niemand zum Ersttermin kam? Und vor allem aus seinem Plan? War seine Mission im Stahlhof etwa schon wieder beendet, bevor sie überhaupt begonnen hatte?

Ein zaghaftes Klopfen an der Tür riss Simon aus seinen Gedanken.

„Ja, herein!", rief er erleichtert.

„Hi, ist das der Computerkurs?", krächzte der Junge, als er durch die Tür trat. Vierzehn oder fünfzehn Jahre mochte er alt sein, trug eine Brille, hatte eine Zahnspange, litt unter schwerer Akne und fettigem Haar und zu allem Überfluss quollen unter seinem fleckigen T-Shirt auch noch Fettröllchen hervor.

„Hi, ich bin Simon. Und wie heißt Du?"

„André. Darf ich einen?" Er zeigte auf die Muffins.

„Klar, greif zu, dafür hab ich sie mitgebracht."

„Hey Fetti, lass mir auch noch was von den Dingern da übrig!" Simon und André drehten sich abrupt in Richtung Tür um.

„Äh, hallo. Keine Angst, es ist noch genug für alle da!", sagte Simon.

Der zweite Junge kam in Begleitung eines Freundes, der jedoch weniger vorlaut schien. Sie stellten sich auf Nachfrage als Mike (der Freche) und Emre (der Schweigsame) vor und waren beide dreizehn.

Während sich die Kinder auf die Muffins stürzten und nebenbei bereits die Rechner vergeblich nach brauchbaren Spielen durchsuchten, wartete der Kursleiter noch ein paar Minuten, doch es fanden sich keine weiteren Interessenten ein.

Simon versuchte, von den drei Jungs zu erfahren, welche Vorkenntnisse sie mitbrachten und welche Erwartungen sie an den Kurs hatten, doch es war unmöglich. Die klapprigen Computer beanspruchten die gesamte Aufmerksamkeit ihrer jungen Nutzer.

Bereits zum zweiten Mal musste er Mike daran hindern, eine Pornoseite aufzurufen, während Emre nur leise kichernd daneben saß und seinen frühreifen Freund bewundernd ansah. André hingegen schien damit beschäftigt, ein Ballerspiel herunterzuladen, noch dazu von einer wenig legal aussehenden Seite.

„Leute, wenn ihr jetzt nicht sofort mit dem Scheiß aufhört und mir nicht wenigstens mal für fünf Minuten zuhört, dann zieh ich den Stecker!" Simon war kurz davor, die Nerven zu verlieren – und das bereits nach weniger als einer Viertelstunde.

Mike tat so, als hätte er nichts gehört, während André Protest einlegte. „Aber bei Rainer dürfen wir die erste halbe Stunde immer erstmal so ins Internet!"

„Habe ich vielleicht lange Haare und 'nen Bart? Seh ich aus wie Rainer?!"

Emre brachte als einziger einen verlegenen Lacher hervor, Mike beachtete ihn weiterhin nicht und André blickte ihn ungläubig an. Immerhin hatte er den Download abgebrochen.

„Mike, entweder du nimmst sofort die Finger von der Tastatur oder ich sorge persönlich dafür, dass du nie wieder einen Fuß in diesen Computerraum setzt." Simon war erstaunt über sich selbst, hatte er das gerade wirklich getan, eine Drohung ausgesprochen?

Noch überraschter war er nur, als er sah, dass Mike wirklich von seinem Rechner abließ. Um sich Sekunden später an dem PC daneben zu schaffen zu machen.

„Haben wir uns immer noch nicht verstanden?"

Simon befand sich jetzt auf einer Einbahnstraße. Es gab kein Zurück mehr. Das alles, so befürchtete er, würde böse enden, einen Rauswurf gleich am ersten Tag, entweder dieser Junge oder er, einer würde wohl gehen müssen. Aber wenn er wirklich jemals im Leben ernsthaft in diesem Beruf arbeiten wollte, dachte er sich, durfte er jetzt nicht einknicken.

„Sie haben gesagt, weg von *der* Tastatur, und das habe ich

gemacht, das hier ist schließlich eine andere Tastatur!"

Emre kicherte leise und selbst André grinste.

„Stell dich nicht dümmer als du bist. Ich meinte die Tastatur als solche, egal von welchem Rechner. Und die Maus übrigens genauso. Also, du hast die Wahl, entweder du lässt das jetzt, hörst mir zu, so wie dein Freund Emre und so wie André, oder du verlässt diesen Kurs und kommst nicht mehr wieder. Du entscheidest."

„Wenn ich gehe, geht Emre auch."

Emre nickte beflissen.

„Das wäre schade. Emre scheint mir nämlich ein vernünftiger Junge zu sein. Ich glaube, er würde gern hierbleiben und mitmachen." Teile und herrsche, dachte sich Simon und lag gar nicht mal so daneben. Immerhin widersprach Emre nicht – und tatsächlich ließ Mike erstmalig vom Computer ab.

„Was sollen wir denn überhaupt hier machen?"

„Gut, dass du das fragst, Mike. Das wollte ich euch nämlich gerade erklären. Wie ihr vielleicht gelesen habt, werden wir in diesem Kurs Webseiten erstellen. Aber nicht irgendwelche, sondern…"

„…Pornowebseiten!", unterbrach ihn Mike. Allgemeines Gelächter. Sogar Simon musste ein Schmunzeln unterdrücken.

„Nein, Mike. Wie du offenbar ja bereits weißt, gibt es davon schon genügend. Ich habe vor, eine Webseite über den Stahlhof zu machen. Mir ist nämlich aufgefallen, dass noch gar keine existiert."

„Das haben wir mit Rainer auch mal versucht. Ich hatte sogar schon ein paar echt coole Templates gebaut, aber dann wurde es doch nichts", meldete sich André zu Wort.

„Was für Tempel hast du gebaut, Fetti?", fragte Mike.

„Hör bitte auf, André so zu nennen, sonst nenne ich dich ab sofort Porni", sagte Simon. Erneutes Gelächter und diesmal kein unterdrücktes, sondern ein richtiges Schmunzeln des Dozenten. Langsam gewann er spürbar an Boden zurück. Vielleicht würde dieser Tag doch nicht so schlimm enden, wie er eben noch befürchtet hatte.

„Warum ist das nichts geworden, André?"

„Der Boss wollte das nicht, 'ne eigene Webseite für den Stahl-hof. Der ist da 'n bisschen altmodisch, was Internet und so an-geht. Können wir also vergessen."

„Habt ihr schon mal was von Meinungsfreiheit gehört? Das bedeutet, jeder hat das Recht, seine Sicht der Dinge dazustellen, auch im Netz. Wenn wir also eine Webseite über den Stahlhof ma-chen wollen, brauchen wir Herrn Lieberknecht nicht um Einver-ständnis zu fragen. Es ist dann zwar keine offizielle, aber das muss ja auch nicht sein."

„Oha, Digger! Er legt sich mit *Big Joe* an! Er ist wohl lebensmü-de!", rief Mike und machte eine übertriebene Schüttelgeste mit der Hand.

Simon widersprach, aber eher halbherzig, war er doch nicht ganz unzufrieden über den Eindruck, den er bei seinen Schützlin-gen mehr oder weniger unfreiwillig erweckt haben musste. Der la-tent subversive Charakter seines Vorhabens erschien ihm jeden-falls geeignet, das Trio dafür zu gewinnen.

Die restliche Zeit nutzte Simon, um den Dreien erste Grund-lagen in Sachen Webdesign zu vermitteln, wobei sich der mit die-sem Thema bereits vertraute André als große Unterstützung er-wies. Nicht, dass Simon seine leicht besserwisserische Art beson-ders schätzte, aber immerhin stachelte er mit seinem Übereifer den anerkennungshungrigen Mike dazu an, es ihm gleichzutun: Wann immer André damit prahlte, etwas bereits zu wissen, wollte Mike es mindestens genauso gut können.

Der Kurs war fast vorüber, da ging die Tür ein weiteres Mal auf. Ohne anzuklopfen trat ein junger Mann ein, zu jung, um Mit-arbeiter zu sein, aber eigentlich auch zu alt, um noch als Jugend-clubbesucher durchzugehen. Simon hatte ihn jedenfalls noch nie gesehen und der Unbekannte stellte sich auch nicht vor.

„Emre, kommst du bitte mal? Der Boss möchte dich spre-chen."

Ohne auch nur eine Sekunde zu zögern, standen sowohl Emre als auch Mike auf.

„Nur Emre, bitte." Mike setzte sich wieder. „Dauert nicht lan-ge."

„Ja, hier dauert's auch nicht mehr lange, vielleicht kann ich vorher kurz noch fertig…" Bevor Simon den Satz beenden konnte, hatten sowohl der junge Mann, als auch Emre den Computerraum bereits verlassen.

„Was sollte das denn?", sagte Simon, mehr zu sich selbst als zu den beiden noch verbliebenen Teilnehmern.

„Seien Sie froh, dass er nicht Sie sprechen wollte", sagte Mike.

„Hat Emre irgendwie Ärger mit Big… Mit Herrn Lieberknecht?"

„Nicht, dass ich wüsste", sagt Mike, und er hätte es ja wohl wissen müssen, denn offenbar waren die beiden beste Freunde.

„Vielleicht lässt er den Raum hier auch überwachen und hat alles mitbekommen. Und jetzt ruft er einen nach dem anderen zu sich, damit wir ja nicht auf die Idee kommen, mit Ihnen diese Webseite zu machen", mutmaßte André, ohne auch nur Spuren von Ironie erkennen zu lassen.

„So ein Quatsch, das ist doch völlig absurd", sagte Simon, und das war es vermutlich wirklich. Und dennoch: Über irgendetwas in Andrés Aussage war er gestolpert, er wusste nur nicht mehr, über was.

„Ich find das gar nicht so absurd. Wäre nicht das erste Mal. Auf den Partys gibt es in jedem Fall versteckte Kameras", brachte ihn Mike wieder darauf. „Schauen Sie mal."

Erneut ohne zu fragen griff Mike zu Maus und Tastatur, doch diesmal ließ Simon ihn gewähren. Kurze Zeit später hatte er ein Internetvideo aufgerufen, das den Titel *Die Schlampe vom Stahlhof* trug. Zu sehen waren Bilder, die ein Mädchen und einen Jungen zeigten, um die sechzehn, wie sie in einer halbdunkelen Ecke einer Tanzfläche innig miteinander knutschten, wobei sie ihm wiederholt ins Gemächt fasste, während er die Hände vollumfänglich auf ihr Dekolleté gelegt hatte.

„Das soll hier im Stahlhof entstanden sein?", fragte Simon.

„Ja, irgendwer muss die Überwachungsvideos aus dem Büro vom Boss gestohlen und das hier online gestellt haben. Es wurde schon ein paarmal gelöscht, aber es taucht immer wieder auf. Schon über tausend Klicks. Geil, was?", sagte Mike, als müsste man darauf irgendwie stolz sein.

„Kennt ihr die beiden? Wisst ihr, wie die heißen?"

„Keine Ahnung, wie die heißen. Aber ich glaube, das Mädchen geht in dieselbe Klasse wie Emres Bruder", sagte Mike. André beteuerte, keinen der beiden jemals gesehen zu haben.

Emre war noch immer nicht wieder zurück, als Simon die Stunde schließlich für beendet erklärte, nicht ohne den beiden Jungen vorher noch ein paar mahnende Worte über die schlimmen Folgen von Cybermobbing mit auf dem Weg zu geben. Insgeheim jedoch war er sehr froh über diese Entdeckung, die ihm, so hoffte er, noch nützlich sein würde.

10.

Am Tag nach meiner ersten Begegnung mit Niklas' Mutter wartete ich unten auf ihn. Wieder war er zur üblichen Uhrzeit nicht da, doch ich war fest entschlossen, diesmal nicht zu klingeln und harrte weiter aus.

Als er schließlich doch noch kam, schien alles wie immer und mir fiel ein Stein vom Herzen. Wir gingen auf das Feld, spielten Fußball und Fangen und kletterten anschließend wie üblich auf unseren Baum.

„Geht es deiner Mutter wieder besser?"

Er nickte, sah mich dabei aber nicht an. Ich gab mich damit zufrieden. Doch spätestens als er nur kurz darauf und viel früher als sonst seinen Abstieg ankündigte, hinab von unserem Baum, den er noch vor wenigen Tagen nie mehr hatte verlassen wollen, merkte ich, dass doch nicht alles wieder in Ordnung war.

„Warum willst du denn schon los? Wegen deiner Mama?"

„Nein."

„Warum dann?"

„Wegen Papa."

„Was ist mit deinem Papa?"

Als Antwort kam nur ein Achselzucken. Ich fragte nicht nach. Wir liefen schweigend zurück in die Siedlung.

Auch in den Tagen darauf sprachen wir nicht über Niklas' Eltern. Er kam jetzt immer etwas später und er ging etwas früher, ich fand mich damit ab und genoss die Zeit, die uns blieb, umso mehr. Die Schule hatte wieder angefangen, die Tage waren ohnehin kürzer geworden.

Dann, vielleicht eine oder zwei Wochen später, kam er eines Tages überhaupt nicht. Ich wartete, bis es dämmerte, mehrmals war ich kurz davor, bei ihm zu klingeln, aber irgendetwas hielt mich davon ab. Ich war wütend, aber nicht auf ihn, sondern auf seine Mutter, war ich mir doch sicher, dass sie Schuld daran hatte und ihm verbot, hinunterzukommen.

Am nächsten Tag war Niklas wieder da. Weder fragte ich ihn, warum er nicht gekommen war, noch fragte er mich, warum ich nicht geklingelt hatte. Wir taten so, als wäre nichts geschehen.

Dasselbe wiederholte sich in den Wochen darauf noch einige Male. Und mit jedem Mal fiel es mir schwerer, die Routine aufrechtzuerhalten. Wir versuchten beide, die Unbeschwertheit unseres ersten gemeinsamen Sommers in den Herbst hinein zu retten, doch das war unmöglich. Nicht nur wegen der rätselhaften Ruhetage, sondern auch wegen der sich verändernden Witterung. Die hellen, warmen Tage waren unwiderruflich vorüber.

Auf dem Feld waren kaum noch Kinder, immer öfter waren wir die einzigen, die dort spielten. Das machte uns zwar nichts aus, aber doch verstärkte es meine Melancholie, mein Gefühl, dass sich etwas verändert hatte und es nie wieder so sein würde, wie es einmal war. Nichts erscheint einem Zehnjährigen am Ende des Sommers weiter entfernt und unerreichbarer als der nächste Sommer.

Unser Baum hatte fast all seine Blätter verloren, als mich Niklas an mein Versprechen erinnerte.

„Gibt es im Herbst eigentlich noch Muscheln am Strand?"

Ich musste schlucken. Das Thema hatte ich völlig verdrängt. Dabei sprachen wir zu Hause seit Tagen von nichts anderem mehr als von dem Teneriffa-Urlaub in den Herbstferien, die schon in der kommenden Woche beginnen würden. Aber auf die Idee, meine Eltern zu fragen, ob ich Niklas mitnehmen könnte, war ich entgegen meiner vollmundigen Ankündigung ihm gegenüber einige Wochen zuvor nicht gekommen. Mal abgesehen davon, dass so etwas bestimmt zu teuer und organisatorisch kaum umsetzbar sein würde – sie kannten ihn ja nicht einmal! Wenn sie mich fragten, mit wem ich nachmittags so spielte, dachte ich mir irgendwelche Namen aus oder sagte, ich wüsste nicht, wie die anderen Kinder hießen. Ich wollte Niklas einfach mit niemandem teilen, noch nicht einmal in Erzählungen.

„Ja, da gibt es immer Muscheln", sagte ich, nach kurzem Zögern.

„Und Sand?"

„Natürlich. Warum nicht?"

„Und Schnee?"

„Nein, am Strand schneit es nie. Zumindest nicht auf Teneriffa."

„Gut."

Noch am selben Abend überwand ich mich und erzählte meinen Eltern endlich von Niklas. Erst dachte ich, es käme einem Verrat gleich, doch als ich merkte, wie interessiert, wie erfreut, gar erleichtert meine Eltern waren, dass ihr Sohn, Einzelkind und Einzelgänger zugleich, endlich einen Freund gefunden hatte, da spürte ich, dass es richtig gewesen war. Ihn so lange geheim zu halten, war nichts als kindischer Egoismus gewesen.

Mir dessen bewusst werdend, verschwieg ich ihnen aus Scham, wie lange wir uns schon kannten. Sie mussten also glauben, es handele sich um eine neue, vielleicht sogar noch flüchtige Bekanntschaft – und animierten mich dennoch, ihn bald zu uns einzuladen.

Als ich ihnen dann auch noch mein eigentliches Anliegen eröffnete, da wiesen sie mich nicht zurecht, sondern riefen im Reisebüro an, um sich zu erkundigen, was ein weiteres Flugticket kosten würde und fragten mich, ob ich die Telefonnummer seiner Eltern wüsste, um die Sache mit ihnen zu besprechen.

Aber, wie sich herausstellte, erübrigte sich dieser Schritt ohnehin, denn der Flug war restlos ausgebucht, da half auch kein Weinen und kein Schreien (so viel zum Thema Überwindung des kindlichen Egoismus).

Und selbst dafür schimpften meine Eltern mich nicht aus, sondern versuchten, mich zu trösten. Vergeblich. Ich fühlte mich von der Welt verraten und unglaublich ungerecht behandelt. Die Bemühungen, das Verständnis und die Liebe meiner Eltern nahm ich gar nicht wahr, so selbstverständlich erschienen sie mir.

Zum ersten Mal seitdem wir uns kannten, wünschte ich mir am nächsten Tag, Niklas würde mich versetzen, damit ich ihm nicht die schlechte Nachricht überbringen musste. Doch er kam. Erst als wir auf dem Baum waren, sagte ich es ihm.

„Das Flugzeug ist ausgebucht. Du kannst doch nicht mitkommen nach Spanien."

„Dann fahren wir halt mit dem Zug. Sind wir damals auch, als wir am Strand waren."

„Das geht nicht, das ist eine Insel, die ist ganz weit weg. Da kommt man *nur mit dem Flugzeug hin."*

„Wenn es eine Insel ist, dann kann man doch auch mit dem Schiff hinfahren, oder?"

„Vielleicht, aber man würde bestimmt sehr, sehr lang brauchen."

„Das macht nichts. Ihr könnt ja fliegen und ich nehme das Schiff."

Ich erklärte ihm, dass auch das nicht ging, und immer wieder wischte er meine Einwände mit einem Gegenvorschlag beiseite. Es dauerte ewig, bis er aufgab und verstanden hatte, dass es wirklich nicht ging.

„Aber meine Eltern haben gesagt, du kannst vielleicht nächstes Jahr mitkommen. Falls deine Eltern einverstanden sind."

Wenn für mich ein Jahr schon unerreichbar weit weg war, wie unendlich lang musste es dann jemandem erscheinen, der noch kleiner war? In jeden Fall war Niklas' Enttäuschung genauso groß wie meine, doch zum Glück war er, anders als ich befürchtet hatte, nicht gekränkt oder wütend auf mich.

„Willst du eigentlich mal mit zu mir kommen?"

Er sah mich einen Moment lang an, als wäre das ein völlig abwegiger, verrückter Vorschlag, doch dann sagte er: „Ja, klar."

Am nächsten Tag regnete es, was uns andere Male nicht daran gehindert hatte, rauszugehen, aber nun hatten wir einen guten Anlass, meine Einladung in die Tat umzusetzen.

Mein Vater war noch in der Schule, so dass Niklas zunächst nur meine Mutter kennenlernte. Ich merkte sofort, dass sie ihn mochte. Sie fuhr ihm gleich zur Begrüßung durch die Haare und – anders als ich, wenn mich irgendwelche erwachsenen Verwandten betätscheln oder streicheln wollten – wich er nicht zurück, sondern schien sogar Gefallen daran zu finden. In jedem Fall schenkte er ihr ein breites Lächeln, das meine Mutter offenbar derart verzauberte, dass sie sich dazu hinreißen ließ, mit dem Zeigefinger Niklas' Stupsnäschen zu berühren.

„Mama, ist gut jetzt, Niklas ist kein Baby mehr", sagte ich.

„Ich weiß, mein Großer!", sagte sie – und wuschelte mir prompt ebenfalls mit der einen Hand durch die Haare, während sie mit der anderen meine Nasenspitze antippte. Vielleicht glaubte sie, ich wäre bloß eifersüchtig und würde mir wünschen, ebenso freudig von ihr begrüßt und berührt zu werden. Doch das stimmte nur zum Teil. Ich war eifersüchtig. Aber nicht auf Niklas, sondern auf sie. Seitdem wir unsere Nachmittage nicht mehr in der Enge des Aufzugs verbrachten, hatte ich sein wunderbares Haar nicht mehr

berührt. Ich fand, wenn das jemandem zustand, dann mir, seinem großen Freund, und nicht ihr, die sie ihn doch gar nicht kannte.

Doch das sollte sich nun ändern, und ich wusste plötzlich gar nicht mehr, ob ich das überhaupt wollte.

11.

Nachdem die Kinder gegangen waren, blieb Simon noch in dem stickigen Kellerraum und versuchte, die Computer wieder flott und virenfrei zu bekommen. Als er sich schließlich am frühen Abend auf dem Weg nach draußen machte, begegnete er auf dem Hof Joachim Lieberknecht alias Big Joe. Es war ihr erstes Wiedersehen seit dem misslungenen Vorstellungsgespräch vor rund einem Vierteljahr.

„Du bist also der Neue? Dich kenn ich doch!" Er hatte das Treffen also genauso wenig vergessen wie Simon. „Da hast du es dem alten Sack bewiesen und bist jetzt doch in unserer Branche gelandet. Haben meine warmen Worte dich wohl erst recht angestachelt, was?"

Scherzte er? Oder neigte er tatsächlich zu solcher Selbstüberschätzung, dass er glaubte, ihr fünfzehnminütiges Gespräch könnte seine Berufswahl grundlegend beeinflusst haben, in welche Richtung auch immer? Simon war sich nicht sicher, entschied sich aber dafür, so zu tun, als sei es lustig gemeint und sogar lustig, also antwortete er mit einem recht gequälten Lachen.

„Na gut, Computer also. Halte ich zwar nicht viel von, die Kids sitzen doch genug vorm Schirm, aber es gehört natürlich dazu heutzutage. Was genau machst du da? Ihnen zeigen, wo sie die besten Pornos finden?"

„Ich glaube, dazu brauchen sie mich nicht, das kriegen sie auch schon alleine ganz gut hin."

Jetzt lachte Big Joe, und es wirkte überhaupt nicht gequält. Selbst sein Lachen strahlte Autorität und Selbstsicherheit aus, es war ein tiefes Grunzen, das seinen gesamten stämmigen Körper vibrieren ließ.

„Hast du noch einen Moment? Wenn du Lust hast, würde ich mich gern mal kurz mit dir unterhalten."

Lust hatte Simon beileibe nicht, aber er dachte an sein Vorhaben und willigte ein, obwohl er sich gewünscht hätte, in dieses Gespräch mit ein wenig mehr Vorbereitung gehen zu können.

Die beiden setzten sich auf eine Bank in eine Ecke des Hofs. Während sie sprachen, kamen hin und wieder Jugendliche auf ihn zu, die ihren sogenannten *Boss* irgendetwas fragen oder ihm etwas zeigen wollten, doch er brauchte nur leicht die Hand zu heben und sie entfernten sich wieder, ohne ihn weiter zu behelligen.

„Also, mir ist zu Ohren gekommen, dass du darüber nachdenkst, eine Homepage für den Stahlhof zu machen, stimmt das?"

„Haben Sie Emre deswegen vorhin holen lassen? Um ihn über meinen Kurs auszuhorchen?"

„Unsinn. Bis er mir nicht davon erzählt hat, wusste ich gar nicht, dass er daran teilnimmt. Aber was die Sache mit der Internetseite angeht: Das kannst du dir aus dem Kopf schlagen."

„Und weshalb?"

„Eine Homepage ist doch nichts als eine PR-Maßnahme. Und wozu sollte ein Jugendclub Öffentlichkeitsarbeit brauchen?"

Simon glaubte, der Pädagoge würde eine Antwort auf die Frage erwarten und wollte bereits Argumente hervorbringen, doch er ließ ihn nicht zu Wort kommen.

„Ich sage es dir: Weil man sich anbiedern will, bei der Zielgruppe, bei den Medien, bei der Politik, den Kollegen, den Ämtern, bei wem auch immer. Das haben wir nicht nötig. Wir sind etabliert und erfolgreich. Unsere Baustellen liegen woanders. Wenn wir eines *nicht* gebrauchen können, dann PR."

„Da liegen Sie gar nicht so daneben. Zumindest was schlechte PR betrifft. Aber davon könnten Sie bald eine Menge haben. Umso wichtiger wäre es, mit guter PR dagegenzusteuern."

Lieberknechts Gesicht – ein einziges Fragezeichen. Simons Herz schlug schneller, er spürte, wie seine Hände feucht wurden.

„Kennen Sie ‚Die Schlampe vom Stahlhof'?", ließ er sein Ass aus dem Ärmel.

„Ist dieser Dreck etwa schon wieder online?"

„So etwas bekommen Sie nicht dauerhaft gelöscht. Mit jedem

Versuch, das zu tun, wird das Video bloß populärer. Was glauben Sie, was meine Chefin Anke Gebhardt sagen würde, wenn sie davon erfahren würde?"

„Was willst du eigentlich? Mir drohen?" Sein Gesichtsausdruck wurde beängstigend finster.

„Im Gegenteil, ich will Ihnen helfen. Ich kenne mich aus mit neuen Medien und könnte eine Gegenstrategie entwickeln."

„Ich glaube, jetzt überschätzt du dich gerade doch ein bisschen. Wegen dieser Sache stehe ich mit meinen langjährigen, vertrauensvollen Ansprechpartnern im Jugendamt – im Übrigen dieselben, die auch Anke Gebhardts Einrichtung finanzieren – bereits in ständigem Austausch. Wir wissen, wer das gemacht hat und wir haben bereits Maßnahmen ergriffen."

„Das Amt weiß also, dass die Besucher des Jugendclubs kameraüberwacht werden? Und dass Ihnen diese Bänder abhanden gekommen sind?"

„Siehst du, du hast keine Ahnung. Selbstverständlich wird hier niemand kameraüberwacht. Das Video wurde von einem anderen Besucher der Veranstaltung unerlaubt angefertigt und ebenso unerlaubt ins Netz gestellt."

Diese Möglichkeit war Simon noch gar nicht in den Sinn gekommen – und warf seine Strategie völlig über den Haufen.

„Da erzählen die Kinder aber etwas anderes."

„Tja, Kinder erzählen viel, wenn der Tag lang ist."

„Pädagogen auch."

Big Joe grinste, aber es war ein recht frostiges Grinsen. Simon fühlte sich wie ein schlechter Pokerspieler, dessen Bluff aufzufliegen drohte.

„Wie dem auch sei, ein PR-Desaster könnte der Clip trotzdem werden. Wenn erst einmal die Medien davon Wind bekommen, ist es mit der Ruhe bei Ihren Freunden im Amt nämlich vorbei."

„Noch hat sich dafür aber, bis auf die Kids, keiner interessiert. Und ich bin fest davon überzeugt, dass du klug genug bist, daran nichts zu ändern."

Nun, da Simon eh nichts mehr zu verlieren hatte, half nur ein noch größerer Bluff.

„Na ja, ich habe auch Freunde. Unter anderem eine ehemalige Mitschülerin, die jetzt Journalismus studiert und bereits eine recht angesehene Bloggerin ist. Sie würde sich bestimmt brennend für diese Geschichte interessieren."

Wieder kam ein Junge auf die beiden zugelaufen, recht jung noch, mit weinerlichem Gesichtsausdruck und einem kaputten Fußball in der Hand. Der Stahlhof-Chef war dermaßen fassungslos über die Unverfrorenheit seines neuen Kollegen, dass er ganz vergaß, dem Jungen das unmissverständliche Handzeichen zu geben, so dass dieser begann, seine Klagen vorzutragen.

„Nicht jetzt, Vahid! Ich bin beschäftigt, siehst du das nicht? Geh zu Rainer oder zu Paul, die kümmern sich darum!"

Danach wandte er sich wieder Simon zu.

„Was willst du von mir?", sagte er, doch es klang eher so wie: Willst du sterben?

„Ich will, dass Sie mir eine Chance geben. Ich will alle Bereiche dieser Einrichtung kennenlernen, möchte freies Geleit haben, Bilder und Texte über jedes Ihrer Projekte für die Homepage veröffentlichen zu dürfen. Und ja, vielleicht haben Sie recht, vielleicht will ich Ihnen wirklich was beweisen."

„Warum bist du so versessen darauf, diese beschissene Homepage zu erstellen?"

Simon, mittlerweile richtig in Fahrt, konterte mit einer Gegenfrage. „Warum sind Sie so versessen darauf, das zu verhindern?"

Auch Big Joe beabsichtigte offenbar nicht, die ihm gestellte Frage zu beantworten.

„Sie glauben's mir vielleicht nicht, aber ich steh auf Ihrer Seite", fuhr Simon stattdessen fort. „Vielleicht erinnern Sie sich noch, was ich Ihnen bei unserem ersten Gespräch erzählt habe: Es geht mir um Schmachthagen. Ich bin ein Kind dieses Viertels und ich will für die Kinder dieses Viertels arbeiten, so wie Sie. Der Stahlhof ist wichtig für Schmachthagen. Deshalb will ich hier mitwirken."

Joachim Lieberknecht gab sich alle Mühe, wieder zu seiner gewohnten Lässigkeit zurückzufinden, doch Simon merkte ihm seine Nervosität an.

„Na gut, dann hätten wir das ja geklärt. Ich denke darüber nach, wegen der Homepage. Du kannst mir ja nächste Woche mal zeigen, was ihr euch so überlegt habt."

„Ja, kommen Sie uns gern besuchen. Da erfahren Sie auch noch mehr, als wenn Sie bloß einzelne Teilnehmer zum Rapport bestellen."

„Nochmal: In meinem Gespräch mit Emre ging es nicht um deinen Kurs, zumindest nicht vordergründig. Du überschätzt dich wirklich, mein junger Kollege."

„Worum ging es dann?"

„Das geht dich überhaupt nichts an. Das ist privat."

„Aha. Finden Sie, dass es zwischen einem Pädagogen und seinem Schutzbefohlenen etwas Privates geben sollte?"

Es waren Sätze wie dieser, undenkbar noch bis vor kurzem, die den Abiturienten Simon von dem Studenten Simon unterschieden. Fachwissen hatte er während seines ersten Uni-Jahres kaum erworben beziehungsweise wieder vergessen, dafür jedoch eine Menge an Selbstvertrauen gewonnen. Anders als einst die Lehrer an der Schule, legten die meisten seiner Professoren und Dozenten nämlich allerhöchsten Wert darauf, ihre Studenten zum eigenständigen, kritischen Denken anzuregen. So ermüdend die daraus resultierenden Endlos-Debatten auch oftmals gewesen waren, sie halfen ihm nun, gegen ein autoritäres Schwergewicht wie seinen neuen Boss zu revoltieren und sogar zu bestehen.

„Du willst, dass ich dir mein Vertrauen gebe, dass ich alle Türen für dich öffne, aber mit jedem zweiten Satz drohst du mir oder machst mir irgendwelche latenten Unterstellungen. Mir gefällt das überhaupt nicht."

„Ich habe Ihnen weder gedroht noch Ihnen irgendetwas unterstellt. Ich habe lediglich Fragen aufgeworfen und mir Szenarien vorgestellt, laut gedacht. Und ich erwarte auch nicht, dass Sie mir vertrauen. Ich erwarte, dass Sie mir eine Chance geben, das ist ein Unterschied. Ich habe Sie damals schon höflich darum gebeten und Sie haben mich einfach weggeschickt. Jetzt probiere ich es eben auf eine andere Art. Keine Angst, ich bin aber nicht nachtragend. Nur hartnäckig und zielstrebig. Diese Eigenschaften haben mich in die glückliche Lage gebracht, dass ich Sie nicht mehr um Erlaubnis bitten muss. Ich bin, mindestens fürs nächste Halbjahr, Teil des Stahlhofs, ob Ihnen das passt oder nicht. Deshalb empfehle ich Ihnen, dass wir zusammenarbeiten und dass Sie meine Motivation und meine Kompetenz für unser gemeinsames Ziel zu nutzen statt sie zu unterschätzen."

Während Simon sprach, verzogen sich Lieberknechts Mundwinkel langsam zu einem launigen Grinsen, aus dem schließlich einer seiner charakteristischen Grunzlaute wurde. Er hatte das Lachen wiedergefunden, auch wenn es wohl eher Galgenhumor war, der ihn dazu brachte.

„Meine Güte, bist du dir sicher, dass du nicht lieber Politiker werden willst? Du laberst einen ja tot. So, ich muss jetzt wirklich noch ein bisschen was arbeiten. Wir sehen uns nächste Woche."

Mit diesen Worten stand er auf und ging, ohne wie üblich seinem Gegenüber die Hand zu geben. Worüber Simon jedoch froh war, nicht nur, weil ihm so die schmerzliche Härte seines Händedrucks entging, sondern auch, weil seine eigenen triefnass und darüber hinaus zittrig vor Erregung waren.

Dennoch war er stolz auf sich: Er hatte zwar ein paar Zwischenschritte übersprungen, aber im Großen und Ganzen lief alles nach Plan.

12.

Oft hört man, wie Menschen voller Freude von ihrer Kindheit erzählen und hervorheben, wie unbeschwert und schön diese Zeit doch gewesen sei und dass sie nichts bereuten. Obwohl ich das Glück hatte, sehr behütet aufzuwachsen, gelingt es mir nicht, die Dinge so zu sehen. Denke ich beispielsweise zurück an unsere Familienurlaube auf den Kanaren, dann werden all die zweifellos schönen Erinnerungen überschattet von jener großen Einsamkeit, die ich auf der Insel verspürte, als ich dorthin trotz meines Versprechens ohne Niklas aufgebrochen war und ihn so sehr vermisste, dass mich nicht einmal Meer, Sonnenschein und tonnenweise Eiscreme aufheitern konnten.

Und selbst die Zeit danach, die Freude über unser Wiedersehen und die immer näher werdende Freundschaft, verblassen vor dem Hintergrund der Fehler, die ich noch begehen sollte. Rückblickend gibt es so vieles, was ich gern ungeschehen machen würde. Ich wünschte, ich wäre schon ein wenig reifer gewesen, wer weiß, vielleicht wäre dann alles anders gekommen.

Die größte Lüge wäre jedoch, zu behaupten, meine Kindheit habe irgendetwas mit Unschuld zu tun gehabt. Schon mit neun oder zehn, lange bevor all diese körperlichen Veränderungen begannen, erwachten meine Dämonen zum Leben.

Niklas und ich verbrachten nach meiner Rückkehr und pünktlich zu Beginn der kalten Jahreszeit fast jeden Nachmittag in unserer Wohnung. Meist waren sowohl mein Vater, als auch meine Mutter zu Hause. Sie umsorgten uns liebevoll, brachten uns Kekse und Kuchen, der nicht nach Rauch schmeckte, und wann immer er wollte, durfte Niklas zum Abendbrot bleiben. Sie boten sich als Mitspieler an, zeigten sich interessiert an dem, was wir ihnen erzählten, erlaubten uns gelegentlich sogar fernzusehen.

Niklas blühte in Gegenwart meiner Eltern auf, plapperte unbeschwert mit ihnen, fühlte sich bei uns schon bald wie zu Hause oder vermutlich sogar wohler, als habe er immer zur Familie gehört.

Es schien sie auch überhaupt nicht zu stören, dass mein Freund jünger war als ich. Im Gegenteil: Sie fanden es niedlich und mehr als einmal sagten sie, man könne meinen, er sei mein kleiner Bruder.

Nie schimpften sie mit ihm. Wenn wir mal etwas zu draufgängerisch waren, wenn vielleicht beim Toben mal etwas zu Bruch ging, hatte immer ich die Schuld, als der Größere, als das eigene Kind, der Gastgeber.

Aber nicht nur in solchen Situationen war ich gekränkt. Ich erkannte einfach nicht, dass sie Niklas vor allem deswegen so herzlich aufgenommen hatten, weil sie froh und erleichtert darüber waren, dass ich jemanden gefunden hatte und nicht mehr alleine war. Stattdessen begann ich zu glauben, sie würden Niklas mehr lieben als mich, weil er das süßere, das hübschere, das vollkommenere Kind war.

Heute weiß ich, dass das nicht stimmt, dass meine Eltern mich immer über alles geliebt haben (und noch immer lieben), aber damals konnte ich es nicht so empfinden. Vielleicht hatte es damit zu tun, dass ich Niklas mehr liebte als mich selbst. Dämon Nummer eins: Minderwertigkeitskomplexe, Nährboden für Dämon Nummer zwei: Eifersucht.

Eines Nachmittags kam Niklas nicht.

„Bestimmt geht's seiner Mutter mal wieder schlecht", sagte ich. „Das war früher auch schon manchmal so, dann darf er nicht raus."

Meine Eltern warfen sich einen für sie beide wohl viel-, für mich absolut nichtssagenden Erwachsenenblick zu. Niklas hatte nie von seinen Eltern erzählt, geschweige denn hatten sie ihn je begleitet oder abgeholt, so dass meine Eltern sie eigentlich gar nicht kennen konnten. Und dennoch schien es mir so, als hätten sie irgendein – vermutlich rein intuitives – Geheimwissen um die Abgründe in Niklas' Familie. Womöglich hatte es schlicht damit zu tun, dass sie im Haus gegenüber wohnten, also Teil der ,High Society' waren.

Als er am darauffolgenden Tag erneut nicht kam, schlug meine Mutter vor, ich solle doch mal rübergehen und bei ihm klingeln. Man merkte, dass sie sich mehr Sorgen machte als ich.

„Ich will aber nicht. Bei ihm ist es doof, da stinkt es immer nach Rauch, da geh ich nicht mehr hin."

Ein weiterer Tag verging und noch immer gab es kein Lebenszeichen von Niklas. Mein Vater suchte die Nummer heraus, die sie sich zu Beginn seiner Besuche von Niklas für Notfälle hatten geben lassen. Es ging niemand ans Telefon. Auch er begann, sich Sorgen zu machen.

„Vielleicht gehen wir alle drei rüber und schauen mal, wie es ihm geht", schlug er vor, doch das wollte ich ebenfalls nicht.

Da sie jedoch keine Ruhe gaben, lenkte ich schließlich ein. „Gut, ich gehe, aber ohne euch. Ich bin ja kein Baby mehr." Wenn man es, so wie ich, nötig hatte, diesen Spruch des Öfteren zu bringen, dann war das ein klares Indiz dafür, dass man im Grunde genommen doch mehr Baby war als es einem bewusst und lieb gewesen wäre.

Mich plagte zum Beispiel außerhalb der eigenen Familie derart große Schüchternheit, dass ich Telefone genauso mied wie Gegensprechanlagen und beschloss, mich erneut in Niklas' Haus zu schleichen und erst an der Wohnungstür zu klingeln.

Doch so weit kam es nicht. Ich hatte den Fahrstuhl gerade verlassen, da kam mir ein Mann entgegen. Es musste Niklas' Vater sein. Er hatte eine große Sporttasche umgespannt und zog einen noch größeren Koffer hinter sich her. Aus dem Hintergrund hörte man ein klagendes, immer lauter werdendes Weinen. Es kam zweifellos aus Niklas' Wohnung.

Der Mann drehte sich um. „Sei still! Du bis' verrückt! Du bis' krank im Kopf!", rief er in Richtung der weit offen stehenden Haustür, ohne dass dort jemand zu sehen war.

Er ging an mir vorbei auf den Fahrstuhl zu, als hätte er mich gar nicht gesehen, als wäre ich Luft.

Am liebsten wäre ich ebenfalls sofort wieder gegangen, doch dann hätte ich mit dem Mann den Aufzug teilen müssen, was ich – trotz meiner Vergangenheit als Liftboy – auf keinen Fall wollte.

Ich ließ ihn also wegfahren und ging wenig entschlossen auf die noch immer geöffnete Tür zu. Als ich fast schon davor stand, kam Niklas zum Vorschein. Er schien überhaupt nicht überrascht, mich zu sehen. Seine Augen sahen so aus, als hätte er geweint, aber die Tränen waren bereits wieder getrocknet. Diesmal bat er mich nicht hinein.

„Ich kann heute leider nicht.“

„Wann kannst du wieder?“

„Weiß nicht. Wenn er wiederkommt.“

„Wann kommt er wieder?“

„Weiß nicht.“

Das Heulen, das zwischenzeitlich etwas leiser geworden war, nahm im Hintergrund wieder zu, wurde hysterischer. Er zuckte entschuldigend, fast hilflos mit den Schultern und schloss die Tür.

Ich lief wieder nach Hause und erzählte meinen Eltern, was geschehen war. Sie nickten einander zu, als hätten sie es ohnehin geahnt. Das, was sie zu mir sagten, passte überhaupt nicht zu ihren Gesichtsausdrücken: Sie behaupteten, das würde schon wieder werden, solche Sachen könnten in jeder Ehe passieren und ich solle mir nicht zu viele Gedanken darüber machen, Niklas könne sicherlich bald wieder mit mir spielen.

Ich dachte an meine Eltern, die nie Streit hatten. Höchstens, wie sie es nannten, Meinungsverschiedenheiten. Und sollten sie sich dennoch mal gestritten haben, dann schafften sie es, dass ich davon so gut wie nichts mitbekam.

Am nächsten Tag war meine Mutter nach der Schule noch im Ginsterfelder Einkaufszentrum und kam mit einem kleinen Teddybär nach Hause. „Niedlich, was? So ähnlich wie deiner, bloß in Miniatur. Und deinen mag er doch so gern. Den schenken wir Niklas, wenn er wiederkommt.“

„Warum?“ Ich konnte es mir denken, aber ich wollte aus ihrem Mund hören, weshalb sie glaubte, er habe ein Geschenk verdient, obwohl weder Weihnachten noch sein Geburtstag anstanden.

„Warum nicht?“, sagte sie bloß. Und: „Keine Angst, ich hab dir auch was mitgebracht.“ Sie holte ein Spielzeugauto hervor. Ich sammelte Spielzeugautos und hatte in der Tat schon einen ganz ähnlichen Teddy, war aber dennoch enttäuscht. *Viel lieber hätte ich dasselbe wie er bekommen. Ich versuchte, es mir nicht anmerken zu lassen, und bedankte mich artig, wie sie es mir beigebracht hatten.*

Als Niklas nach weiteren ein oder zwei Tagen endlich wiederkam, bedankte er sich nicht, und anders als wenn ich mich nicht bedankte, gab es für ihn deshalb keine Ermahnung. Vielleicht war für sie das Lächeln, das er ihnen schenkte und seine Freude über das kleine Stofftier ja auch schon Dankeschön genug.

Auch ich freute mich, dass er wieder da war. Während ich in der Zeit vor Niklas stets problemlos in der Lage gewesen war, mich mit mir selbst zu beschäftigen, hatte ich mich an den letzten Nachmittagen ohne ihn zu Tode gelangweilt.

Wir waren ausgelassener denn je, tobten durch die Wohnung, spielten erst Verstecken, dann Fangen und veranstalteten schließlich auch noch eine wilde Kissen- und Kuscheltierschlacht. Erst als wir völlig außer Atem waren, ließen wir uns auf mein Bett fallen.

Ich drehte mich zu ihm um und berührte seine Hand mit meiner, in der Hoffnung, es würde wirken wie ein Zufall. Er nahm sie nicht weg. Ich war glücklich.

An diesem Tag blieb er bis zum Abendbrot und wollte auch danach nicht nach Hause.

„Er könnte doch hier übernachten?"

Niklas nickte, doch meine Eltern sahen mich erstaunt an. Das letzte Mal Übernachtungsgäste hatte ich zu meinem achten Geburtstag empfangen. Ich war am nächsten Tag völlig übermüdet gewesen, das bloße Wissen um die Anwesenheit fremder Kinder in meinem Schlafzimmer – sie hatten nicht einmal geschnarcht – hatte mich kein Auge zu tun lassen.

„Morgen ist Schule, das sollten wir vielleicht lieber am Wochenende machen", sagte mein Vater.

„Außerdem warten doch deine Eltern schon auf dich", sagte meine Mutter.

„Meine Mama würde es bestimmt erlauben."

„Und dein Papa?", hakte sie nach. Es war nicht das erste Mal, dass meine Eltern versuchten, etwas aus Niklas zu seiner derzeitigen familiären Situation herauszubekommen, doch bisher waren alle Versuche gescheitert.

„Mein Papa – ist weg."

„Oh, das tut mir leid", sagte meine Mutter.

Es setzte ein langes, kaum auszuhaltendes Schweigen ein. Meine Eltern wechselten Blicke, die für mich mehr denn je wie eine Geheimsprache waren.

„Gut, dann rufen wir deine Mutter an, wenn sie einverstanden ist, darfst du bleiben", sagte mein Vater.

„Nein!", rief Niklas sofort. „Nicht anrufen!"

„Warum nicht? Wir müssen sie doch fragen!"

Niklas wollte partout nicht, dass sie mit seiner Mutter sprachen. Es endete so, dass er lieber nach Hause ging, als den Anruf zuzulassen. Sie wollten ihn rüberbringen, da es schon spät war, aber auch das lehnte er vehement ab.

Kaum war er aus der Tür, griff meine Mutter zum Telefon, und ich hörte genau, wie die Frau vom Band sagte: Kein Anschluss unter dieser Nummer. Sie wählte erneut die Ziffern, die Niklas ihr gegeben hatte – wieder erklang dieselbe Meldung.

„Sie haben wohl die Telefonrechnung nicht bezahlt und ihm ist es unangenehm, dass sie die Leitung abgestellt haben", spekulierte mein Vater. Meine Mutter legte den Hörer auf und griff zu ihrer Jacke, doch er fasste sie an den Arm, hielt sie fest, behutsam zwar, aber dennoch mit einer Entschlossenheit, die meinem sanftmütigem Vater eigentlich fremd war.

„Mach das nicht, Schatz. Es würde die Sache nur noch schlimmer machen." Meine Mutter legte die Jacke wieder ab, in einem Akt von Unterwürfigkeit, der ihrem ansonsten so selbstbestimmten Wesen überhaupt nicht entsprach.

Nachdem sie mich wenig später ins Bett geschickt hatten, hörte ich, wie sie sich im Wohnzimmer leise, aber bestimmt unterhielten. Es war ganz offensichtlich, dass sie eine ihrer Meinungsverschiedenheiten hatten, doch so sehr ich mich auch anstrengte, ich konnte nicht verstehen, was sie sagten.

Am nächsten Tag war mein Vater nachmittags noch wegen irgendeiner Konferenz am Gymnasium und meine Mutter traf sich mit einer Bekannten, so dass ich ausnahmsweise allein zu Hause war, als Niklas klingelte.

„Wo sind deine Eltern?"

„Nicht da."

„Wann kommen sie wieder?"

Warum wollte er das wissen? Was kümmerten uns die Alten, war es nicht viel wichtiger, dass wir einander hatten? Reichte das etwa nicht mehr?

Ich würde gern sagen, dass ich es aus Solidarität tat, aber ich tat es nur aus Eifersucht. Ich wusste, Niklas würde mir jedes Wort glauben, denn ich neigte ansonsten nicht dazu, Märchen zu erzählen und er vertraute mir blind.

„Meine Mutter ist bei einer Freundin. Mein Vater ist jetzt auch abgehauen, keine Ahnung wohin. Gestern haben sie sich gestritten, die ganze Nacht", sagte ich und versuchte, ein trauriges Gesicht zu machen.

Niklas erwiderte meinen Blick – und dann umarmte er mich, so wie er sonst bislang nur meine Mutter umarmt hatte, nur noch inniger und länger. Ich spürte, wie die Wärme seines kleinen Körpers auf mich überging und sich in mir ausbreitete. Ich genoss es und fühlte mich dennoch miserabel.

13.

Obwohl es beim zweiten Mal keine Muffins mehr gab, waren alle drei Teilnehmer wiedergekommen, was Simon durchaus als Erfolg wertete. Noch mehr wuchs seine Zufriedenheit, als er sah, dass sie sich sogar in der Zwischenzeit mit dem gemeinsamen Projekt beschäftigt hatten.

„Wow, die sehen richtig gut aus. Hast du die echt allein gemacht?"

André nickte. Er hatte einen Stick mitgebracht mit den unveröffentlichten Homepage-Designentwürfen aus der Rainer-Gruppe, die in der Tat einen recht professionellen Eindruck machten.

„Ich hab mir auch mal Gedanken gemacht, wie Sie gesagt hatten. Schauen Sie mal", sagte Emre und überreichte Simon eine Liste, auf der er in einer für einen Jungen ungewöhnlich sauberen Schrift sämtliche Angebote, Räumlichkeiten und Projekte des Stahlhofs aufgeführt hatte, die ihm eingefallen waren und die man auf der Seite hätte vorstellen können.

Nur Mike war erneut nicht bei der Sache. Er hatte zwar Simons Verbot beherzigt und die Finger vom Rechner gelassen, spielte dafür aber mit seinem Telefon herum.

„Was machst du denn da Spannendes, willst du uns vielleicht daran teilhaben lassen?", sagte Simon.

„Nö. Privatsache."

„Na dann, lass es jetzt bitte. Erotikfotos kommen doch auf so einem kleinen Bildschirm sowieso nicht besonders scharf rüber."

Die anderen Jungs kicherten. Mike tippte und wischte immer noch über das Display seines Smartphones.

„Gut, wenn du nicht hören willst, dann muss ich das Handy wohl bis zum Ende unseres heutigen Kurstermins konfiszieren."

Er streckte die Hand aus und war ganz erstaunt, als der Junge ihm kurz darauf tatsächlich das Telefon hineinlegte. „So, bin eh fertig jetzt. Hab nur kurz gepostet, dass es bald endlich eine Stahlhof-Webseite geben wird und ich die mache. Also, mitmache. Können Sie mal gucken, ob's schon Likes gibt?"

„Später, Mike. Jetzt müssen wir deinen Ankündigungen erstmal Taten folgen lassen. Außerdem hat das doch eh noch keiner gelesen."

„Ich hab fast 1200 Freunde, das hat bestimmt schon wer geteilt!"

„Echt? Wunderbar, damit hätten wir dann ja schon deine Aufgabe bei unserem Projekt gefunden. Keine Webseite ohne erfolgreiche Verknüpfungen mit sämtlichen Netzwerken. Also bist du unser Social Media Director."

Mike lachte ein wenig spöttisch, sah aber durchaus zufrieden aus.

„André, du wärst dann natürlich der Webmaster und Chefdesigner und technische Direktor. Und Emre, du bist ganz klar unser Editor in Chief, zu Deutsch, Chefredakteur, der Mann für die Texte. Wenn ich mir das hier so ansehe", er zeigte auf die Liste, „könnte es keinen Besseren dafür geben."

Emre schmunzelte verlegen und auch André schien angetan von seiner Aufgabenbezeichnungen.

„Und was sind Sie? Unser Praktikant?", fragte Mike.

„Nein, ich bin der Director of Directors, Head of the Board, Chief Executive Officer…"

„Exekution was?"

„Der Oberboss natürlich, Mike! Apropos: Ich habe den Ober-Oberboss übrigens doch für die Homepage begeistern können. Big Joe will uns nachher mal besuchen kommen."

Diese Ankündigung schien die Kinder ebenso oder noch mehr zu motivieren als ihre vollmundigen Berufstitel. André bastelte am

Quellcode, Emre tippte seine Liste ab und vervollständigte sie sogar noch und Mike richtete bereits offizielle Stahlhof-Fanseiten und Profile ein.

Natürlich waren das bloß erste, kleine Schritte auf dem langen Weg zu einem halbwegs professionellen Online-Auftritt, aber dennoch war Simon hocherfreut über das Engagement seiner Schützlinge.

Lieberknecht hielt Wort und besuchte die Gruppe gegen Ende der Stunde. Gegenüber Simon gab er sich distanziert und kühl, den Kindern jedoch begegnete er herzlich und interessiert. Er würdigte ihre bisherige Arbeit und erwähnte mit keiner Silbe mehr sein Missfallen über das Projekt, an dem sie arbeiteten.

Dieses Thema ist also durch, dachte sich Simon. So einfach war das. Wenn der große Joe schon in dieser verhältnismäßig kleinen Frage einknickte, welche weiteren wunden Punkte würde er noch haben? Simon war sich sicher, dass er es herausfinden würde. Der Vorwand, für die Homepage zu recherchieren, eröffnete ihm die Möglichkeit, den Stahlhof näher kennenzulernen. Darunter auch jene Bereiche, die ihn am meisten interessierten und die ihm sein gesamtes bisheriges Leben aus unterschiedlichen Gründen immer versperrt geblieben waren.

Doch zunächst einmal musste er sich einen Plan für seinen Kurs überlegen. Noch schwieriger als junge Menschen für etwas zu begeistern war es bekanntermaßen, ihre Begeisterung aufrecht zu erhalten. Er beschloss, das Unterstützungsangebot seiner ehemaligen Klassenkameradin und angehenden Journalistin Laura anzunehmen und verabredete sich mit ihr – was gar nicht so einfach war, da sie aufgrund ihrer zahlreichen Engagements so gut wie nie Zeit hatte.

Schließlich vereinbarten sie, sich am späten Morgen zum Frühstücken in einem Café im Univiertel zu treffen. Simon hätte Schmachthagen oder Ginsterfelde bevorzugt, da er jetzt während der Semesterferien eigentlich nie in die Stadt fuhr, doch für Laura wäre das unpraktisch, sie wohnte nämlich nicht mehr außerhalb bei ihren Eltern, sondern war in eine WG in Campusnähe gezogen.

„Entschuldigung, aber das ist Butter. Ich hatte Margarine bestellt", sagte sie, kaum hatte die Bedienung das Frühstück gebracht.

Wortlos und sichtlich genervt nahm die Kellnerin das kleine Päckchen wieder mit.

„Sie hält mich wahrscheinlich für eine anorektische Kuh, aber immer noch besser, als wenn ich jetzt wieder so eine sinnlose Diskussion über Veganismus anfangen muss. Es gibt nichts Schlimmeres als sich ständig rechtfertigende Veganer."

„Doch, und zwar missionierende Veganer", sagte Simon.

Laura lachte. Sie war weder missionarisch noch anorektisch, nur selbstbewusst und schlank. Sie schminkte sich nicht, vorgeblich wegen der Tierversuche, hatte dennoch ein markantes Gesicht, einen sinnlichen Mund und trotz des undefinierbaren Grau-Blau-Gemisches sehr lebhafte Augen. Ihre mittellangen dunkelblonden Haare trug sie zu einem Pferdeschwanz mit einem buntgemusterten Gummi zusammengebunden, dazu jetzt im Sommer weite Kleider, die wohl fehlende Kurven kaschieren sollten, und flache Schuhe, da sie ohnehin schon großgewachsen war, fast genauso groß wie Simon.

Als sie in ihr Brötchen biss, fiel Simon auf, dass sie gar nichts unter die Marmelade geschmiert hatte. Die Kellnerin hatte die Margarine immer noch nicht vorbeigebracht, vielleicht hatten sie in diesem Café gar keine und Laura keine Lust mehr gehabt, zu warten oder zu reklamieren.

Sie nahm sich selbst nicht so wichtig, obwohl sie durchaus der Meinung war, wichtige Dinge zu tun. Sympathisch war sie also, intelligent und auch noch hübsch. Einen Moment lang bedauerte Simon, dass er sich nie in ein Mädchen wie sie verliebt hatte.

„Erzähl mal, wie läuft dein Kurs."

Er berichtete von seinen wenigen, aber engagierten Teilnehmern, ließ den Teil mit Big Joe jedoch vorerst weg.

„Was rätst du mir, womit kann ich sie bei Laune halten?"

„Vielleicht könntest du, neben dem Abarbeiten von Emres in der Tat genialer Liste, für die Seite auch noch was finden, das alle im Stahlhof interessiert, auch die, die die Angebote schon kennen.

Sogenannte Mehrwert-Themen: Rätsel, Ratgeber, oder, besser noch, irgendwelchen Klatsch. Sowas bringt Klicks. Kannst du dann ja natürlich ruhig pädagogisch wertvoll aufarbeiten, versteht sich."

„Tja, üblen Klatsch gibt es wirklich. Aber ich glaube, den bekomme ich nicht pädagogisch wertvoll verpackt."

Laura legte ihr Brötchen beiseite und sah ihn mit erwartungsvollen Reporteraugen an. „Erzähl!"

„Aber du musst mir versprechen, darüber erst einmal nicht zu bloggen."

„Schmachthagen und Jugendarbeit sind jetzt beides nicht so meine Themen, die Gefahr ist also gering."

„Okay." Simon holte sein Handy hervor. Er brauchte nicht lange nach dem Video suchen, es war wieder bzw. noch immer online.

„Das ist ein ziemlicher Skandal, wenn du mich fragst, dass so etwas im Netz landet. Überhaupt, schon die Tatsache, dass die Kids vermutlich ohne ihr Wissen videoüberwacht wurden, finde ich bedenklich", sagte Laura, nachdem sie den Clip gesehen hatte.

„Also laut dem Stahlhof-Boss ist das kein Überwachungsvideo, sondern wurde von einem anderen Jugendlichen heimlich gedreht."

Laura schüttelte energisch mit dem Kopf. „Unsinn."

„Ja, ich weiß, die Perspektive ist etwas seltsam, aber wenn es ein größerer Jugendlicher war, kann es schon hinkommen, vielleicht wurde es von einer Erhöhung aus aufgenommen."

„Mag sein Aber ich bin mir trotzdem sicher, dass das eine Art Überwachungsvideo ist. Zum einen, weil es nicht mit einer normalen Handykamera aufgenommen worden sein kann, ich kenne nämlich kein Telefon, das bei den schlechten Lichtverhältnisses derart gute Bilder macht. Aber es gibt noch einen anderen, eindeutigeren Beweis dafür. Spiel das Video doch bitte noch mal ab."

Simon tat, worum sie ihn gebeten hatte.

„Fällt dir was auf? Die Perspektive verändert sich kein bisschen, es gibt noch nicht einmal den kleinsten Wackler! Diese Aufnahmen stammen von einer irgendwo befestigten, vielleicht sogar versteckten Kamera. Andernfalls hätte derjenige, der das aufgenommen hat, schon ein Stativ mit in die Disco schleppen müssen, was ich für ziemlich unwahrscheinlich halte."

Simon lachte, aus Verlegenheit, weil er darauf selbst hätte kommen müssen – aber auch, weil ein Gefühl des Triumphs sich in ihm ausbreitete: Der Musterpädagoge und Jugendclubhäuptling Big Joe hatte gelogen.

14.

Ich war schon immer ein gründlicher Mensch, im Guten wie im Schlechten. Mir war sofort klar, dass der ersten Lüge weitere folgen mussten, andernfalls würde alles auffliegen.

Nachdem wir wieder voneinander gelassen hatten, wollte Niklas mich mit einem unserer beliebten Fangspiele aufmuntern, doch ich hielt ihn davon ab.

„Meine Mutter kann jeden Moment zurückkommen."

„Na und, macht doch nichts, oder?"

„Sie hat gesagt, wir sollen heute nicht hier spielen. Sie ist sehr traurig."

Ich befürchtete, er würde dagegen halten, gerade deshalb sollten wir doch besser bei ihr sein, so wie es seine Mutter von ihm verlangte. Doch das tat er nicht. Er sah mich nur fragend an.

„Lass uns runtergehen. Wir könnten mal wieder ins Einkaufszentrum."

Eine Weile vertrieben wir uns die Zeit an den Automaten, doch keiner von uns hatte Geld dabei und wir langweilten uns schnell. Ich bereute, nicht wenigstens irgendein Spiel mitgenommen zu haben. Wir waren es nicht mehr gewohnt, uns außerhalb der heimischen vier Wände zu beschäftigen und nachdem wir noch eine Zeit lang herumstromerten, verabschiedeten wir uns schließlich.

„Wir treffen uns morgen lieber wieder unten. Ich bring dann was mit", sagte ich. Niklas nickte, doch ich merkte, dass er nicht begeistert war.

Natürlich wollten auch meine Eltern wissen, warum wir nicht wie üblich bei uns spielten. Wieder sah ich mich gezwungen, zu lügen. „Niklas wollte das nicht."

„Warum das denn nicht? Er fühlt sich doch so wohl hier!", sagte meine Mutter.

„Na ja, neulich abends, als ihr unbedingt bei seiner Mutter anrufen wolltet, da fühlte er sich nicht so wohl."

„Was willst du damit sagen, Simon?", fragte mein Vater.

„Nichts. Nur dass er halt nicht will, dass sich jemand in seine Familiensachen einmischt."

„Sag ihm bitte, dass wir das nicht vorhatten. Aber wenn er hier schlafen will, brauchen wir das Einverständnis seiner Eltern, das ist ja wohl klar."

„Okay." Meine perfide Taktik schien aufzugehen. Sie waren verwirrt, vielleicht sogar gekränkt, aber sie hatten es geschluckt. In den nächsten Tagen, in denen wir uns konsequent nur noch unten trafen, fragten sie zwar noch ein paarmal nach, bestanden aber nie darauf, ihn zu sehen.

Wir spielten Quartett auf der Bank vor dem Schnellimbiss, versteckten uns zwischen Supermarktregalen und blätterten in Comics, bis der grimmige Kioskbetreiber uns rauswarf. Ich flüchtete mich in die Vorstellung, es wäre wieder wie am Anfang, eine verschwörerische Geheimfreundschaft, doch ich merkte bald, dass ich mich damit selbst belog. Der Einzige, der ein dunkles Geheimnis hatte, war ich.

Natürlich flog mein Lügenkonstrukt auf. Ich war sogar erleichtert deswegen. Ich weiß nicht, ob es wirklich Zufall war, in jedem Fall hatte es meine Mutter so aussehen lassen, als sie uns in der Einkaufspassage über den Weg lief.

„Niklas! Schön dich zu sehen! Wann kommt ihr beiden denn mal wieder hoch? Wir vermissen dich schon!"

„Darf ich denn?", fragte Niklas.

„Warum solltest du nicht dürfen?"

„Na, wegen Simons Papa."

„Was soll mit ihm sein?"

Ich stand wortlos daneben, ohnmächtig und unfähig, das Unvermeidbare aufzuhalten. Was hatte mich bloß geritten? Je mehr ich darüber nachdachte, umso weniger wusste ich es.

„Ist er wieder da?"

„Äh, ja, klar ist er da."

Niklas schöpfte noch immer keinen Verdacht, schien aufrichtig erleichtert zu sein und erwiderte das unsichere Lächeln meiner Mutter mit einer völlig unverhofften Umarmung, die mich wie ein Stich ins Herz traf.

Noch während meine Mutter die Arme um den Jungen gelegt hatte, blickte sie mich finster und vorwurfsvoll an. Es war zwar ein Erwachsenenblick, aber einer, den ich zweifelsfrei richtig interpretierte: Sie hatte mich durch-

schaut.

Wie sich bei der Standpauke am selben Abend jedoch herausstellen sollte, hatte sie vielleicht meine Lüge erkannt, nicht aber die wahren Gründe dafür.

„Du hast keine Vorstellung davon, was Niklas durchmacht. Dir mag es zwar selbstverständlich und dadurch vielleicht sogar langweilig erscheinen, dass deine Eltern sich vertragen. Aber das ist noch lange kein Grund dafür, dass du ihm solche Geschichten erzählst. Du musst nicht vortäuschen, dasselbe durchzumachen wie er. Er mag dich auch so. Alles, was er braucht, ist unsere Freundschaft. Ja, auch die von deinem Vater und mir, denn ich denke, wir sind zu wichtigen Bezugspersonen für ihn in dieser schweren Situation geworden. Das darfst du ihm doch nicht vorenthalten!"

Ich nickte schuldbewusst und war insgeheim froh, dass sie mir derart noble Motive für mein Fehlverhalten unterstellte. Mit dieser ersten großen Lüge war ich, anders als mit denen, die noch folgen würden, recht glimpflich davongekommen.

15.

Erstaunlich schnell, schon nach drei oder vier Terminen, kehrte so etwas wie Routine in Simons allererstes pädagogisches Projekt ein.

Natürlich lief nicht alles wie am Schnürchen. Mike war weiter schwer zu bändigen. Bei ihren Streifzügen durch die Räumlichkeiten und Angebote des Stahlhofs fiel er des Öfteren durch Indiskretionen und unpassende Kommentare negativ auf, schaffte es aber gleichzeitig, jedes Detail aus drei Perspektiven zu knipsen und damit eine umfangreiche Bildergalerie des Jugendclubs für die Homepage zu erstellen. Außerdem hatte seine rege Online-Öffentlichkeitsarbeit dazu beigetragen, dass viele bereits wussten, was das Quartett vorhatte und sie sich bei ihren Recherche-Besuchen nirgendwo groß erklären mussten.

André ließ keine technische Spielerei aus und, nach Meinung von Simon, wurde die Seite dadurch völlig überfrachtet. Als er anfing, animierte Smileys und grellbunte, die Farben wechselnde Schrifttypen zu verwenden, sah Simon sich gezwungen, ihm eine Lektion über Stil und Lesbarkeit zu erteilen, die nur teilweise auf fruchtbaren Boden fiel.

Emre hingegen war für jeden Ratschlag offen und seine Texte

wurden von Mal zu Mal besser. Glichen seine Projekt-Porträts zu Anfang bestenfalls noch Aufzählungen, entdeckte er mit der Zeit und auf Simons Anregung hin die Vorzüge von Verben. Mit der Orthographie stand er jedoch nach wie vor auf Kriegsfuß, so dass Simon viel Zeit mit Korrekturlesungen zubrachte.

„So, jetzt haben wir zumindest alle Orte im Stahlhof vorgestellt. Aber noch längst nicht alle Projekte. Wärt ihr denn auch mal bereit, euch außerhalb unserer Kurszeiten zu treffen? Zum Beispiel am Freitagabend?", fragte Simon.

„Zur Teenparty? Ja klar, da bin ich sowieso jede Woche", sagte Mike.

„Hm, ich geh da eigentlich eher selten hin, aber wenn ihr alle mitkommt, dann komme ich auch mit." André sah erwartungsvoll in die Runde.

„Ich darf da leider nicht hin", sagte Emre. „Erlaubt mein Vater nicht."

„Schade. Aber dann wären wir immerhin zu dritt. Ich habe einen Zettel vorbereitet, den gebt ihr euren Eltern. Ich benötigte ihn am Freitag unterschrieben zurück, aber sagt mir bitte vorher schon Bescheid, ob ihr kommt oder nicht."

„Warum das denn? Zettel brauchen doch nur die, die auf die Late Night-Party gehen", sagte Mike.

„Willst du da etwa nicht hin? Das ist schließlich die noch bekanntere Veranstaltung als die Teenparty vorher. Darf auf der Homepage nicht fehlen, einschließlich ein paar guter Fotos."

„Klar will ich da hin! Aber da lassen uns Big Joe und seine Türsteher doch nie im Leben rein. Ist doch erst ab 16! Da gibt's Bier!"

„Nicht für uns, wir sind ja zum Arbeiten und nicht zum Feiern da. Also, offiziell zumindest, ein bisschen werden wir uns hoffentlich auch vergnügen. Ich bin mir sicher, dass wir eine Ausnahmegenehmigung bekommen. Hauptsache, deine Eltern erlauben es."

„Das krieg ich schon irgendwie hin." Mikes Augen leuchteten. Simon hatte soeben mächtig Pluspunkte bei ihm gesammelt. Mit den Großen Party machen, auf den legendären Stahlhof-Feiern, davon träumte er schon ganz lange. Er malte sich bereits aus, wie phänomenal er damit bei seinen Klassenkameraden würde angeben können.

„Dürfen wir denn auch in die Lounge?", frage er.

Simon hatte keine Ahnung wovon er sprach, versicherte ihm aber, dass es keinen Bereich im Stahlhof gäbe, den sie nicht betreten dürften.

Am frühen Freitagabend trafen sie sich jedoch zunächst zur Teenparty, einer Art Feier-Vorschule, die, anders als der Name suggerierte, sich nicht nur an Teenager, sondern an alle ab zehn Jahren richtete. Da sich Mikes Altersgruppe, also die 13- bis 15-Jährigen, von diesen Kindern abgrenzen musste, gab es die inoffizielle Regelung, dass den Pre-Teens von zehn bis zwölf die erste Hälfte und den Älteren die zweite der Party gehörte. Ein ungeschriebenes Gesetz der Coolness, gegen das höchstens mal eine frühreife Elfjährige verstoßen und unbeschadet länger bleiben durfte. Keinesfalls hatte man sich aber als Großer bereits so zeitig zwischen all den Knirpsen sehen zu lassen. Als Neuling kannte Simon diese Gepflogenheit natürlich nicht und war überrascht, wie sich Mike anstellte.

„Wir gehen da jetzt doch noch nicht rein? Da sind doch nur Zwerge drin!"

„Na und? Wir gehen rein, sobald André da ist."

„Das macht die Sache nicht besser, im Gegenteil. Können wir nicht warten, bis meine Freunde kommen?"

Sie kamen nicht dazu, die Sache auszudiskutieren, denn plötzlich tauchte Emre auf.

„Ich dachte, du darfst nicht mitkommen?"

Er drückte Simon einen Zettel in die Hand. „Konnte meinen Vater überreden. Ist ja schließlich für unser Projekt."

„Wow, super, das freut mich", sagte Simon. „Jetzt fehlt nur noch André. Er hat mir gestern noch geschrieben, dass er kommt."

„Nö, der kann doch nicht. Hab ihn vorhin getroffen, er muss heute Abend mit seinen Eltern irgendwo hin, auf 'ne Familienfeier oder so", erklärte Emre.

Nun gab es also keinen Grund mehr, auf dem Hof rumzustehen. Sie mischten sich unter die Kinder, die bereits zu den Hiphop- und Elektro-Beats aus den Charts ihre in Schale geworfenen Hintern bewegten. Simon erinnerte die Aufmachung der Partygäste an die Kandidaten der Mini-Playback-Show, die er früher manchmal gesehen hatte. Sie waren aufgebrezelt wie Erwachsene, besonders die Mädchen: hochgestylte Haare, kurze Röcke, bauchfreie Tops, mit überdimensioniertem Schmuck behangen und dicker Schminke bemalt. Die Jungs trugen fast ausschließlich Marken-T-Shirts und Markenjeans, einige hatten Caps auf, Goldkettchen um oder falsche Brillis in den Ohren.

Simon fragte sich, ob sie überhaupt noch das Gefühl hatten, sich zu verkleiden, ein Spiel zu spielen, oder ob für diese Kinder die Kindheit wirklich schon vorbei war.

Obwohl sie mutmaßlich noch nicht hormonell verseucht und triebgesteuert waren, imitierten sie bereits das Balzverhalten der Großen. Die Jungs standen lässig an der Bar, mit einer Flasche Cola in der Hand, und hielten grinsend in Richtung der Mädchen Ausschau, die sich möglichst sexy auf der Tanzfläche zu bewegen versuchten und den Jungs mal spöttische, mal vermeintlich verführerische Blicke zuwarfen. Ein erschütterndes Schauspiel.

Zunächst war das Trio damit beschäftigt, sich um das Personal zu kümmern, das überwiegend aus etwas älteren, jugendlichen Aushilfen bestand. Emre interviewte die DJane, den Barkeeper, den Lichtmann und einen der drei Türsteher, während Mike die Fotos machte.

Als der offizielle Teil beendet war, begannen bereits die etwas älteren Gäste einzutreffen und die Kleinen zogen sich langsam und ehrfürchtig zurück. Mike begrüßte seine Clique und mischte sich unter sie, der schüchterne Emre zog es jedoch vor, in Simons Nähe zu bleiben. Offenbar waren die Freunde seines besten Freundes nicht unbedingt auch seine Freunde.

Emre gab sich sehr interessiert und war bemüht, eine Unterhaltung mit Simon aufrechtzuerhalten. Dennoch hätte er es lieber gesehen, wenn sich der Junge ebenfalls zu den Feiernden gesellt und ihm die Möglichkeit gegeben hätte, allein ein paar Nachforschungen anzustellen.

Doch wonach sollte er hier eigentlich forschen? Der im Keller gelegene Party-Raum war groß, aber nicht verwinkelt. Simon und Emre standen am Rand, etwas erhöht, auf einer mit großen Kissen ausgelegten Plattform, von der aus man die Tanzfläche, die Bar und sogar das am anderen Ende des Raumes stehende DJ-Pult gut überblicken konnte. Von Zeit zu Zeit erhellte Strobo-Licht den Raum sekundenlang vollständig, bevor es wieder schummrig wurde. In den kurzen lichten Momenten hielt Simon Ausschau nach möglichen Kameras, doch entweder gab es keine (mehr) oder sie waren gekonnt zwischen den Deckenstrahlern versteckt und mit bloßem Auge nicht zu erkennen.

Er entdecke auch nichts, was eine Überwachung rechtfertigen würde. Bei aller pädagogischen Fragwürdigkeit einer solchen Veranstaltung – nichts deutete hier auf Regel- oder gar Gesetzesverstöße hin. Es roch nicht nach Tabak, Alkohol, Hasch, ja noch nicht einmal, wie bei Erwachsenen-Partys üblich, nach Schweiß. Die Gerüche glichen eher denen in einem Drogeriemarkt: eine Mischung aus zu üppig aufgesprühtem Deo, Haargel, billigem Parfüm und Weichspüler, den die pünktlich zur Party frisch aus dem Schrank geholten Ausgehklamotten versprühten.

Simon zog mit Emre in Richtung von Mike und seinen Freunden. „Na, amüsiert ihr euch?"

„Was will *der* denn hier? Verpiss dich, Alter, das ist keine Seniorenparty!", rief ein großgewachsener, rotgesichtiger Junge.

Simon hatte gehofft, Mike würde ihn vorstellen, aber ihm schien die Visite seines Kursleiters auch eher unangenehm zu sein. Er beschloss, etwas mutiger zu werden.

„Ihr wisst doch sicherlich, wo ich hier ein Bier bekomme? Oder, noch besser, was zu rauchen?"

Mike sah ihn entsetzt, die anderen verdutzt an.

„Spinnt der? Will der uns verarschen?", fragte Mikes Kumpel seinen Freund.

„Ihr könnt mir doch nicht erzählen, dass hier nirgendwo gesoffen oder geraucht wird. Gibt's vielleicht ein Nebenzimmer? Diese Lounge, von der du gesprochen hast, Mike?" Simon ließ nicht locker.

„Du spinnst echt. Wenn der Boss uns irgendwo auf dem Gelände beim Rauchen erwischt, sind wir tot", sagte ein anderer Junge.

„Darf man sich halt nicht erwischen lassen", meldete Mike sich endlich zu Wort. „Außerdem, der hier hat eh keine Angst vor Big Joe. Das ist der Typ, mit dem wir die Homepage machen", stellte er ihn nun doch vor, wenn auch nicht namentlich.

Die anderen nickten, immer noch etwas verdutzt, aber durchaus schon respektvoller als zu Beginn. Simon sah ein, dass es dennoch keinen Zweck hatte und ließ die Kids in Ruhe.

Alle Hoffnungen ruhten also auf der Spätveranstaltung. Um 21 Uhr war die Teenparty zu Ende. Die drei halfen dem Team beim Aufräumen. Um zehn begann dann die Late Night-Party. Big Joe hatte sich noch immer nicht blicken lassen.

Während bereits die ersten Gäste eintrafen, erinnerte Simon seinen Social Media Director Mike nochmals an die während des letzten Kurses vereinbarten Foto-Regeln: „Du lädst auf keinen Fall schon irgendetwas hoch, besonders nicht von Minderjährigen, denn da brauchen wir die schriftliche Einverständnis der Erziehungsberechtigten, um die Fotos zu veröffentlichen. Also notiere dir die Mails oder zumindest die Profilnamen, wie vorhin bei den Interviews mit dem Personal, damit wir am Ende von den Leuten auf den besten Fotos Genehmigungen einholen können."

Mike nickte, doch Simon hatte Zweifel, ob er sich daran halten würde. Der Keller füllte sich schnell, bald war es noch voller als bei der ebenfalls schon gut besuchten Kinderparty. Vielleicht kam es Simon aber auch nur so vor, weil die Feiernden jetzt größer waren und seine Sicht damit schlechter. Dazu wurde er noch von seiner Aussichtsplattform auf der Erhöhung am Rande des Raums vertrieben, von einer leicht bekleideten jungen Frau, die zu Animationszwecken und prominent von einem Strahler in Szene gesetzt an einer am Boden montierten Stange zu tanzen begann.

Simon stellte ernüchtert fest, dass entgegen sämtlicher Legenden noch immer kein harter Alkohol im Umlauf zu sein schien. Dafür erwischte er Emre und Mike mit je einer Flasche Bier in der Hand, die sie sich glücklicherweise aber ohne große Widerrede wegnehmen ließen. „Noch so eine Aktion und die Party ist für euch vorbei. Leute, denkt daran, wir sind nicht nur zum Feiern hier! Habt ihr schon Fotos, Statements, E-Mail-Adressen? Nein? Na dann, an die Arbeit, Jungs!"

Er beobachtete die beiden, wie sie sich einigermaßen unbeholfen zwischen den jetzt viel älteren Feiernden hin und her schlängelten, den ein oder anderen ansprachen, aber meist recht schnell abgewiesen wurden.

Simon fiel es schwer, das Alter der Jugendlichen einzuschätzen. Einige wirkten deutlich jünger als 16, viele machten jedoch auch den Eindruck, längst volljährig zu sein und hätten demnach eigentlich keinen Grund mehr gehabt, eine solche Veranstaltung zu besuchen.

Aber was wusste er schon über die Beweggründe seiner ihm völlig fremden Altersgenossen? Er, der nie auf einer der Stahlhof-Partys gewesen war und auch jetzt jede Studentenfeier mied, so gut es ging? Der sogar seinen Abi-Ball vorzeitig verlassen hatte? Der noch nie in seinem Leben so richtig betrunken gewesen war?

Simon wusste nur, dass ihm inmitten all dieser feiernden Menschen immer unwohler wurde. Obwohl sie sich überhaupt nicht um ihn scherten, fühlte er sich völlig fehl am Platz, sank seine Laune in dem Maße, in dem ihre Ausgelassenheit stieg. Auch wenn seine beiden Redakteure eine begleitete Ausgeh-Erlaubnis bis Mitternacht hatten und es noch nicht einmal elf war, überlegte er bereits, Emre und Mike zu suchen und ihren Betriebsausflug für beendet zu erklären.

Er hatte sie aus den Augen verloren. Es blieb ihm nichts anderes übrig, als nach ihnen zu suchen. Dazu musste er sich einen Weg über die Tanzfläche bahnen. Von den beiden keine Spur. Er sah auch in den dunklen Ecken auf der anderen Seite nach. Und dann wähnte er sich plötzlich in einem Déjà-Vu: Direkt neben ihm küsste sich ein Pärchen – zweifelsfrei dasselbe, das auf dem Schmäh-Video zu sehen war. Simon nahm seinen Mut zusammen und tippte dem Jungen auf die Schulter. Er ließ von seiner Freundin ab und blickte ihn finster an.

„Tschuldigung!" Simon musste schreien, damit er eine Chance

hatte, ihn zu verstehen, so laut war die Musik.

„Was willst du?"

„Ich kenn euch!"

„Na und? Wir dich aber nicht. Wir geben keine Autogramme. Also geh lieber nach Hause und hol dir am Rechner einen runter, statt uns hier zu begaffen, du Spanner."

Der Junge drehte sich wieder um. Simon tippte ihm abermals auf die Schulter.

„Ich muss mit euch reden, es ist wichtig. Können wir kurz rausgehen? Es geht um Big Joe."

Anscheinend waren das die universellen Zauberworte im Stahlhof. Die beiden folgten ihm nach oben, hinaus in den Hof.

„Wir haben alles mit Big Joe geklärt. Für uns ist die Sache erledigt. Also, was willst du noch? Und wer bist du eigentlich?", sagte der Junge.

„Ich heiße Simon. Ich wurde vom Boss beauftragt, eine Homepage für den Stahlhof zu erstellen." Auf dem kurzen Weg nach draußen war Simon eine Idee gekommen, die zwar alles andere als zu Ende gedacht war, aber die er trotzdem für so gut hielt, dass er sich die Chance nicht entgehen lassen wollte, sie auszuprobieren.

„Was haben wir damit zu tun?", schaltete sich das Mädchen ein. Sie sah jünger aus als in dem Video, höchstens fünfzehn, was die Sache natürlich noch heikler machte.

„Was genau habt ihr mit Big Joe geklärt? Hat er sich entschuldigt? Euch irgendwie entschädigt?"

„Ich wüsste nicht, was dich das angeht", sagte der Junge.

„Gut, ihr habt recht, das geht mich nichts an. Aber was auch immer er euch versprochen hat, wie ihr sicherlich auch schon festgestellt habt, wird er es nicht schaffen, das Video dauerhaft löschen zu lassen."

„Das ist uns schon klar. Also, was willst du? Unsere Erlaubnis, es auf der Homepage zu veröffentlichen?", sagte der Junge lachend.

„Da müsstest du aber ganz schön was springen lassen", ergänzte seine Freundin.

Simon entschied sich, ebenfalls zu lachen, und tatsächlich schien das die angespannte Stimmung etwas aufzulockern.

„Ihr nehmt's mit Humor, das finde ich gut", sagte er, obwohl er sich gar nicht mehr so sicher war, ob das Angebot nicht doch ernst gemeint sein könnte. „Also, was ich vorschlagen wollte, geht sogar in diese Richtung: Ich würde gern ein Interview mit euch machen für die Seite. Ihr könntet eure Geschichte erzählen, eure Sicht darstellen. Das ganze wäre eine prima Kampagne gegen Cybermobbing und Grooming."

Der Junge schüttelte mit dem Kopf. „Vergiss es. Warum sollten wir das tun?"

Das war natürlich eine völlig berechtigte Frage, aber zum Glück für Simon schien das Mädchen die Idee gar nicht so abwegig zu finden. „Vielleicht, damit uns die Leute nicht mehr ständig dieselben Fragen stellen. Damit sie sehen, dass das 'ne Scheißaktion war aber wir uns trotzdem nicht unterkriegen lassen davon. Und dass ich keine Schlampe und kein Vamp bin, sondern ein ganz normales Mädchen mit 'nem festen Freund, das ab und zu mal feiern geht."

Er schien immer noch nicht überzeugt. „Aber du weißt doch, was wir Big Joe versprochen haben. Dann wüsste doch jeder das mit der versteckten Kamera."

„Das weiß eh jeder, der das Video aufmerksam angesehen hat", sagte ich. „Wir würden es natürlich trotzdem nicht schreiben. Wir bleiben bei der offiziellen Variante, ist doch klar. Und eure Namen tauchen da auch nicht auf, der Link zum Video und sein Titel ebenfalls nicht. Wer euch kennt, erfährt endlich eure Sicht, und wer euch nicht kennt, der wird trotzdem Respekt vor eurem Mut haben und wie gut ihr die Sache weggesteckt habt."

„Na gut, wir überlegen es uns", sagte der Junge. Sie tauschten E-Mail-Adressen aus und verabschiedeten sich. Das ist verrückt, dachte sich Simon, aber es könnte klappen: Flucht nach vorne, eine kalkulierte PR-Offensive. Falls es gelang, wäre Joachim Lieberknecht gezwungen, Simons Arbeit anzuerkennen. Es konnte aber genauso gut auch nach hinten losgehen, das Video also noch beliebter machen und damit die Überwachung sowie den Datendiebstahl zum Gegenstand einer öffentlichen Diskussion werden lassen – womit Big Joe zwar geschadet, aber Simon gleichzeitig sein bisher größter Trumpf genommen wäre.

Wieder im mittlerweile ziemlich stickigen Keller angelangt, sah er sich erneut nach seinen beiden Jungs um, entdeckte nach längerem Herumirren aber lediglich Mike, der an der Bar stand und einen recht bedröppelten Eindruck machte. Kommentarlos nahm Simon ihm ein zweites Mal an diesem Abend die Bierflasche ab und trank sie, entgegen seiner sonstigen Gewohnheiten, selbst aus, wobei er sich ziemlich lässig vorkam. „Was ist los mit dir? Wo hast du Emre gelassen?"

„Big Joe hat ihn mitgenommen. Er wirkte nicht so happy, uns hier zu sehen. Hattest du nicht eine Sondergenehmigung eingeholt für uns?"

Das hatte Simon natürlich nicht getan, ging er doch wie selbstverständlich davon aus, sich im Stahlhof nunmehr alles erlauben zu dürfen. Er antwortete dennoch lieber nicht auf die Frage.

„Wo hat er ihn hingebracht?"

„Keine Ahnung. Vielleicht in die Lounge?"

„Los, dann gehen wir da jetzt hin. Wo ist diese komische Lounge? Da wolltest du doch eh unbedingt hin!"

„Nö, ich geh lieber nach Hause. Ich will kein' Stress mit dem Boss!"

Ehe sich Simon versah, war Mike weg. Eigentlich hatten sie abgesprochen, dass er die Jungs zu so später Stunde besser nach Hause begleitete, doch er hielt es jetzt für wichtiger, Emre zu finden und ließ Mike ziehen.

An der Tür wandte er sich an einen der Aufpasser, kaum jünger aber doppelt so breit wie er, und frage nach Big Joe.

„Er ist nicht zu sprechen."

„Sag ihm, Simon Specht will mit ihm reden, dann wird er zu sprechen sein."

„Verpiss dich, Simon Specht. Und wenn du mich weiter nervst, werfe ich dich raus. Du passt hier eh nicht rein."

Simon war außer sich vor Wut. Was maß sich dieser Kerl an?

„Hör mal zu, ich merke schon, du hast es eher in den Muckis

statt in der Birne, aber vielleicht kapierst du es ja trotzdem: Ich bin ein Freund von Big Joe. Also, wo ist er?"

„Wenn du ein Freund wärst, würde ich dich kennen. Dann wärst du auch gar nicht hier, sondern in der Lounge. Also, noch einen Spruch, und du zwingst mich, dir weh zu tun, Bohnenstange."

Der Typ war also tatsächlich so blöd wie er aussah, dachte sich Simon. Er ließ ihn stehen. Jetzt musste er nur noch diese Lounge finden.

Am Rand der Tanzfläche entdeckte er das Video-Pärchen wieder. „Hey, könnt ihr mir sagen, wie ich zur Lounge komme?"

„Zur Lounge? Hast du etwa eine Einladung? Dann musst du uns mitnehmen", sagte das Mädchen.

„Nö, aber ich muss dringend mit dem Boss sprechen. Also, wo finde ich diese Lounge?"

„Da ganz hinten, bei den Toiletten. Die dritte Tür, an der ‚Privat' steht. Musst du klopfen. Aber die lassen dich nur rein, wenn du auf der Liste stehst."

„Danke!"

Er kämpfte sich erneut über die Tanzfläche, auf der die Jugendlichen sich eng aneinander zu den mittlerweile elektronisch-monotonen Beats bewegten, bis zu dem Gang, der zu den Toiletten und mutmaßlich zu jenem ominösen Séparée führte.

Zum ersten Mal seitdem er sich auf das Wagnis Stahlhof eingelassen hatte kam ihm der Gedanke, dass er sich übernommen haben könnte. Dass es das böse Ende nicht wie erhofft für Lieberknecht, sondern für ihn geben könnte. Was machte Big Joe mit dem schüchternen Emre? Warum hatte er ihn damals, beim ersten Kurstermin, zu sich gerufen? Er fühlte, dass er ihn da rausholen musste, so schnell wie möglich, auch aus Eigennutz. Denn was auch immer dort hinter dieser Tür geschah – er trug die Verantwortung dafür. Ohne ihn wäre Emre niemals zu dieser Zeit an diesem Ort gewesen.

Die Tür war verschlossen, also blieb ihm nichts anderes übrig, als zu klopfen. Simon war wenig überrascht, als ihm kurz darauf dasselbe Muskelpaket öffnete, dem er vor wenigen Augenblicken noch an anderer Stelle begegnet war.

„Haben wir uns gerade nicht verstanden, du Opfer? Du sollst dich verpissen."

„Ich denke gar nicht daran." Es war paradox: Seine Angst machte Simon mutiger. „Da drin ist ein Junge, Emre", behaupte Simon, obwohl der Typ ihm jeden Blick auf das Dahinter versperrte. „Ich habe heute Abend die Verantwortung für ihn. Ich hol ihn da jetzt raus und du wirst mich nicht daran hindern."

Simon machte einen entschlossenen Schritt nach vorn, doch er kam nicht weit. Der Türsteher gab sich nicht einfach damit zufrieden, ihn am Durchgang zu hindern. Es schien zu seiner Berufsehre zu gehören, dem Eindringling auch noch einen Denkzettel für sein respektloses Verhalten zu verpassen – in Form eines gut platzierten Faustschlags ins Gesicht, der sein schmächtiges Gegenüber sofort zu Boden gehen ließ.

Er spürte keinen Schmerz, nur einen leichten Schwindel und den Geschmack von Blut auf den Lippen. Willenlos und unfähig sich zu wehren, ließ Simon zu, dass sein Peiniger ihm wieder auf die Beine half, ihn fest packte, durch den Keller zog, an den schaulustigen Partygästen vorbei, die teilweise sogar ihre Handys auf ihn hielten, die Treppe hinauf und mit einem unsanften Schubser vor die Tür in die kühle, aber angenehm klare Nachtluft.

Simon hatte versagt. Sieg nach K.O. für seinen Widersacher. Zumindest an diesem Abend.

16.

„Er kommt nie wieder."

Ich glaube, ich habe bis heute nicht verstanden, was dieser Satz für Niklas wirklich bedeutete. Schon damals versuchte ich, mir vorzustellen, was ich empfinden würde, wenn mein Vater uns verlassen hätte, doch der Gedanke war und ist so fremd, so absurd, dass ich wohl nie ein passendes Gefühl dazu finden werde.

Ich weiß nicht mehr genau, wann und wo der Satz gefallen war, vielleicht war es während dieser magischen, viel zu kurzen Momente, in denen wir eng aneinander und erschöpft von einer Kissenschlacht oder Rauferei auf meinem Bett lagen, vielleicht aber auch ganz nebenbei, zwischen zwei Partien Uno oder vor dem Fernseher.

Sicher bin ich mir nur, dass Niklas ein anderer geworden war, nachdem er sich und mir diese Gewissheit bewusst gemacht hatte. Natürlich lachten wir weiterhin und sein Gesicht glich noch immer dem eines Engels. Und doch war mit der Flucht des Vaters auch in ihm etwas fortgegangen, ein Teil seiner Unbeschwertheit, seiner ungetrübten kindlichen Freude unwiederbringlich verloren.

Wir feierten zuerst seinen neunten und kurz darauf meinen elften Geburtstag, ganz ohne weitere Gäste, nur wir beide und meine Eltern, die uns mit Geschenken überhäuften. Sie hatten ihm vor beiden Feiern aufgetragen, er möge seine Mutter doch mitbringen, doch sie kam nicht. Niemand war überrascht deswegen, insgeheim herrschte bei unserer Familie vermutlich sogar Erleichterung darüber.

Die Tage wurden wieder länger und milder und wir eroberten die Orte unserer Außenwelt zurück. Ich spürte, wie Niklas sich veränderte: Kaum dass wir den Einflussbereich meiner Eltern, sprich unsere Wohnung, verlassen hatten, wurde er frecher und mutiger denn je, führte mir waghalsige Klettertricks in den Bäumen vor, die ich ihm beim besten Willen nicht nachmachen konnte, und legte sich mit jedem Kind an, das es wagte, uns auch nur komisch anzusehen, als kenne er keine Furcht.

Ich hätte ihn eigentlich für seinen Mut loben und bewundern müssen, doch stattdessen wünschte ich mir den kleinen Niklas aus unserem ersten Sommer zurück, den man so viel leichter beeindrucken konnte.

Weder bevor noch nachdem er den Satz gesagt hatte, sprachen wir je wieder über seinen Vater. Das lag nicht nur daran, dass ich kaum in der Lage war, mich in ihn hineinzuversetzen. Ich schwieg auch, weil ich noch immer ein schlechtes Gewissen wegen meiner Lügengeschichte hatte und Angst, dass Niklas mit zunehmender Reife herausfinden könnte, wie dreist ich ihn belogen hatte.

An einem Tag im April, an dem wir von sintflutartigem Regen überrascht wurden, flüchteten wir uns ins Einkaufszentrum. Wir liefen umher und trockneten langsam, doch draußen prasselte der Regen weiterhin vom Himmel, so dass wir keine Lust hatten, auf das Feld oder in den Wald zurückzugehen.

Niklas schlug vor, im Kiosk in den Comics zu blättern. Ich war nicht begeistert.

„*Er wird uns eh gleich wieder rausschmeißen, der Blödmann*", sagte ich.

„*Dann zahlen wir's ihm heim.*"

„*Und wie sollen wir das machen?*"

„*Ist 'ne Überraschung. Wirst du gleich sehen. Du musst mir nur versprechen, dass du keinem was davon erzählst.*"

„*Wovon denn?*"

„*Versprich es mir einfach!*"

„*Okay, ich verspreche es.*"

Ich wollte nicht als Spielverderber oder Angsthase dastehen und begleitete Niklas widerwillig in den Kiosk. Ich hatte nicht die leiseste Ahnung, was er vorhatte. Wenn ich es gewusst hätte, wäre ich niemals so weit gegangen, mich zu diesem Versprechen hinreißen zu lassen.

Ich lief in Richtung der Lustigen Taschenbücher, während Niklas sich wie üblich nach irgendwelchen actionreicheren Reihen umsah. Es dauerte keine halbe Minute bis der Kioskbetreiber sich unserer annahm. Diesmal verließ er sogar seinen Platz hinter der Kasse und bewegte sich direkt auf uns zu. Es war ein großer, kräftiger Mann mit Halbglatze und Schnauzbart, vor dem die meisten Kinder Angst hatten, da bekannt war, dass er sie nur dann duldete, wenn sie zielstrebig zum Regal gingen, etwas hinausnahmen und unmittelbar danach das Geld auf die Theke legten, möglichst abgezählt.

Noch ehe der Mann etwas sagen oder uns hätte rauswerfen können, reagierte Niklas. Er riss mir das Lustige Taschenbuch aus der Hand, klemmte es zusammen mit einer Ausgabe von ‚Clever und Smart' unter den Arm – und rannte wie ein Besessener davon.

Zuerst waren wir beide zu perplex, sowohl der Verkäufer als auch ich, doch dann schaltete er schneller und tat das, was ich auch längst hätte tun sollen: Niklas hinterherrennen. Stattdessen sah ich reglos zu, wie die beiden sich eine Verfolgungsjagd durch die Einkaufspassage lieferten und der Abstand zwischen ihnen immer geringer wurde. Auch als Niklas das Einkaufszentrum verließ und der Mann es ihm Sekunden später gleichtat, blieb ich stehen, in der festen Überzeugung, dass sein Verfolger jeden Moment mit einem am Kragen gepackten Ladendieb zurückkehren würde.

Doch tatsächlich tauchte er wenig später allein wieder auf. Niklas musste es irgendwie geschafft haben, ihn abzuhängen, in die falsche Richtung zu locken oder sich sonstwie unsichtbar zu machen. Das Gesicht des Mannes war feucht, zuerst dachte ich, es wäre Schweiß, doch dann fiel mir wieder ein, dass es ja regnete. Über all das dachte ich nach, während der Verkäufer mit wutentbranntem Gesicht wieder auf seinen Laden zugelaufen kam. Spätestens jetzt hätte auch ich endlich das Weite suchen müssen, doch es ging einfach nicht. Ich stand noch immer unter Schock.

Ich war einfach zu brav, zu ängstlich und angepasst. Wenn ich abends noch unter der Bettdecke mit Taschenlampe las oder mich in die Küche schlich, um mir heimlich ein Stück Schokolade zu stibitzen, fühlte ich mich bereits wie ein Schwerverbrecher und wurde von Gewissensbissen geplagt. Ich kann dafür noch nicht einmal meinen Eltern die Schuld geben: Weder waren sie über die Maßen streng, noch hatten sie mich mit irgendwelchen Horrorgeschichten über in der Hölle schmorende Sünder zu einem Angsthasen gemacht. Es lag vermutlich einfach in meinem damals noch so mutlosen Wesen, keine Risiken einzugehen. Und nun stand ich da, von meinem besten Freund in ein Verbrechen ohne Vergleich hineingezogen.

Ich wusste, ich war unschuldig, doch das machte die Sache nicht einfacher. Der Verkäufer packte mich recht unsanft am Ärmel, obwohl doch längst klar war, dass ich nicht in der Lage war, zu flüchten. „Wie heißt dein Freund, der kleine Dieb? Wo wohnt er? Ich brauche die Telefonnummer von seinen Eltern!", schnauzte er mich an.

Ich schüttelte bloß mit dem Kopf. „Er hat kein… Seine Mutter… Ich hab sie nicht…", stammelte ich.

„Gut, dann rufen wir deine Eltern an."

„Nein, bitte nicht!"

„Oh doch, mein Freund. Deine Nummer wirst du ja wohl wissen."

Ich schüttelte wieder mit dem Kopf, doch es kam schon weniger entschlossen als das vorherige Kopfschütteln.

„Bitteschön, dann rufe ich eben die Polizei. Im Heim fällt dir sicherlich wieder ein, wie du heißt und wie wir deine Eltern erreichen, aber dann ist es zu spät."

Die Drohung war natürlich absurd, das war mir mit meinen elf Jahren schon klar. Ich hatte nichts verbrochen und selbst wenn doch, würde man mich wohl kaum ins Heim stecken. Und trotzdem war ich so verängstigt und eingeschüchtert, allein vom festen Griff des Mannes und ganz zu schweigen von der Aussicht, von der Polizei meinen Eltern vorgeführt zu werden, so dass ich alles verriet: Meinen Namen, meine Adresse, unsere Telefonnummer und sogar Name und Anschrift meines Freundes.

Als sie mich gemeinsam wenig später abholten, zögerte ich keine Sekunde, ihnen die Wahrheit zu erzählen. Bereitwillig verriet ich Niklas, um mein Gewissen zu erleichtern. Ich war kein Dieb und auch nicht der Komplize eines Diebes!

Meine Eltern bezahlten anstandslos die entwendeten Comics sowie eine ‚Aufwandsentschädigung‘ in Höhe von sage und schreibe fünfzig Mark, die der Händler für seine ‚Unannehmlichkeiten‘ verlangte. Tatsächlich war es wohl der Preis dafür, dass er auf eine Anzeige verzichtete. Zum Abschied erteilte er sowohl mir, als auch meinem flüchtigen Freund ein unbefristetes Hausverbot (als ob ich oder gar Niklas vorgehabt hätte, jemals wieder diesen Kiosk zu betreten).

Diesmal waren sich meine Eltern einig: Es führte aus ihrer Sicht kein Weg daran vorbei, Niklas‘ Mutter einzuschalten. Sie wollten, dass wir alle gemeinsam zu ihr gingen. Ich bat darum, nach Hause gehen zu dürfen, wollte weder Niklas und schon gar nicht seine Mutter treffen, doch sie bestanden auf meine Anwesenheit.

Mein Vater klingelte, mehrfach und lang, doch niemand öffnete uns. Ich hoffte bereits, damit wäre die Sache erledigt, doch meine Eltern wollten offenbar nichts unversucht lassen. Zu meinem Unglück gingen in den höchsten Häusern Schmachthagens laufend Leute ein und aus, so dass man noch nicht einmal bei sämtlichen Nachbarn Sturm klingen musste, um hineingelassen zu werden.

Als wir oben waren, wiederholte sich das Spiel: Langes Klingeln, keine Reaktion. „Es ist keiner da“, sagte ich, doch wir alle ahnten, dass das nicht stimmte. Während mein Vater weiter fast durchgehend klingelte, fing meine Mutter an, gegen die Tür zu klopfen. Selten hatte ich sie so bestimmt, so entschlossen erlebt.

Endlich ging die Tür auf. Niklas kam zum Vorschein.

„Was hast du dir dabei gedacht?“, sagte meine Mutter, zum ersten Mal mit so etwas wie Groll gegenüber dem sonst so perfekten, so süßen und unschuldigen Niklas.

Er sah meine Mutter mit genau jenen großen Undschuldsaugen an und hob die Schultern zum Zeichen seiner vermeintlichen Ahnungslosigkeit. „Wobei gedacht?“

„Hör auf damit, Niklas“, schaltete sich mein Vater ein. „Wir wissen alles.“

Innerhalb von Sekunden wurden aus den großen Augen kleine Schlitze, aus denen er ausgerechnet mich bitterböse ansah. Ich fühlte mich elend, denn mir wurde schlagartig bewusst, dass ich Schuld an allem war, was noch folgen würde. Wäre ich doch bloß einfach weggerannt!

„Lässt du uns bitte rein? Wir würden uns gern in Ruhe mit dir und auch mit deiner Mutter darüber unterhalten, was du getan hast."

„Das geht nicht. Sie schläft."

„Na jetzt bestimmt nicht mehr."

„Sie ist krank. Sie schläft sehr fest."

Meine Eltern sahen sich kurz an und ohne weitere Absprachen oder Überzeugungsversuche schoben sie Niklas zur Seite, um die Wohnung betreten zu können. Ich wollte vor der Tür stehen bleiben, doch mein Vater zog mich mit hinein.

Wie bei meinem letzten Besuch roch es furchtbar stark nach kaltem Rauch. Neu war, dass der Unrat, der sich zuvor hauptsächlich auf Niklas' Zimmer beschränkt hatte, nun bereits im Flur herumlag: Spielzeug, Klamotten aber sogar ein leerer Pizzakarton und ganze Mülltüten. Es war ein widerwärtiger Anblick.

„Ist das hier das Zimmer deiner Mutter?", fragte mein Vater, als er vor der einzigen geschlossenen Tür angelangt war, die vom Flur abging.

Niklas stellte sich davor. „Bitte nicht! Ich mach es nie wieder, es tut mir leid!"

„Wir müssen es ihr trotzdem sagen. Keine Angst, niemand wird dir den Kopf dafür abreißen. Aber wenn du so etwas Dummes machst, dann musst du auch mit den Konsequenzen leben", sagte mein Vater. Wieder wollte er Niklas beiseiteschieben, doch diesmal war der Junge vorbereitet und leistete energisch Widerstand.

Niklas schlug wie wild um sich und sogar auf meinen Vater ein, nie hatte ich ihn so aufgebracht gesehen. Wie konnte ein Junge, der sonst nichts und niemanden zu fürchten schien, solche Angst vor seiner Mutter haben?

Mein Vater hob Niklas mit beiden Armen hoch und schüttelte ihn, viel zu kräftig für diesen kleinen Körper. Niklas begann zu weinen. Es war das erste Mal, dass ich sah, wie mein Vater gegenüber jemandem Gewalt anwandte. Ich war erschüttert, dass er dazu überhaupt in der Lage war.

„Beruhige dich!", rief mein Vater.

Meine Mutter versuchte, den Arm um Niklas zu legen, doch er schob ihn *barsch beiseite.*

„Wartet hier, ich gehe da erst einmal allein rein."

*Niklas schien geschlagen, er versuchte nicht weiter, meinen Vater aufzu-
halten. Er klopfte zunächst und als niemand reagierte, öffnete er die Tür und
schloss sie auch wieder hinter sich. Nichts als Finsternis und ein säuerlicher
Geruch drangen aus dem Schlafzimmer der Mutter.*

*Wir hörten seine Stimme gedämpft, zuerst ganz leise, dann laut und ent-
schlossen. Es dauerte nicht lang, bis mein Vater wieder herauskam.*

„Wir müssen einen Arzt rufen."

*„Nein! Nein! Nein! Sie braucht keinen Arzt! Sie steht wieder auf, sie
steht immer wieder auf!"*

*Mein Vater reagierte nicht, sondern griff nach dem Telefon, das auf ei-
ner Anrichte im Flur stand. Als er den Hörer in die Hand nahm, fiel ihm
wohl auf, dass die Leitung tot war. Zu jener Zeit hatten nur Manager, Rei-
che und Wichtigtuer Handys, also gab es keine andere Möglichkeit, als die
Wohnung zu verlassen.*

*„Schatz, warte hier mit den Kindern. Ich gehe zu den Nachbarn und rufe
von da einen Krankenwagen."*

*„Was hat sie denn? Soll ich reingehen und schon irgendwas für sie tun?",
fragte meine Mutter.*

„Nein, tu dir das nicht an."

*Mehr sagte er nicht. Sie nickte sorgenvoll. Niklas heulte wie ein Schloss-
hund. Ich verstand überhaupt nichts, war unfähig, meine Gefühle einzuord-
nen.*

*Wieder standen wir, bis auf das anhaltende, laute Schluchzen meines
kleinen Freundes, schweigend in dem unordentlichen Flur und warteten.*

*Nach Minuten, die mir vorkamen wie Stunden, kam mein Vater zu-
rück. „Der Arzt ist in fünf Minuten da. Schatz, am besten du gehst mit den
Kindern rüber zu uns. Ich regle das hier."*

*„Nein! Ich bleibe hier! Ich bleibe bei Mama!" Niklas war wieder von
Schluchzen zu hysterischem Schreien übergegangen.*

*„Na gut. Dann warten wir beide hier. Aber Simon, du gehst mit Mutti
nach Hause."*

*„Warum? Was ist denn hier los? Was hat sie? Warum darf ich nicht
hierbleiben?"*

„Wir sprechen später darüber, Simon. Geht jetzt bitte."

Ich erfuhr nie, was genau in der Zeit geschah, in der Niklas und mein Vater auf den Rettungswagen warteten. Sie erzählten mir nur, Niklas' Mutter sei in einem sehr schlechten Zustand gewesen, man habe ihr den Magen auspumpen müssen, weil sie zu viele Medikamente genommen hatte.

Erst Jahre später schilderte mein Vater mir die Details: Er hatte nicht gewollt, dass wir sie so sahen, wie er sie vorgefunden hatte. Sie musste stark tablettenabhängig gewesen sein, lag nach einer Überdosis in ihrem Erbrochenem, im Delirium, völlig weggetreten und nah an der Ohnmacht. Gut möglich, dass sie damit versucht hatte, sich umzubringen.

Wenn Niklas nicht die zwei Comics gestohlen hätte, wenn ich ihn nicht verraten hätte, wenn meine Eltern sich nicht sofort auf den Weg in die Wohnung gemacht hätten – dann wäre sie vermutlich gestorben.

17.

„Was zur Hölle ist bloß in dich gefahren?"

Joachim Lieberknecht lehnte sich über seinen Schreibtisch, beugte sich so weit vor, dass Simon seinen Raucheratem riechen und jede einzelne seiner Drei-Tage-Bartstoppeln sehen konnte. Diesmal hatte er sich nicht die Mühe gemacht, mit ihm an einen bequemeren Ort zu gehen, sondern ihn zum Rapport direkt in seine winzige Schreibstube im Obergeschoss der alten Ziegelei bestellt.

„Ich habe die schriftliche Genehmigung seines Vaters vorliegen!"

„Sein Vater kann nicht mal lesen, geschweige denn Deutsch! Er hatte keine Ahnung, wo sein Sohn war und hätte das niemals erlaubt. Ich hatte das Vergnügen, gestern Abend mit ihm zu sprechen. Zum Glück konnte ich ihn gerade noch davon überzeugen, dass er uns nicht anzeigt."

„Gut, es war ein Fehler. Ich habe Emre einfach nicht zugetraut, dass er die Unterschrift fälscht. Vermutlich hat ihn sein Freund Mike dazu angestiftet. Ich hätte den Braten riechen müssen."

„Du hättest gar nicht mit den Kindern auf diese Party gehen dürfen! Erst recht nicht, ohne mit mir vorher darüber zu sprechen!"

„Ich dachte, das hätten wir mittlerweile geklärt, dass es eine Homepage geben wird und dass unsere Gruppe jedes einzelne Projekt kennenlernen und vorstellen darf."

„Gar nichts haben wir geklärt. Denn weißt du was, dein Projekt ist gestorben. Aus! Finito! Vorbei!"

Simon rutschte unruhig auf dem Klappstuhl hin und her. Jetzt bloß keine Nerven zeigen, noch ist nichts verloren, dachte er sich. Wenn alles schon klar gewesen wäre, hätte er sich wohl kaum die Mühe gemacht, ihn am Samstagmorgen in sein Büro zu bitten.

„Sie können mich nicht einfach so rausschmeißen. Ich bin nicht Ihr Angestellter! Ich arbeite für das Kijukosch und Sie haben einen Vertrag…"

„Ich habe vor allem das Hausrecht hier", unterbrach er ihn. Er hatte sich wieder zurück in seinen Chefsessel gelehnt und die Arme hinter den Kopf gelegt, schien diesen Moment sehr zu genießen. Endlich konnte er das tun, was er schon seit ihrer ersten Unterredung zu Beginn des ihm aufgezwungenen Kurses hatte tun wollen.

„Ich kann niemanden am Stahlhof dulden, der derartig unverantwortlich mit Schutzbefohlenen umgeht", fuhr er fort. „Das werden Anke Gebhardt und die Kooperationsrunde mit Sicherheit genauso sehen."

„Ach ja? Wie gehen Sie denn bitte mit Ihren Schutzbefohlenen um? Sie richten sie zu Schlägern ab! Sehen Sie das hier?", er zeigte auf seine zwar nicht mehr ganz so geschwollene, aber hoffentlich noch übel genug aussehende Lippe. „Das war *Ihr* Türsteher. So hat er mich daran gehindert, meine Verantwortung für Emre wahrzunehmen, ihn aus Ihrem dunklen Hinterzimmer herauszuholen, wo Sie und Ihre Leibeigenen ihn festgehalten haben."

Big Joes gerade noch triumphierender Gesichtsausdruck verdunkelte sich wieder.

„Ich verbitte mir diese Anschuldigungen! Anton hat mir erzählt, wie du ihn angegriffen hast. Er hat sich bloß verteidigt, dafür gibt es mehrere Zeugen. Und festgehalten habe ich Emre selbstverständlich zu keinem Zeitpunkt, ich habe mich, anders als du, um den Jungen gekümmert! Als ich ihn traf, war er ganz alleine."

„Das ist gelogen. *Ich* war für einen Moment nicht da, kurz an der frischen Luft, das stimmt. Aber Mike war bei ihm. Warum haben Sie sich nicht auch um ihn gekümmert, sondern nur um Emre? Warum durfte er nicht mitkommen in diese seltsame Lounge? Ist er zu aufmüpfig? Oder ist es, weil Sie eher auf den dunklen Typ stehen?"

„Jetzt reicht es! Raus aus meinem Büro! Raus aus meinem Jugendclub! Sofort!" Lieberknecht sprach nie besonders leise, doch jetzt schrie er geradezu.

Auch wenn die Situation zusehends eskalierte, fühlte Simon langsam wieder, wie er an Boden zurückgewann. Seine Provokationen hatten die erhoffte Wirkung nicht verfehlt. Big Joe war noch immer gereizt, angreifbar, verletzlich.

Er dachte gar nicht daran, der Aufforderung Folge zu leisten und obwohl sein Herz raste, versuchte er, so ruhig und langsam wie möglich zu sprechen. Wer so reagierte, dachte sich Simon, der hatte wirklich etwas zu verbergen.

„Herr Lieberknecht, wenn ich jetzt gehe, wird das Konsequenzen für Sie haben. Unangenehme Konsequenzen. Sie wissen und ich weiß, dass Sie die Kinder per Video überwacht haben und Ihnen diese illegal angefertigten Bilder dann auch noch abhanden gekommen sind. Vergessen Sie das nicht."

Big Joe atmete tief ein und wieder aus. Er zündete sich eine Zigarette an und tat so, als würde er in einer Akte lesen. Was war das jetzt für ein Spielchen? Offenbar war er so verzweifelt, so machtlos, dass er beschlossen hatte, so zu tun, als wäre Simon einfach nicht mehr da, als habe es diesen unverschämten jungen Mann, der es wagte, ihn mehr herauszufordern als jedes noch so aufmüpfige Problemkind in der Pubertät, nie gegeben.

Nach einer gefühlten Ewigkeit und nachdem Simon noch immer keine Anstalten machte, den Raum zu verlassen, sah er wieder zu ihm.

„Ich lasse mich nicht mehr von dir erpressen."

Trotz der Aufregung war Simon das entscheidende Wort in diesem Satz nicht entgangen: Big Joe hatte soeben eingeräumt, dass er nicht nur Opfer einer Erpressung geworden, sondern den Forderungen seines Erpressers bislang sogar nachgekommen war.

Er knallte ihm die Akte vor die Nase. „Blätter mal um. Da liegen ein paar Bilder drin. Schau dir die mal genau an. Nur, weil ich selber keinen Computer benutze, heißt das nicht, dass ich keine Ahnung habe, was da im Internet los ist. Meine Leute waren so nett, mir das mal auszudrucken."

Simon sah sich die Bilder an. Sie zeigten das bunte Treiben aus der zurückliegenden Nacht.

„Na, was siehst du?"

„Ich sehe, dass Mike wirklich fotografisches Talent hat. Die Lichtverhältnisse waren nicht die besten, aber er hat gute Motive und Ausschnitte gefunden."

„Da gebe ich dir recht. Das hier finde ich besonders gelungen. Ein, wie sagt man heute, Selfie! Dreizehnjähriger mit Bierflasche und einer fünf Jahre älteren, halb nackten Tänzerin, unser ebenso süßen wie volljährigen Lucy! Tolles Bild!"

Big Joe setzte zu einem leicht wahnsinnigen Lacher an, während Simon sich über Mike und noch mehr über sich selbst ärgerte. Er hatte es geahnt und hätte es verhindern müssen. Warum war er nicht auf die Idee gekommen, ihm das Handy abzunehmen und stattdessen eine konventionelle Kamera ohne jede Upload-Möglichkeit in die Hand zu drücken? Er versuchte, sich nichts anmerken zu lassen.

„Was wollen Sie mir damit sagen, außer dass Sie damit schon Ihren nächsten Skandal haben?"

„Das ist nicht *mein* Skandal, das ist *dein* Skandal! *Dein* Projekt, *dein* Junge, *deine* Verantwortung!"

„Mag sein. Aber wie Sie eben gerade selbst gesagt haben, am Ende ist es *Ihr* Jugendclub. Sie schmeißen mich also raus. Anke Gebhardt und die Kooperationsrunde werden eine Erklärung dafür verlangen. Und dann wollen Sie denen diese Bilder zeigen? Man müsste daraus schließen, Sie hätten Ihren Laden nicht im Griff, das ist Ihnen doch hoffentlich klar."

„Ganz im Gegenteil: Weil ich meinen Laden im Griff habe, hast du hier nichts mehr verloren. Das werden meine Kollegen schon verstehen, wenn ich ihnen die Geschichte von gestern Abend erzähle, da mach dir mal keine Sorgen."

Simon musste sich eingestehen, dass dieses Argument nicht ganz von der Hand zu weisen war. Wieder brauchte er einen Bluff, wieder galt es, auf Risiko zu spielen – was hatte er schon noch zu verlieren?

„Wenn Sie das tun, sehe ich mich dazu gezwungen, diese Kontaktdaten zu nutzen."

Simon holte den Zettel aus seiner Tasche, auf dem er die Namen und die E-Mail-Adressen der beiden unfreiwilligen Video-Stars des Stahlhof notiert hatte.

„Wir hatten gestern Abend ein nettes Gespräch. Ich habe Ihnen doch von meiner Freundin erzählt, die Journalismus studiert. Sie macht übrigens gerade ein Praktikum beim Morgenblatt, Lokalredaktion." Das war natürlich gelogen, denn Laura verabscheute Boulevardjournalismus.

„Was soll das? Die beiden werden ganz bestimmt nicht mit der Presse sprechen."

„Was macht Sie da so sicher? Bis eben dachten Sie doch bestimmt auch, die beiden würden nicht einmal mit mir reden. Und selbst wenn – Zeitungen können und müssen auch über Dinge berichten, über die Menschen nicht sprechen wollen."

Big Joe nahm die Akte, die noch immer vor Simon lag und klappte sie wieder zu.

„Was habe ich dir getan?"

Simon setzte ein säuerliches Grinsen auf.

„Das war keine rhetorische Frage. Antworte mir! Was treibt dich an? Ich habe lang überlegt, ob wir uns kennen. Hab ich dich als Dreikäsehoch irgendwann mal hier rausgeworfen oder angeschnauzt oder auch nur schräg angeschaut? Oder warum in aller Welt tauchst du plötzlich hier auf und benimmst dich wie ein Racheengel?"

Simons Grinsen war wie eingefroren. Er hätte so viel zu dieser Frage sagen können, doch er schwieg. Noch.

18.

Es erschien mir damals völlig selbstverständlich, dass Niklas zu uns zog, solange seine Mutter in der Klinik war. Heute, wo ich den Jugendhilfeapparat von innen kennengelernt habe, weiß ich, welch große bürokratische Hürden meine Eltern genommen haben mussten, um die vorübergehende Obhut für ihn zu bekommen. Schließlich gab es auch noch den Vater, weitere Verwandte und vor allem eine mächtige Helferindustrie, die Kinder wie Niklas lieber in die Hände von professionellen Betreuern oder wenigstens erfahrenen, den Ämtern geneigten Pflegeeltern gegeben hätte. Aber sie hatten sich gegen all diese Alternativen durchsetzen können.

Es war offensichtlich, wie schwer Niklas die Trennung von seiner Mutter traf, so kurz nachdem er ja bereits die von seinem Vater zu verkraften gehabt hatte. Natürlich sprachen wir nicht darüber, doch er veränderte sich abermals. Seine Stimmung konnte binnen Sekunden von ausgelassener Freude in tiefste Niedergeschlagenheit umschlagen. Er war immer müde, da er ewig brauchte, um einzuschlafen. Oft wachte er mitten in der Nacht von Albträumen geplagt auf, manchmal machte er sogar ins Bett.

Und doch war ich glücklich. Denn Niklas war sehr anhänglich geworden, nicht nur meinen Eltern, sondern auch mir gegenüber. Während ich aus heutiger Sicht mein Verhalten, meine stille Freude an seinem Leid, lediglich als egozentrisch betrachten würde, so müsste man Niklas' damaliges Auftreten durchaus als regressiv bezeichnen: Er gab sich bisweilen wie ein Kleinkind.

Mich störte es nicht, besonders dann nicht, wenn ich ihn wie einen leibhaftigen kleinen Bruder, ja mehr noch, wie ein fleischgewordenes Kuscheltier behandeln durfte. Ich ließ zu, dass er nachts zu mir ins Bett kroch und sich an meiner Schulter ausweinte. Dann streichelte ich stundenlang seine wunderbaren Haare, drückte ihn so nah an mich, dass ich jeden einzelnen seiner kleinen Knochen spürte und redete mir ein, so könnte ich ihm Trost spenden, dabei vertrieb ich doch nur meine eigene Einsamkeit, befriedigte meine eigenen Sehnsüchte.

Oftmals plagte sich Niklas am Morgen nach der nächtlichen Zärtlichkeit mit Wutanfällen und schlechter Laune. Vielleicht lag es daran, dass die Nähe eigentlich nicht mir gegolten hatte, dass ich nur ein Platzhalter für seine abwesenden Eltern war – und er sich dafür schämte.

Wahrscheinlich neigte Niklas dazu, wie so viele Kinder in ähnlichen Situationen, sich die Schuld an allem zu geben. Nicht nur an der Trennung der

Eltern, deren Streitanlässe mit Sicherheit oftmals auch Fragen waren, die ihn betrafen. Sondern auch am Beinahe-Tod seiner Mutter. Schließlich bedurfte es erst einer nahezu gewaltsamen Intervention durch meine Eltern, um ihr das Leben zu retten.

Ich kann nur darüber spekulieren, welches Trauma diese Tatsache in ihm ausgelöst haben mochte. Sicherlich hatte er aus seiner kindlichen Sicht damals sehr gute Gründe dafür, jede Hilfe und Einmischung zu verweigern. Etwa die Scham ob des Zustandes seiner Mutter. Oder die berechtigte Angst, nach dem Entdecken ihrer Krankheit von ihr getrennt zu werden – und gleichzeitig die unberechtigte Hoffnung, alles würde von selbst wieder gut werden, wenn man ihr nur ihren Willen gab und sie in Ruhe ließ…

Wenigstens hatte sich meine Eifersucht gelegt. Niklas war jetzt nicht mehr der kleine Sonnenschein, der meinen Eltern für ein paar Stunden am Nachmittag ein großes Lächeln ins Gesicht zauberte und dem man, anders als dem eigenen Sohn, einfach niemals böse sein konnte. Er war nun oft genug ein Problemfall. In der Schule fiel er durch schlechtes Benehmen und mangelhafte Leistung auf. Damit reizte er natürlich besonders den Ehrgeiz seiner pädagogisch tätigen Ersatzeltern und sorgte für manche Meinungsverschiedenheit zwischen ihnen, die zwar sehr zivilisiert, aber durchaus hörbar ausgetragen wurden: Während mein Vater ein strengeres Regiment bei solcherlei Fehlverhalten forderte, warb meine Mutter für Milde in Anbetracht der Umstände und setzte sich damit auch meistens durch.

Ich hingegen brachte nach wie vor nur Bestnoten nach Hause. Und wenn sich meine Eltern meiner annahmen, dann nur, um mir mit lobenden Worten zu versichern, wie sehr sie mich liebten und wie leid es ihnen tat, dass sie durch die Sache mit Niklas mir derzeit so wenig Aufmerksamkeit schenken konnten.

Die wenigen Monate, in denen Niklas bei uns lebte, habe ich in jeder Hinsicht als die emotional intensivsten unserer Freundschaft in Erinnerung. Wir hatten unsere ersten heftigen Streitereien, aber wir waren uns auch so nah wie nie zuvor, teilten wir doch fast alles miteinander: die Wohnung, das Zimmer, die Eltern und manchmal sogar das Bett. Nur seinen Schmerz, seine Trauer, seine Schuldgefühle, die konnte er mit niemandem teilen, damit blieb er wohl immer allein.

Das merkte man besonders, nachdem er von den stundenweisen Besuchen bei seiner Mutter in der Entzugsklinik oder von den mehr oder weniger regel-

mäßigen Sonntagsausflügen mit seinem Vater zurückkehrte (niemals jedoch fiel beides zusammen; soweit wir wussten, hatte der Vater die Mutter nicht ein einziges Mal besucht). Auf Niklas' Wunsch begleiteten wir ihn dabei nicht, sondern fuhren ihn höchstens hin oder holten ihn ab. Ich weiß, wir hätten eigentlich froh darüber sein müssen, dass die Umstände es überhaupt erlaubten, Umgang mit beiden Elternteilen zu haben. Und dennoch erlebten wir, wie unglücklich, wie aufgewühlt Niklas sowohl nach, als auch vor den Treffen mit seinem Vater oder seiner Mutter wirkte, so dass es zwischen meinen Eltern und mir einen nicht ausgesprochenen Konsens darüber zu geben schien, dass wir im Grunde genommen die bessere Familie für ihn waren.

Dieser Leitgedanke, verstärkt durch den mehrmaligen Aufschub der Entlassung der Mutter wegen diverser Zusammenbrüche und Rückfälle und die chronische Unzuverlässigkeit des Vaters, der die sonntäglichen Treffen mehrfach erst am Samstagabend absagte, trieb meine Eltern dazu, sich um einen langfristigen Verbleib von Niklas in ihrer Obhut zu bemühen. Aus diesem Prozess jedoch hielt man mich und Niklas so lang es ging ganz bewusst hinaus. Erst, als die Rückkehr der Mutter unmittelbar bevorstand, bezog das Jugendamt auch Niklas in die Gespräche über seine Zukunft ein.

Ich habe es, wie so vieles, erst hinterher erfahren, aber der Grund, warum Niklas seine „bessere Familie" nach kurzer Zeit wieder verließ und zu seiner genesenen, aber fraglos noch immer labilen Mutter zurückkehrte, war wohl keine Entscheidung des Jugendamtes, auch keine alleinige der Mutter, sondern am Ende war es vor allem Niklas' Wille gewesen.

„Ein Kind gehört zu seiner Mutter", hatte mein Vater gesagt. „Wir werden trotzdem immer sein zweites Zuhause bleiben", meine Mutter. Und dennoch, aller Vernunft zum Trotz, war sie zu spüren, die Enttäuschung.

19.

Die erstaunlichste Erkenntnis nach Simons verunglücktem Nachtclubbesuch war nicht, dass er seinen Kurs am Stahlhof fortsetzen durfte, sondern dass Emre weiterhin daran teilnahm.

„Emre, das war eine sehr blöde Situation für mich am Freitag. Ich möchte, dass so etwas nie wieder passiert", begrüßte Simon seinen Schützling beim ersten regulären Treffen nach dem nächtlichen Vorfall.

„Tut mir leid. Kommt nicht mehr vor, ich schwör", sagte Emre kleinlaut.

„Dann sag mir bitte ganz ehrlich, ob dein Vater weiß, dass du hier bist und damit auch wirklich einverstanden ist."

Der Junge antwortete nicht, er konnte ihn vor Scham nicht einmal mehr ansehen. Sein Freund Mike übernahm das Reden für ihn. „Emre hatte das ganze Wochenende Hausarrest, aber jetzt darf er wieder alles machen, sonst hätte sein Vater es ja wohl kaum zugelassen, dass ich ihn abhole."

„Stimmt das, Emre? Ich muss es schon von dir selbst hören."

„Ja."

„Und weiß dein Vater also auch, dass du hier bist?"

Wieder sprach Mike für ihn: „Das interessiert ihn doch gar nicht. Der hat keinen Schimmer, was wir hier machen. Ist ihm völlig egal, ehrlich. Wenn, dann beschäftigt er sich doch eh nur mit Cem. So lange Emre nicht wieder nachts um die Häuser zieht, wird er ihn in Ruhe lassen."

„Wer ist Cem? Und bitte, Mike, lass Emre mal antworten, mit dir rede ich gleich noch."

„Cem ist mein großer Bruder. Er macht nur Ärger."

„Ja, aber du würdest ihn mögen, er hat sich nämlich auch mit Big Joe angelegt." Mike war mittlerweile ganz selbstverständlich beim Du angelangt und Simon hatte nichts dagegen. Was er gerade gesagt hatte, machte ihn hellhörig, er spürte aber, dass der Moment ungünstig war, um die beiden über diesen Cem auszuquetschen.

„Mike, was habe ich gerade gesagt? Ich spreche jetzt mit Emre. Und nach dem was passiert ist, kann ich euch nicht mehr blind vertrauen. Also gib mir bitte mal die Nummer von deinem Vater, Emre, ich möchte ihn persönlich sprechen."

Der Junge wehrte sich zunächst, auch mit dem Hinweis, Simon und sein Senior würden sich wegen der mangelnden Deutschkenntnisse des Vaters ohnehin nicht verstehen, gab aber schließlich klein bei.

„Herr Özkan, mein Name ist Simon Specht, ich leite den Computerkurs am Stahlhof, an dem ihr Sohn Emre teilnimmt, entschuldigen Sie die Störung, ich wollte…"

„Nix ihr Schuld. Mein Sohn Schuld. War sehr böse."

„Ja, also nein, deshalb rufe ich nicht an. Er hat sich entschuldigt und ich möchte mich natürlich auch bei Ihnen entschuldigen für die Unannehmlichkeiten und…"

„Nix Entschuldigung. Big Joe gute Mann. Problem mein Kinder."

„Herr Özkan, würden Sie es also Ihrem Sohn Emre weiter erlauben, an dem PC-Kurs teilzunehmen?"

„Entschuldigung, ich nix verstehe, wer Emre Kuss?"

Die Jungs begannen zu kichern. Simon hatte das Handy laut gestellt, damit Emre im Zweifel übersetzen konnte.

„Kurs, nicht Kuss, Baba!" Dann sagte der Junge etwas auf Türkisch und sein Vater antwortete ebenfalls in einem Schwall in seiner Muttersprache, dreimal so lang wie die Frage seines Sohnes.

„Herr Özkan, hat er es Ihnen erklärt? Sind Sie einverstanden, dass er hier ist?"

„Ja, Stahlhof gut. Er mache Problem, du mich rufe an, ich regle. Er mache keine Problem, alles gut."

„Versprochen, Herr Özkan. Sollte es irgendwelche Probleme geben, werde ich Sie künftig sofort anrufen."

Simon legte erleichtert auf. Big Joe hatte mal wieder gelogen: Dieser Mann wäre nie auf die Idee gekommen, den Stahlhof oder gar seinen Leiter wegen Emres unerlaubten Discoaufenthaltes anzuzeigen. Eine Baustelle weniger, dachte er sich, und hätte darüber beinahe vergessen, dass er auch mit Mike noch ein Hühnchen zu rupfen hatte.

Die zweite Standpauke verlief ebenfalls erstaunlich glimpflich. Selbst der sonst so freche Mike gab sich reumütig, denn Simon gelang es, ihm bewusst zu machen, dass er mit dem Hochladen der Fotos ihr gesamtes Projekt an den Rande des Abgrundes geführt hatte.

Den Rest der Stunde arbeitete er so konzentriert wie noch nie, bearbeitete all seine Fotos und suchte die besten raus, während Emre seine kargen Party-Notizen zu stichwortartigen Interviews umwandelte und André bereits die entsprechenden Seiten anlegte.

„Emre, ich möchte dich noch einmal kurz unter vier Augen

sprechen, bitte", sagte Simon am Ende des Kurses.

„Er steht auf dich, wie der Boss", sagte Mike frotzelnd. Da war er also wieder, der freche Mike. Simon schickte ihn fort, verabschiedete sich auch vom weiterhin stillen André und setzte sich auf den jetzt freien Platz neben Emre.

„Wenn es irgendetwas gibt zwischen dir und Big Joe, was dir unangenehm ist, dann kannst du mir davon jederzeit erzählen. Du kannst mir vertrauen."

„Okay."

Es folgte ein für beide Seiten unangenehmes Schweigen.

„Also, gibt es da was?"

„Was denn?"

„Irgendwas."

Wieder herrschte Stille. Emre schien nachzudenken und nicht genau zu wissen, was Simon von ihm erwartete. Schließlich sagte er: „Nein, da ist wirklich nichts. Jetzt ist alles wieder gut. Er war sauer, aber ich hab ihm gesagt, dass es mir leid tut. Ich werd ihn nicht enttäuschen. Ich bin nicht wie mein Bruder."

„Was hat denn dein Bruder so Schlimmes gemacht, dass er bei ihm in Ungnade gefallen ist?"

„Weiß nicht genau. Er hat als Wache bei der Late Night gearbeitet aber dann… Mein Bruder ist manchmal einfach krass drauf. Big Joe sagt, er musste ihn rausschmeißen."

„Hat er sich geprügelt? Drogen genommen oder gar verkauft?"

„Nein, weiß ich nicht, glaub nicht. Sie erzählen's mir nicht."

„Was meintest du damit, dass dein Bruder manchmal krass drauf ist?"

„Er kann sehr wütend werden. Er ist der netteste Mensch, eigentlich, aber wenn er wütend wird, baut er Mist."

„Verstehe", sagte Simon, obwohl er gar nichts verstand. Entweder, Emre hatte wirklich keine Ahnung – oder kein Vertrauen zu ihm. Schlimmstenfalls sogar beides. Er entließ den Jungen.

Als er den Keller verließ, machte er sich auf direktem Weg nach Hause und war froh, dem Stahlhhof-Chef heute nicht über den Weg zu laufen.

Auf seinem Schreibtisch lag noch immer der Zettel, der ihm seinen Job und damit seine Mission am Stahlhof gerettet hatte. Er dachte darüber nach, den beiden zu schreiben, wusste aber nicht, wie er es angehen sollte – schließlich war damit zu rechnen, dass Big Joe sie bereits kontaktiert und eindringlich vor ihm gewarnt hatte.

Simon beschloss, Laura um Rat zu fragen. Er wählte ihre Nummer und ausnahmsweise hatte sie Zeit, schien sich sogar über seinen Anruf zu freuen, so dass er ihr alles erzählte, also zumindest all jene Sachen, für die er Worte hatte, die ihm am Telefon seltsamerweise leichter über die Lippen kamen als bei einem Treffen von Angesicht zu Angesicht. Er berichtete von seiner ersten Begegnung und Big Joes Überheblichkeit, von ihrem misslungenen Spätausflug und schließlich auch von seinem schrecklichen Verdacht, der weit über Videoüberwachung hinausging.

„Ich weiß einfach nicht, wie es jetzt weitergehen soll. Was würdest du tun an meiner Stelle?"

„Also erst einmal finde ich das sehr mutig, was du bis jetzt getan hast."

„Danke." Das war Balsam für Simons inzwischen von recht großen Zweifeln geschundene Seele.

Doch dann kam das Aber. „Ich würde die Strategie ändern. Weg von der Konfrontation. So mauert er doch nur, schottet sich ab. Damit wirst du nie die Gewissheit haben, ob da was dran ist, geschweige denn, Beweise dafür finden. Du musst irgendwie sein Vertrauen gewinnen. Nur dann wirst du ihn überführen können."

Simon stieß einen Laut aus, der halb Lacher, halb Seufzer war. „Das ist doch absurd! Das Vertrauen ist gerade so ziemlich auf dem Tiefpunkt. Er fühlt sich von mir erpresst und vermutlich stimmt das sogar."

„Das mag sein, aber vielleicht gibt es eine Möglichkeit, das zu ändern. Du hast sie selber angedeutet, mir gegenüber und ihm gegenüber auch: Die Homepage muss ein Erfolg werden. Sie muss ihn entlasten. Du musst ihm beweisen, dass du ihm am Ende mit deiner Sturheit geholfen und nicht geschadet hast."

„Ja, das war der Plan. Das Problem ist: Diese Kids werden

nicht mehr mit mir reden wollen, nachdem ich Big Joe diese Räuberpistole mit der Boulevardzeitung erzählt habe, nur um meinen Arsch zu retten."

„Was macht dich da so sicher? Nach allem, was du mir gerade erzählt hast, scheint es ziemlich wahrscheinlich, dass Big Joe etwas zu verbergen hat. Bestimmt wird er keine Pferde scheu machen. Offenbar gibt es einen wie auch immer gearteten Deal zwischen ihm und den beiden. Den will er auf keinen Fall gefährden. Ich bin mir ziemlich sicher, dass er ihnen kein Wort von dir erzählt, solange du deinen Kurs und deine Seite behältst und damit deine Drohung nicht wahrmachst, mit der Sache an die Presse zu gehen."

Simon musste zugeben, dass diese Theorie plausibel war, glaubte aber dennoch nicht, dass Lauras Plan aufgehen würde. Sie sprachen noch eine Weile über die Details. Am Ende rang sie ihm das Versprechen ab, es zumindest zu versuchen. Er willigte ein und schrieb, nachdem sie aufgelegt hatten, ohne große Hoffnungen eine kurze Mail – zunächst nur an das Mädchen, das ihm von den beiden noch ein wenig zugänglicher für sein Anliegen erschienen war.

Sie antworte prompt, nur einzeilig zwar, aber immerhin. Er solle sie doch zum Videomessenger ihres Vertrauens hinzufügen, damit sie chatten könnten. Simon versuchte, sich an die Fragen zu erinnern, die Laura ihm vorgeschlagen hatte und stellte sie dem Mädchen. Es antwortete zu seiner Überraschung äußerst ausführlich und erklärte sich wider erwarten mit der Veröffentlichung des echten Vornamens einverstanden. Er bekam von ihr sogar ein – natürlich völlig harmloses – Foto für die Homepage.

„Und was ist mit deinen Eltern? Wissen die überhaupt Bescheid? Du musst sie fragen, bevor ich das online stellen darf!", tippte Simon.

„schon geschehen!! meine mom sitzt neben mir ;)", antwortete sie.

Nach der Erfahrung mit Emre gab er sich damit nicht mehr zufrieden und auch wenn kein Anlass bestand, der jungen Dame zu misstrauen, setzte er ein kurzes Autorisierungsschreiben auf und bat darum, es ihm von der offenbar alleinerziehenden Mutter unterschrieben abfotografiert zurückzumailen.

„bist ja schlimmer als big joe…"

„Wieso? Was hat der für Verträge mich euch gemacht?"

„schon vergessen?! das is TOP SECRET. :P"

„Na solang er euch jetzt nicht auf Millionen verklagt, weil ihr mit mir über die Sache gesprochen habt…"

„Mach dir da ma keine Sorgen geht ja hier nicht um den ollen boss sondern um uns und wir reden mit wems uns passt!!"

Simon rechnete nicht damit, dass er das Formular mit echter Unterschrift zurückbekommen würde, doch bereits kurz nach Ende des Chats traf eine Nachricht von der vermeintlichen Mutter des Mädchens ein. Er suchte nach ihrem Usernamen im Netz und fand ein entsprechendes Profil, die Botschaft schien also nicht gefälscht zu sein.

Sie schrieb sinngemäß, sie fände es gut, was er vorhabe und berichtete von ihrem vergeblichen Versuch, „diesen Stahlhof-Typen" davon zu überzeugen, dass man doch etwas unternehmen müsste, um den „von irgendwelchen voyeuristischen Vollidioten" ramponierten Ruf ihrer Tochter wieder herzustellen – etwas, das darüber hinausging, das Video löschen zu lassen und „den Dreck" totzuschweigen.

Aus dem insgesamt vielleicht derben, aber nur wenig vorwurfsvollen Ton, in dem sie über Big Joe schrieb, schloss Simon, dass die Frau keinen Schimmer davon hatte, was doch eigentlich offensichtlich war: ‚Der Dreck' war nicht allein das Produkt irgendwelcher anonymen ‚voyeuristischen Vollidioten', sondern vor allem auf dem Überwachungs-Mist des ‚Stahlhof-Typen' gediehen.

Noch bis tief in die Nacht bastelte er an dem Text. Als er fertig war, schickte er ihn Laura. Am nächsten Tag checkte er viertelstündlich seine Mails. Gegen Mittag hatte sie ihm endlich geantwortet: „Simon, ich bin begeistert. Wenn es mit der Pädagogik nichts wird, dann solltest du Journalist werden, oder, besser noch, PR-Schreiber!"

20.

Niklas verließ uns kurz vor den großen Ferien. Ich redete mir ein, dass sich nicht viel ändern würde: Er wohnte nur ein Haus von mir entfernt und wir sahen uns weiterhin jeden Tag. Und dennoch schlief ich sehr schlecht in den ersten Tagen. Jetzt war ich auf einmal derjenige, der nachts in sein Kissen weinte.

Dann kam endlich unser zweiter Sommer, ein außergewöhnlich heißer, dessen Sonnenstrahlen unsere Herzen mehr denn je füreinander erwärmten. Ich hatte mich langsam daran gewöhnt, dass er irgendwann abends zu seiner Mutter und ich wieder alleine schlafen musste. Wir spielten auf dem Feld und kletterten auf unseren Baum. Meine Eltern verwöhnten uns. Von ihrem üppigen Urlaubstaschengeld kauften wir Comics im Supermarkt, kugelweise Eis vom Italiener und Süßigkeiten bei der Trinkhalle (um den Kiosk im Einkaufszentrum machen wir natürlich einen großen Bogen). An den richtig warmen Tagen gingen wir ins Freibad oder fuhren mit meinen Eltern raus aus der Stadt an die Seen.

Ich begann, das Zeitgefühl zu verlieren. Es spielte keine Rolle mehr, was für ein Wochentag gerade war. Schule, Pflichten, Meinungsverschiedenheiten der Eltern, Besuche vom Jugendamt – all das hatte Sommerpause. Die Welt stand still und wir in ihrem Mittelpunkt. Zumindest fühlte es sich so an.

Bis wir ohne Niklas wegfuhren. Es war von langer Hand geplant, aber es traf mich trotzdem hart und völlig unvorbereitet. Meine Großmutter mütterlicherseits war steinalt und von allerlei Krankheiten geplagt, zwei Kinder hätten sie überfordert. Sie lebte am anderen Ende der Republik, hatte ein viel zu großes Haus in einem viel zu kleinem Dorf, und konnte die beschwerliche Reise zu uns nicht mehr aufnehmen.

Außerdem vertraten meine Eltern ohnehin die Ansicht, der Sommer wäre die beste Jahreszeit, um Urlaub in der Heimat zu machen (was in jenem Jahr sogar ausnahmsweise mal stimmte). Unsere Kanaren-Reise stand daher wie gewohnt erst in den Herbstferien an. Diesmal war das Ticket für Niklas rechtzeitig von meinen Eltern gebucht und bezahlt worden. Seine Mutter war zunächst wenig begeistert, doch da es ihr offenbar besser ging und vor allem, weil sie merkte, wie wichtig es ihm war, ließ sie sich schließlich überzeugen.

Die Aussicht darauf war nur ein schwacher Trost. Um nicht von Niklas getrennt zu werden, schlug ich vor, meine Eltern alleine fahren zu lassen und während ihrer Abwesenheit bei Niklas einzuziehen, obwohl ich eigentlich je-

den Kontakt mit seiner Mutter mied und eine Heidenangst vor ihr hatte. Aber es war zwecklos. „Oma freut sich schon so sehr auf dich."

Ich freute mich hingegen überhaupt nicht auf sie. Wir hatten uns eigentlich nur gut verstanden, als ich noch richtig klein war. Sie hatte mir stundenlang vorgelesen, vorgesungen, mich durch ihr großes Haus getragen, mit mir im Garten gespielt, der mich als Hochhauskind so fasziniert hatte. Aber das war vorbei, ich erinnerte mich nur noch schemenhaft daran. Mittlerweile war sie diejenige, die vorgelesen bekam und die man durch die Gegend tragen musste. Ihre Augen waren schlecht, sie konnte kaum noch laufen. Eine Pflegerin aus Polen kümmerte sich Tag und Nacht um sie.

Meine Oma war eine einsame, alte Frau, die zwar vermögend, vor allem aber verbittert war. Ihre gesamte Verwandtschaft einschließlich ihrer Kinder hatte das Dorf verlassen und lebte weit weg. Trotzdem schlug sie jedes Angebot aus, in ein Heim in der Stadt in der Nähe der Kinder zu ziehen. Nachdem mein Opa, als ich noch ein Baby war, an Krebs gestorben war, schien sie mit dem Haus verheiratet. Sie hatte nicht vor, es zu verlassen, bis dass der Tod sie schied.

Die zwei Wochen bei ihr waren eine Qual und zogen sich wie Kaugummi. Selbst wenn wir mal einen Ausflug ohne meine Großmutter machten, langweilte ich mich zu Tode. Die schönen Landschaften, die Fachwerkhäuser und Heimatkundemuseen, die gutbürgerlichen Gasthäuser, selbst die Waldspielplätze und Naturerlebnispfade, die meine Eltern mit mir aufsuchten, interessierten mich nicht. Ich vermisste Niklas, aber ein bisschen auch die Hochhäuser, die Stadt, das wahre Leben.

Als wir endlich zurück in Schmachthagen waren, endete der Sommer schlagartig. Es wurde frisch und regnete ständig. Eigentlich heißt es ja, Kinder seien nicht so wetterfühlig, aber in meinem Fall stimmte das nicht: Es machte mich fertig, dass ich die letzten zwei Wochen der Schönwetterphase an einem für mich so trostlosen Ort und ohne Niklas verbracht hatte. Vielleicht ahnte ich auch schon, dass dies unser letzter derart unbeschwerter, vollkommen kindlicher Sommer gewesen sein würde.

Obwohl ich so ein guter und motivierter Schüler war, graute mir vor dem Ferienende. Ich hatte noch immer keine richtigen Freundschaften in der Schule geschlossen. Warum auch, hatte ich doch Niklas. Alles, was mich noch motivierte, waren die baldigen Herbstferien und unsere lang versprochene gemeinsame Reise ans Meer.

Doch dann, zwei Tage vor dem geplanten Abflug, starb meine Großmutter. Natürlich sagten meine Eltern sofort alles ab. Diesmal stellten sie mir frei, in Schmachthagen zu bleiben, allerdings nicht bei Niklas, sondern in unserer Wohnung, in die dann meine Großeltern väterlicherseits – beide wesentlich fitter und jünger als ich meine andere Oma je erlebt hatte – einziehen sollten.

Obwohl ich mich gut mit ihnen verstand und die Aussicht allemal verlockender war, als erneut in das Heimatdorf meiner Mutter zurückzukehren, entschied ich mich dagegen und begleitete meine Eltern zur Beisetzung. Es war vielleicht so etwas wie meine erste erwachsene Entscheidung. Ich hatte keine Ahnung, was es für meine Mutter bedeutete, ihre Mutter zu verlieren. Was wusste ich schon von Schmerz und Verlust? Und dennoch spürte ich, dass es sie freuen würde, wenn ich mitkäme, wenn ich ihr genauso wie mein Vater in ihrer Trauer beistand.

Ich fragte mich, warum ich nicht in der Lage war, um meine Großmutter zu trauern, warum ich sogar insgeheim über ihren Tod erleichtert war – und hatte ein furchtbar schlechtes Gewissen deswegen. Ich machte mir Vorwürfe, mich bei meinem letzten Besuch nicht mehr um sie gekümmert zu haben, war ich ihr doch genauso konsequent aus dem Weg gegangen wie ich es mit Niklas' Mutter immer tat. Aber vielleicht war das ja gar kein Egoismus, sondern ein ganz natürliches, intuitives Verhalten eines jungen Menschen: sich von den Alten, von den Kranken und Schwachen, den Gescheiterten und Verbitterten fern zu halten, um das noch so junge, so kostbare Leben unbeschwert und ungetrübt genießen zu können.

Hatte Niklas im letzten Jahr noch großmütig darüber hinweggesehen, dass ich mein Versprechen, ihn mit auf unsere Spanienreise zu nehmen, nicht gehalten hatte, so war er mir in diesem Jahr offenbar böse.

„Ich kann doch nichts dafür, dass meine Oma tot ist!"

„Und ich auch nicht!"

„Hab ich doch auch gar nicht gesagt. Komm, lass uns was spielen."

„Nein, lass mich in Ruhe."

Er war sauer, da half keine Logik und kein Argumentieren. Das ärgerte auch mich. Er zeigte kein bisschen Verständnis oder Anteilnahme. Selbst meine Eltern konnten ihn nicht beschwichtigen.

„Wir holen das nach, Niklas", beteuerte mein Vater.

„Mir egal. Komme ich eh nicht mit."

Die Unbeschwertheit, die uns noch im Sommer verband, löste sich nach diesem Einschnitt zusehends auf und war spätestens nach den Herbstferien völlig verschwunden. Wir verbrachten weiterhin so viele Nachmittage wie möglich miteinander, aber wir gerieten immer öfter aneinander.

Die Auslöser waren stets bloß Kleinigkeiten: Mal musste ich ihn ermahnen, mit meinen Sachen besser umzugehen, mal nervte es mich, wie verbissen er mittlerweile bei jedem Spiel gewinnen wollte.

„Ich hab genau gesehen, dass du geschummelt hast. Hör auf damit!", sagte ich, sobald ich ihn dabei ertappt hatte.

„Hab ich gar nicht! Lügner!" Meist warf er vor Wut sämtliche Figuren des Brettspiels auf den Boden. Ich hätte ihm in diesen Momenten am liebsten eine gescheuert, beschränkte mich aber darauf, ihn anzuschreien und zu beschimpfen.

Meine Eltern ermahnten mich, geduldiger mit ihm zu sein, ich dürfe seine Launen nicht persönlich nehmen, müsse mich als der Ältere reifer verhalten und Verständnis für seine Situation haben.

Ich bekam zwar noch immer nur Bruchstücke von ‚der Situation' mit, ahnte aber trotzdem, was gemeint war. An manchen Nachmittagen konnten wir uns nicht mehr sehen, weil Niklas entweder gemeinsam mit seiner Mutter an einer Familientherapie teilnahm oder die kontrollartigen Hausbesuche von Jugendhelfern über sich ergehen lassen musste.

Dazu kam, dass es mit ihm im Unterricht offenbar immer schlimmer wurde – bis zu dem Punkt, dass sie ihn rauswarfen. Mitten im Schuljahr musste er die Schule wechseln. Was genau er sich zu Schulden hatte kommen lassen, verriet er mir nicht. „Die sind alle gegen mich. Die Lehrerin hasst mich", sagte er bloß, als ich ihn nach den Gründen fragte.

Daneben schien sich auch noch das Verhältnis zu seinem Vater verschlechtert zu haben. Er durfte ihn jedenfalls nur noch unter professioneller pädagogischer Begleitung treffen und musste schließlich im Rahmen des Sorgerechtsstreits sogar vor Gericht aussagen. Zum Psycho- und Schulterror kam also auch noch ein Nerven- und Rosenkrieg.

Unter diesen Umständen hätte ich in der Tat dankbar sein müssen, dass die Freundschaft zu Niklas überhaupt noch hielt – aber, wie gesagt, ich hatte im Grunde genommen ja von all diesen Dingen nur eine sehr vage Ahnung. Und selbst heute, wo mir durch mein Studium die Lebensumstände solcher Kinder zumindest theoretisch geläufiger sind, muss ich mir doch eingestehen, dass ich nicht die leiseste Vorstellung davon habe, was sie wirklich durchmachen.

Das Einzige, was ich mit Sicherheit weiß: Diese Kinder hören schneller auf, Kinder zu sein. Niklas war gerade zehn geworden, da begann er bereits, sich einen sehr pubertären Habitus zuzulegen. Frech war er ja schon immer, doch bald benutzte er Schimpfworte, die derart vulgär waren, dass ich sie noch heute kaum über die Lippen bringen würde ohne rot zu werden. Was die Erledigung von Hausaufgaben oder gesunde Ernährung anging, legte er sich eine konsequente Null-Bock-Haltung zu, mit der er sogar meine über die Maßen geduldigen und verständnisvollen Eltern bisweilen an den Rand des Wahnsinns trieb. Außerdem begann er, eitel zu werden und nur noch coole Klamotten tragen zu wollen, lange bevor das für mich auch nur ansatzweise ein Thema war.

Erstaunlicherweise gab es trotz aller Coolness und den vielen Spannungen zwischen uns noch immer jene ominösen Momente größter Nähe. Es geschah in den wenigen Nächten, in denen er noch bei mir übernachten durfte. Tagsüber hatte ich ihn schon seit Ewigkeiten nicht mehr weinen sehen. Nur noch im Schutz der Dunkelheit schaffte er es, seinen Gefühlen freien Lauf zu lassen.

Es klingt furchtbar, aber ich freute mich, wenn ich das leise Schniefen hörte, wusste ich doch, was gleich passieren würde: Er würde zu mir ins Bett kommen.

Auch ich war älter geworden, vielleicht sogar ein wenig reifer, und begann darüber nachzudenken, was eigentlich mit mir los war, warum mich der Tod meiner Oma nicht berührt hatte, warum es Momente gab, in denen ich mir wünschte, dass Niklas' Mutter auch tot wäre und er für immer bei uns bleiben würde. Vor allem aber, warum ich mich an seiner Trauer so ergötzte, weshalb ich seine Nähe so sehr zuließ, genoss, erwiderte.

Leise keimte in mir der Gedanke auf, dass vielleicht gar nicht Niklas, sondern ich das wahre Problemkind war.

21.

„Ich muss schon sagen, das ist wirklich eine außergewöhnliche Arbeit, die Simon Specht und seine Gruppe da für den Stahlhof geleistet haben."

Damit war nun sogar Anke Gebhardt, die Joachim Lieberknecht für gewöhnlich äußerst kritisch gegenüberstand, in die Lobeshymnen der Kollegen eingefallen – wenn auch hauptsächlich, um den Anteil ihres Ex-Praktikanten hervorzuheben.

Die Kooperationsrunde diskutierte bereits seit einigen Minuten über die Homepage, doch es war das erste Mal, dass jemand seinen Namen erwähnte. Die Lorbeeren kassierte ansonsten ausschließlich der Boss. Schon seit Tagen bekam er anerkennende Mails und Anrufe von allen Seiten, so dass er sich tatsächlich ausnahmsweise dazu durchgerungen hatte, persönlich an der ihm sonst so verhassten Sitzung teilzunehmen.

„Eine vorzügliche Öffentlichkeitsarbeit, Herr Lieberknecht! Wir haben Ihre Seite auf all unseren Online-Auftritten verlinkt, schließlich geht es um eine unserer Schülerinnen. Von ihrem Klassenlehrer weiß ich, dass die Hänseleien über das unsägliche Video größtenteils in Anerkennung für ihren Mut umgeschlagen sind. Wir haben dank der vorbildlichen Aufbereitung dieses Vorfalls jetzt eine gute Möglichkeit, mit der Schülerschaft über das Thema zu sprechen, sie stärker für die Gefahren der sozialen Medien zu sensibilisieren", sagte Frau Schmidt-Kleinbauer.

Andere wiederum lobten die Transparenz-Offensive des Stahlhofs, man habe ja hinter vorgehaltener Hand schon so einiges gehört, das Meiste natürlich völlig haltlos, und sei dennoch sehr beruhigt, dass die Dinge von der Betroffenen selbst wieder ins richtige Licht gerückt worden seien.

Niemand schien sich das Video, das all diese Aufregung überhaupt erst hervorgerufen hatte, näher angeguckt zu haben. Offenbar glaubten alle vorbehaltlos die rührende Geschichte von dem süßen Mädchen, das ungewollt zum Internet-Spottobjekt wurde, weil ein anderer Jugendlicher es heimlich beim Engtanz gefilmt hatte und das nun, ebenfalls im Netz, so mutig aller Welt von ihren Gefühlen erzählte, sich aller Häme zum Trotz nicht unterkriegen ließ. Keiner der Pädagogen stellte kritische Fragen, alle waren erleichtert, dass der Stahlhof und damit der gesamte ‚Sozialraum' um einen Skandal ärmer war.

Lauras Plan war aufgegangen, die Homepage und vor allem das Interview ein voller Erfolg, und dennoch war Simon längst nicht am Ziel. Er fragte sich mehr denn je, ob er es überhaupt erreichen würde. Selbst wenn es ihm gelingen sollte, die wie auch immer geartete Wahrheit über Big Joe herauszufinden – vermutlich würde niemand sie wissen wollen. Jeder hier, sogar eher am Rande stehende wie Anke Gebhardt oder die Schulsozialarbeiterin, schätzte seine Verdienste, respektierte seine Arbeit, beneidete ihn um seinen Kultstatus bei der Zielgruppe und fürchtete seine Autorität, seine hochrangigen Kontakte ins Jugendamt. Niemand würde ihm ohne sehr triftigen Grund, ohne ganz konkrete Beweise etwas unterstellen.

Nachdem die Kooperationsrunde beendet war, kam Big Joe auf Simon zu.

„Herzlichen Glückwunsch. Ich muss zugeben, dass ich mich geirrt habe. Deine Idee mit der Homepage war wohl doch ziemlich gut. Scheint so, als hätte der alte Sack tatsächlich mal danebengelegen."

„Es hätte auch schief gehen können. Tut mir leid, wie es gelaufen ist. Ich war wohl nicht immer ganz fair zu Ihnen."

„Oh, das sind ja mal ganz neue Töne. Frieden?" Er reichte ihm die Hand.

„Ja, Frieden." Simon versuchte, sich nicht anmerken zu lassen, wie schmerzhaft Big Joes übertrieben fester Händedruck war.

„Das Halbjahr ist bald um. Wie sind deine Pläne, wirst du eine Verlängerung des Projekts beantragen?"

„Nein, die Homepage ist schließlich fertig. Auch wenn die Jungs mich schon gefragt haben, ob wir nicht irgendwie weitermachen können. Um ehrlich zu sein, weiß ich aber nicht, was ich mit ihnen machen soll. Wie gesagt, ich bin eigentlich gar kein so großer PC-Freak. Computer sind für mich nur Mittel zum Zweck."

Big Joe lachte, ohne dass sich Simon bewusst war, worüber. „Ich weiß auch nicht, was ich mit dir machen soll. Eigentlich hab ich mir geschworen, dass du nie mehr einen Fuß in den Stahlhof setzt. Aber jetzt bräuchte ich natürlich jemanden, der die Betreuung der Homepage und unsere neue hochgelobte Öffentlichkeitsarbeit weiterführt. Ich krieg nämlich Pickel, wenn ich nur daran denke, dass ich mich darum bald auch noch kümmern muss. Würdest du das machen, auf Honorarbasis?"

„*Sie* bieten mir einen Job an, Herr Lieberknecht?"

„Nur, wenn du versprichst, mit den Spielchen aufzuhören! Und mit diesem leidigen Lieberknecht-Gesieze!"

Simons Freude war nicht einmal vorgetäuscht. Damit hatte er wirklich nicht gerechnet! All die Strapazen des letzten halben Jahres waren also doch nicht umsonst gewesen.

„In Ordnung, Boss. Wann soll ich anfangen?"

Sie verabredeten sich für die kommende Woche. Gut gelaunt ertrug er den zweiten knochenzermalmenden Handschlag innerhalb von Minuten, nachdem der Pädagoge zuvor über Wochen versucht hatte, ihn nicht einmal anzusehen.

Simon war wieder im Spiel.

22.

Die Zeit verging, es wurde erneut Sommer, und ich hatte die Hoffnung nicht aufgegeben, dass es wieder so werden könnte wie in den Jahren zuvor.

Wir gingen schwimmen und wir spielten Fußball auf dem Feld, vor allem aber kletterten wir auf unseren Baum, nur dass wir dort anders als früher keine tiefen Gespräche mehr führten, sondern die meiste Zeit schwiegen. Aber ich genoss selbst die Stille an seiner Seite, bewies sie doch immerhin, dass wir uns auch dann noch nah sein konnten, wenn keiner von uns weinte oder den anderen anschrie.

Eines Tages, noch ziemlich zu Anfang der Ferien, kamen wir in den Wald und sahen, dass unser Baum besetzt war. Das geschah hin und wieder, schließlich lud dieser mit Abstand prächtigste und größte Baum dazu ein, auf ihn zu klettern. Je nachdem ob die Baumbesetzer kleiner oder größer waren als wir, verscheuchten wir sie dann oder warteten ab, bis sie von selbst gingen. Doch diesmal waren es zum ersten Mal Mädchen, die dort oben saßen. Noch dazu kannte ich eines der beiden – es war eine Klassenkameradin. Etwas durchaus Ungewöhnliches, da ich ja in Ginsterfelde zur Schule ging und sich meine Mitschüler nur äußerst selten in den schmuddeligen Nachbarstadtteil Schmachthagen verirrten.

„Hey Simon! Komm doch hoch, wenn du dich traust!", rief sie, während Niklas und ich noch immer etwas unbeholfen am Fuß des Baumes standen

und überlegten, was wir tun sollten.

„Du kennst die?"

„Nur die eine, Laura, die mit den kürzeren Haaren. Geht in meine Klasse."

„Dann lass uns hochklettern!"

„Wird es nicht zu eng?" Ich hatte noch immer großen Respekt – vor dem Klettern genauso wie vor anderen Kindern.

„Macht doch nichts", sagte Niklas und grinste. „Du kannst diese Laura haben, ich nehm ihre Freundin, die ist hübscher."

In letzter Zeit hatte Niklas schon öfter solche Sprüche gebracht. Ich fand es immer ziemlich peinlich und wusste nicht, wie ich darauf reagieren sollte. In jedem Fall teilte ich seinen Enthusiasmus in dieser Angelegenheit nicht, doch als er begann, den Baum zu erklimmen, tat ich es ihm gleich, um nicht wie ein Angsthase vor den Mädchen dazustehen.

Zum ersten Mal folgten auf Niklas' markige Sprüche tatsächlich auch Taten: Er versuchte sich an so etwas wie einem Flirt mit Lauras Begleitung. Sie stellte sich auf seine Nachfrage als Marie-Luna (oder Mariluna?) vor, hatte langes schwarzes Haar und war ohne Zweifel eine Schönheit, aber sah sogar noch älter aus als Laura und ich, weswegen das recht eindeutige Gehabe vom mittlerweile zehnjährigen, aber immer noch kleinen Niklas das Teenie-Mädel wenig beeindruckte. Laura und ich verfolgten das Spektakel schweigend, tauschten aber hin und wieder ein paar Blicke aus, denen ich meist nicht lang standhielt.

„Ich kann super klettern, soll ich dir meine Tricks zeigen?"

Ohne eine Antwort abzuwarten, begann Niklas mit riskanten Sprungmanövern zwischen den Ästen, die den Angsthasen in mir sofort auf den Plan riefen. „Lass das, Niklas, du fällst noch runter!"

Er warf mir einen bitterbösen Blick zu, der mir fast so zusetzte wie die Sorge, er könne stürzen und sich verletzen.

„Wenn du nicht im Krankenhaus landen willst, dann hör lieber auf ihn, dein Freund hat recht", meldete sich Laura zu Wort.

Ich hatte sie eigentlich nie sonderlich hübsch gefunden, aber in diesem Moment überkam mich das Bedürfnis, sie zu küssen. Ich dachte darüber nach, wie schade es war, dass wir auf dem Gymnasium kaum etwas miteinander zu tun hatten, weil Jungs und Mädels einfach nichts miteinander zu tun hatten (es sei denn, da lief was, und bei mir war noch nie etwas gelaufen).

Niklas machte noch ein paar Kunststückchen, wurde aber, nachdem ein Ast bereits zu knacken begann, zum Glück vorsichtiger. Das Gespräch mit den Mädels, falls man unsere Dialogfetzen überhaupt so nennen konnte, ebbte ab, irgendwann sagte Lauras hübsche Begleitung, sie müsste jetzt nach Hause und die beiden kletterten hinab. Wir hatten den Baum wieder für uns. Ich war erleichtert, Niklas enttäuscht.

Es sollte noch Jahre dauern, bis ich Laura mal wieder außerhalb der Schule traf. Das andere Mädchen, ihre größere Freundin mit dem exotischen Namen, sahen weder Niklas noch ich jemals wieder. Er schwärmte noch eine ganze Weile von ihr und in seinen Erzählungen hatte sie noch längere Haare und schon richtige Brüste gehabt und war zutiefst von seinem Kletterkünsten beeindruckt und seinem Charme vollkommen erlegen gewesen.

Das Wetter war in jenen Ferien längst nicht so außergewöhnlich gut wie im Jahr zuvor, aber es wäre zu einfach, es darauf zu schieben, dass wir kaum noch nach draußen gingen. Wir wurden zu regelrechten Stubenhockern, sehr zum Ärger meiner Eltern. Da sie uns nur eine begrenzte Zeit fernsehen ließen und ich irgendwann beschlossen hatte, keine Brettspiele mehr mit Niklas zu spielen, wussten wir oft nicht, was wir machen sollten. Ich nahm mir dann ein Buch zur Hand, in jener Zeit war ich wie so viele völlig verrückt nach Harry Potter, und Niklas blätterte in seinen Comics, doch er hatte sie immer so schnell ausgelesen und langweilte sich dann fürchterlich.

„Lass uns zu mir gehen. Ich hab doch jetzt einen Fernseher auf dem Zimmer, den alten von meinem Vater. Da können wir spielen so lang wie wir wollen."

„Was ist mit deiner Mutter?"

„Sie hat nichts dagegen. Ich darf auf meinem Zimmer machen, was ich will."

Ich nickte, auch wenn ich das gar nicht gemeint hatte. Ich wollte wissen, wie es ihr ging, ob zu befürchten stand, dass sie den Kontakt zu uns suchte oder ob sie uns in Ruhe lassen würde. Doch ich traute mich nicht, ihn so direkt danach zu fragen. Obwohl ich überhaupt keine Lust hatte, ihr zu begegnen, willigte ich ein, denn andernfalls hätte ich zugeben müssen, dass ich seine Mutter nicht mochte, mich gar vor ihr fürchtete.

Zum Glück ließ sie uns tatsächlich weitestgehend in Ruhe. Es ging ihr gut, das bedeutete, sie lag nicht im Bett, sondern saß auf dem Sofa vor dem Fernseher. Die Wohnung war, im Vergleich zu früher, geradezu aseptisch sauber, alles blitzte und blinkte wie neu. Im Flur an der Pinnwand hingen Listen mit alltäglichen Dingen wie Putzen, Waschen oder Einkaufen, hinter denen ein Datum und überwiegend Häkchen eingetragen waren. Die vielen halb angefangenen Medikamentenschachteln waren vom Couchtisch verschwunden, stattdessen stand dort jetzt nur noch eine Plastikdose mit fein säuberlich nach Tag und Uhrzeit getrennten Fächern, in denen einzelne, kleine Pillen lagen. Und natürlich der Aschenbecher. Nach Rauch stank es noch immer, doch sogar daran gewöhnte ich mich mit der Zeit. Lediglich wenn sie mir etwas zu essen anboten, das nicht abgepackt war, schlug ich es aus.

Die Ruhe war trügerisch, die Ordnung natürlich nur oberflächlich, das merkte ich sofort. Und doch konnte ich mich in jenem Sommer bestens damit arrangieren, machte sogar meinen Frieden mit Niklas' Mutter: Bei ihr ließ es sich, zumindest als Gast, allemal besser aushalten als zuletzt bei mir. Niemand machte uns gut gemeinte Vorschläge, was wir tun sollten, niemand sagte uns, was wir zu lassen hatten, schränkte unseren Medienkonsum ein oder machte uns Ernährungsvorschriften.

Wir spielten stundenlang an Niklas' Konsole. Dadurch, dass er sooft wie er wollte daran trainieren konnte, hatte er einen Vorsprung und gewann meistens gegen mich. Anders als er, konnte ich ganz gut mit dem Verlieren umgehen. Wichtiger als der Triumph war mir damals noch die Harmonie.

Meine Eltern waren wenig begeistert, dass wir die Tage fortan fast nur noch bei Niklas verbrachten.

„Aber seine Mutter freut sich doch so, dass wir da sind", flunkerte ich. In Wahrheit machte es nicht den Anschein, als würde sie, jetzt wo sie wieder einigermaßen stabil war, sonderlich viel Wert auf unsere An- oder Abwesenheit legen.

„Macht ihr denn auch mal was mit ihr?"

„Ja, klar."

„Was denn?"

„Wir spielen Karten", log ich dreist. „Und Memory und so."

Dagegen konnten sie natürlich nicht viel einwenden.

Gegen Ende der Ferien fuhren wir noch für einige Tage zu Verwandten, dann ging auch bereits die Schule wieder los. An Niklas' und meinem Alltag änderte sich nicht viel: Nun brauchten wir nicht einmal mehr Maumau oder Memory vorschieben, wir sagten einfach, wir würden für die Schule arbeiten und der einsamen Mutter dabei Gesellschaft leisten, beschäftigten uns tatsächlich aber ausschließlich mit Videospielen. Ich erledigte meine Aufgaben meist schon auf der Busfahrt von Ginsterfelde nach Schmachthagen, zwischen den Stunden oder in der Pause, in der ich mich allein in eine einsame Ecke zurückzog. Und Niklas hatte schon lange damit aufgehört, Hausaufgaben zu machen oder zu lernen.

Die Schularbeiten zu kontrollieren war zwar eine von den Punkten auf der mutmaßlich von Sozialarbeitern oder Therapeuten erarbeiteten To-Do-Liste der Mutter, aber sie ließ sich sehr leicht täuschen. Niklas zeigte ihr fast jeden Tag die gleichen, uralten Vokabeln oder Matheaufgaben in seinem Heft. Ich wusste nicht, ob sie den Betrug wirklich nicht bemerkte, oder ob sie um des lieben Friedens Willen nur so tat, als würde es ihr nicht auffallen.

„Warum machst du eigentlich nichts mehr für die Schule, Niklas?"

„Hat doch eh keinen Zweck."

„Na ja, du kriegst schlechte Noten und Ärger."

„Krieg ich doch auch so."

Ich gab solche Gespräche immer schnell wieder auf, da ich, vielleicht genauso wie seine Mutter, Angst hatte, er könnte sich aufregen, wieder von dieser furchtbaren Wut auf alles und jeden übermannt werden, die diesen Jungen immer wieder und aus scheinbar nichtigem Anlass überkam.

In der Rolle des großen Bruders, der Vorbild und Ratgeber für den Jüngeren ist, hatte ich vollends versagt. Um mich anzubiedern und nicht wie der Spießer und Streber dazustehen, der ich vermutlich war, tat ich schon bald auch so, als würde mich die Schule nicht mehr interessieren und als seien mir Hausaufgaben und Noten völlig egal.

Doch auch damit konnte ich Niklas kaum beeindrucken. Das Einzige, das seine nicht mehr bloß traurigen, sondern – noch schlimmer – oftmals gleichgültigen Augen für einen kurzen Moment zum Leuchten brachte, waren die Gespräche über unseren nun endlich bevorstehenden, seit drei Jahren angedachten Kanaren-Urlaub und was wir darin alles erleben wollten.

Für Niklas würde fast alles eine Premiere sein: Das erste Mal im Ausland, seine erste Reise ohne Eltern. Doch auch mich sollte in jenen Herbstferien eine ganz neue Erfahrung erwarten – noch dazu eine, auf die ich lieber verzichtet hätte…

23.

In den zurückliegenden sechs Monaten war Simon mit seinen Schützlingen von Projekt zu Projekt getingelt, hatte dabei jeden Stein und jedes Gesicht des Jugendclubs mindestens einmal in Augenschein genommen, und war dennoch stets ein Externer, ein Beobachter, bisweilen sogar ein unerwünschter Zaungast geblieben. Jetzt, nach dem Begraben des Kriegsbeils mit Joachim Lieberknecht und der damit einhergehenden Ernennung zum Beauftragten für Öffentlichkeitsarbeit und Medienpädagogik des Stahlhof e.V., erhoffte er sich endlich, Einblicke in die innersten Bereiche der Einrichtung zu bekommen.

Doch das Verhältnis zu seinem Boss war noch immer ambivalent, ein gewisses Misstrauen geblieben. Ein Misstrauen, das selbstverständlich auf Gegenseitigkeit beruhte, auch wenn sich Simon alle Mühe gab, einen geläuterten, ja beinahe hörigen Ton an den Tag zu legen, den er sich von den anderen Mitarbeitern mühelos abgeschaut hatte.

Big Joe tappte noch immer im Dunkeln, was Simons Motivation anging und ob man ihm wirklich vertrauen konnte, wusste aber mittlerweile zumindest seine Arbeit zu schätzen. Gegen eine mit 15 Euro pro Stunde für studentische Verhältnisse und soziale Einrichtungen recht üppig bemessene Aufwandsentschädigung kümmerte er sich nicht nur um die Pflege der Webseite, sondern überwachte und moderierte auch so gut es ging sämtliche Diskussionen in den sozialen Medien, die den Stahlhof zum Gegenstand hatten.

Dabei konnte er einen Teil der Arbeit sogar weiterhin an seine ehemaligen Kursteilnehmer delegieren. Emre erwies sich als sehr gewissenhafter ‚Zensor‘ für die offiziellen Auftritte des Jugendclubs. Sobald dort unangemessene Beiträge, etwa Beleidigungen, Obszönitäten, gezielte Fehlinformationen, üble Nachrede oder die Privatsphäre der Abgebildeten mutmaßlich verletzende Fotos gepostet wurden, meldete er Simon diese, der sich dann um die Löschung oder Richtigstellung bemühte.

Eine gegenteilige Aufgabe wurde Emres Freund Mike zuteil. Ihn engagierte Simon für Zwecke der offensiven anstelle der defensiven Öffentlichkeitsarbeit, also wenn es darum ging, irgendein neues Angebot zu bewerben, einen Tag der Offenen Tür multimedial aufzubereiten, einen Flyer oder Rechenschaftsbericht optisch aufzumöbeln, und so weiter. Mike scherte sich zwar noch immer wenig um journalistische und ethische Grundsätze beim Erstellen seiner Stahlhof-Foto- und Videoreportagen – er hatte in Sachen Provozieren und Einfangen von peinlichen Momenten und Indiskretions-Schnappschüssen echte Paparazzo-Qualitäten – doch seitdem Simon ihn auf Kosten des Jugendclubs mit einer alten, aber durchaus anspruchsvollen Digitalkamera ohne Internetanschluss ausgestattet hatte, erlag er nicht mehr so leicht der Versuchung, seine Werke ohne vorherige Absprache mit Simon zu veröffentlichen.

Als äußert nützlich erwies sich darüber hinaus die Unterstützung von André, der dank Simons Kurs auf den Geschmack gekommen war, noch mehr Zeit als ohnehin schon vor dem PC verbrachte und sich vom Nachwuchs-Nerd zum ernstzunehmenden Informatik-Studienanwärter entwickelte. Er kümmerte sich als Webmaster um die gesamte technische Seite. Einen anderen Lohn als seine Nennung als solcher im Impressum der Homepage bekam er dafür nicht – und war dennoch hochmotiviert und zuverlässig.

Doch die wirklich entscheidenden Dinge, die vermeintlichen Skandale, die Simon interessierten, spielten sich nicht in den Unweiten des Netzes ab. Wenn Schmachthagen, seine Hochhausschluchten, seine Schulhöfe und Spielplätze, das World Wide Web waren, dann war der Stahlhof eine Art Darknet: eine geschlossene Gesellschaft. Spiegel der großen weiten Welt, natürlich nicht völlig gegen äußere Einflüsse immun, aber mehr als eine Kopie im Kleinen, sondern eher ein ganzer Mikrokosmos mit eigenen Regeln.

Ein Beispiel dafür war das Gesetz des Schweigens, an das sich alle Beteiligten im Fall Emre und Cem Özcan eisern hielten. Trotz der guten Zusammenarbeit, die Simon mit Emre und mittlerweile auch mit Big Joe pflegte, war es ihm nicht gelungen, zu erfahren, was genau für ein Verhältnis zwischen dem Jungen und dem Pädagogen bestand. Und auch die Geschichte mit dem Bruder des Jungen, Cem, der unehrenhaft aus dem Dienst für den Stahlhof geschieden war, blieb im Dunkeln. Was hätte Simon gegeben, um etwas über die Hintergründe zu erfahren. Aber weder ergab sich je ein zufälliges Treffen mit dem großen Bruder noch fand er einen Vorwand, um ihn zu kontaktieren. Mal ganz davon abgesehen, dass er vermutlich ohnehin Simon gegenüber kein Wort gesagt hätte.

Scheinbar beiläufig fragte er Big Joe dazu und erfuhr die offizielle Version: „Cem hat einen Fehler gemacht, die Details sind unwichtig, das geht niemanden etwas an. Um Emre habe ich mich deswegen so intensiv gekümmert, weil er ein sehr sensibler Junge mit großem Potenzial ist und ich ihm helfen möchte, einen anderen Weg einzuschlagen als den, auf dem sich sein Bruder mittlerweile leider befindet. Mehr gibt es dazu nicht zu sagen."

Dann war da noch die langsam in Vergessenheit geratene Sache mit der Videoüberwachung und den im Internet gelandeten Aufnahmen. Man könnte meinen, nachdem Simon seinen Einsatz für den Stahlhof in dieser Angelegenheit bereits eindrucksvoll unter Beweis gestellt hatte, wäre es für Big Joe kein größeres Problem, seinen Öffentlichkeits-Mitarbeiter in die Hintergründe des pikanten Vorgangs einzuweihen. Doch auch dazu schwieg er sich aus oder antwortete ausweichend bis verharmlosend.

„Es findet keine Videoüberwachung im Stahlhof statt und es hat auch in der Vergangenheit keine Videoüberwachung stattgefunden. Die Bilder stammen von einem einmaligen, missglückten Experiment. Eigentlich wurden sie längst gelöscht. Leider hat es da eine Panne gegeben."

„Was für ein Experiment? Und was für eine Panne?"

„Das ist doch jetzt völlig unwichtig. Die Sache ist erledigt."

„Ach ja? Und was, wenn doch noch irgendwelche Videos auftauchen? Wenn ich dir dann immer noch helfen soll, musst du mir schon alles erzählen."

„Es gibt nichts mehr zu erzählen, weil es keine weiteren Videos mehr geben wird. Darüber brauchst du dir also wirklich nicht den Kopf zu zerbrechen."

Damit war die Diskussion für Big Joe beendet. Simon wartete

ein paar Tage ab, bis er sich wieder traute, ein heikles Thema anzusprechen.

„Wann zeigst du mir endlich mal dein Allerheiligstes, Boss? Deine komische Lounge da unten im Keller? Da würde ich ja zu gern mal einen Backstage-Bericht für die Webseite machen."

„Vergiss es."

„Den Backstage-Bericht oder die Lounge?"

„Beides."

„Was macht ihr da eigentlich?"

„Na, das weißt du doch schon längst, oder?"

Simon schwieg verunsichert. Worauf wollte er hinaus?

„Ich vergehe mich an kleinen Jungs, schon vergessen?"

Big Joe gab einen seiner animalischen Lacher zum Besten, als hätte er soeben einen super Witz gerissen.

„Tut mir leid, ich weiß, wir haben damit abgeschlossen, aber den konnte ich mir nicht verkneifen."

„Schon gut." Simon versuchte zu lachen, doch es blieb ihm im Halse stecken. „Ich würde trotzdem ganz gern mal mitkommen."

„Glaub mir, du würdest dich da nicht wohl fühlen. Nimm's mir nicht übel, aber du bist nun wirklich nicht so der gesellige Party-Typ."

„Aber ich bin neugierig."

„Ich weiß. Und wenn es etwas gibt, das wir in der Lounge nicht brauchen, dann neugierige Menschen. Das ist ein Rückzugsort für die Kids, ein Treffpunkt in einer privaten, familiären Atmosphäre, nur für die treuesten Mitglieder aus der großen Stahlhof-Familie. Ich erlaube den Gästen dort nicht einmal Handys. Und dann soll ich einen Reporter reinlassen?"

Dazu wäre dem alten, rebellischen Simon eine Menge eingefallen – etwa die Frage, wie ein solcher Hinterzimmer-Zirkel mit den Ideen und Idealen Offener Jugendarbeit zu vereinbaren war oder ob der Pädagoge nicht viel mehr die echten Reporter fürchten sollte, die Simon dank seiner Kontakte möglicherweise auf den Plan rufen könnte, falls ihm der Boss weiter das Gefühl gab, dass sich in dieser Lounge irgendetwas derart Brisantes abspielte, das diese Geheimniskrämerei rechtfertigte.

Aber da Simon nun mal aus gutem Grund beschlossen hatte, den Konfrontationskurs ruhen zu lassen und mittlerweile sogar finanzielle Anreize dafür sprachen, sein Engagement am Stahlhof nicht zu gefährden, gab er sich mit der Abfuhr einstweilen zufrieden, suchte aber fieberhaft nach alternativen Zugangswegen – und das ganz im Wortsinn. Doch wann immer er sich heimlich tagsüber in den Keller schlich, war die Tür mit der Aufschrift ‚Privat' fest abgeschlossen. Er ‚lieh' sich in einem unbeobachteten Moment sogar den großen Schlüsselbund, der in einem Kasten im Mitarbeiter-Pausenraum hing, doch keiner der Schlüssel passte.

Es blieb ihm also nichts anderes übrig, als sein Glück erneut während einer der Partys zu versuchen. Der Zufall wollte, dass sich schon bald eine gute Gelegenheit ergab, die eigentlich von ihm verabscheute, aber den Stahlhof so sehr charakterisierende Feier dienstlich aufzusuchen: Eine in der Stadt nicht ganz unbekannte Nachwuchsband sollte einen Gig an jenem Abend haben, was natürlich ein Thema für die Homepage war. In Anbetracht der Vorgeschichte verzichtete er darauf, seine Jungs einzuladen und würde sowohl das Interviewen als auch das Fotografieren selbst übernehmen.

Big Joe hatte die Band persönlich an Land gezogen. „Die sind wirklich gut. Erinnern mich ein bisschen an die frühen Sachen von Tocotronic, kennst du die?"

„Den Namen hab ich mal gehört. Das ist so elektronische Musik, oder?"

„Nein, ganz und gar nicht! Da hast du aber wirklich eine Bildungslücke, ist eine der besten Bands überhaupt. Warte, ich spiel dir mal was vor, wo wir schon mal hier sind."

Die wenigen Stunden in der Woche, in denen Simon vor Ort im Stahlhof war, arbeitete er mit seinem Laptop in wechselnden Räumen, je nachdem, welcher gerade frei war. Da Big Joes Büro zu klein war, um vernünftige Besprechungen darin durchzuführen, besuchte der Boss ihn dann meist zwecks Absprache der anstehenden Aufgaben an seinem jeweiligen Arbeitsplatz. Heute waren sie im Übungsraum gelandet, in dem sich nicht nur ein verhältnismäßig professionell ausgestattetes Studio befand, sondern auch eine Menge Instrumente – meist Spenden aus zweiter Hand – herumstanden.

Big Joe schnappte sich eine der E-Gitarren, stöpselte sie ein, spielte ein paar Riffs und begann zu singen, irgendetwas von einer ‚Jugendbewegung'. Es klang schräg, aber doch erstaunlich gut, sein Gesang war noch sonoriger als seine Sprechstimme. Das war zwar nicht die Art von Musik, die Simon für gewöhnlich hörte, aber es gefiel ihm trotzdem. Er applaudierte.

„Das war super."

„Ich kann dir mal ein paar Platten von den Jungs leihen, wenn du magst. Hab die gesamte Diskographie oben im Büro."

„Gern. Aber noch lieber würde ich was von dir hören. Warum trittst du nicht mal auf?"

„Oh, das bin ich früher oft genug, dafür bin ich zu alt mittlerweile. Meine Band hat sich vor fünfzehn Jahren aufgelöst, das war zu der Zeit, als ich hier den Posten des Leiters übernommen habe. Man könnte also sagen, ich hab meine Rockstar-Karriere für den Stahlhof aufgegeben."

Das Konzert der von Big Joe so hochgelobten und in der Musikszene gefeierten Newcomer fand Simon hingegen scheußlich. Der Sänger konnte ganz offenbar nicht singen, nur schreien, und dass er auf der Bühne ein Bier nach dem anderen trank, trug nicht gerade dazu bei, ihn stimmlich sicherer werden zu lassen. Die Musik war laut und monoton, doch die Jugendlichen störte das nicht, sie tanzten ausgelassen. Simon stand am Rand, war wohl der Einzige im Clubkeller, der sich nicht mal ansatzweise im Takt bewegte und fühlte sich an jenem Ort, der nun sogar Teil seines Arbeitsplatzes war, wie ein Fremdkörper.

Nur widerwillig ging er nach dem Auftritt auf die Band zu. „Hi, ich bin Simon, ich mach die Webseite für den Stahlhof. Hättet ihr kurz Zeit für ein Interview und ein paar Fotos?"

„Klar, im Prinzip immer. Das Problem ist nur, wir sollen, wenn wir hier mit Abbauen fertig sind, gleich nebenan wieder aufbauen und noch ein paar Zugaben spielen."

„Wo denn nebenan?"

„Na hier, in dieser Lounge. Hat dir das euer Boss nicht erzählt, dass wir da auch noch spielen? Ist wohl nur für geladene Gäste. Vielleicht können wir das mit dem Interview dann dort danach machen."

„Äh, ja, klar, natürlich."

Er folgte den Musikern möglichst unauffällig zu der Tür neben den Toiletten, doch als er sah, wer sie öffnete, verließ ihn der Mut – es war Anton, der ihm damals die Lippe blutig geschlagen hatte. Seitdem war er ihm stets erfolgreich aus dem Weg zu gehen, aber nun gab es kein Entrinnen.

„Moment mal, du kommst hier garantiert nicht rein."

„Aber ich soll doch die Band interviewen. Ist mit dem Boss abgesprochen."

„Du kannst sie gern interviewen. Nachdem sie hier mit dem Auftritt fertig sind, schicke ich sie dir wieder raus. Dann könnt ihr euch oben irgendwo eine ruhige Ecke suchen."

„So lang wollte ich eigentlich nicht warten. Kannst du mich nicht einfach rein lassen?"

„Nein. Und bevor du fragst: Das ist auch mit dem Boss abgesprochen."

Die Musiker hatten alles mitbekommen, es war eine furchtbar peinliche Situation. Auf das Interview hatte Simon nicht mehr die geringste Lust. Nicht nur, dass sie schreckliche Musik machten, sie wurden auch noch behandelt wie VIPs mit Backstage-Pässen, während er bloß der lästige Reporter war, dem man Hausverbot in der Lounge des Clubs erteilt hatte, in dem er arbeitete. Was für eine Farce.

Resigniert bahnte er sich seinen Weg zurück durch die Feiernden, die mittlerweile zu Klängen vom Band tanzten und machte sich auf den Heimweg.

Erst als er schon draußen war, sah er, dass er eine Nachricht bekommen hatte – von Laura. Es war eine dieser Nachrichten, die nur aus einem Satz bestehen aber trotzdem alles ändern können:

„Ich weiß jetzt, wer das Video gestohlen hat."

24.

In jenen Herbstferien mit Niklas auf Teneriffa kam mir zum ersten Mal der Gedanke, dass unsere nun für eine Woche tausende von Kilometern zurückgelassene Heimat, in der ich eine im Großen und Ganzen so unbeschwerte Kindheit verlebte, ein Ghetto sein könnte. Oder zumindest für Niklas eines war. Denn auf der Insel wurde er ein ganz anderer Mensch. Er legte seinen Schmachthagen-Habitus ab, im Guten wie im Schlechten.

Ich kannte unsere Ferienanlage und den nahen Strand von den vielen Jahren zuvor wie meine Westentasche und zeigte ihm gleich nach unserer Ankunft all meine Lieblingsorte. Erleichtert stellte ich fest, dass sie größtenteils unverändert waren. Der alte Fischerkutter, mittlerweile zwar völlig verrottet, aber noch immer gut genug in Schuss, um darauf zu klettern. Die kleine Höhle in der Nähe des Strandes, in der man so vorzüglich schnorcheln konnte. Die in die Jahre gekommene Minigolfanlage mit den teilweise unüberwindbaren Hindernissen in unserem Feriendorf.

Anders als in Schmachthagen ergriff ich bei all diesen Dingen die Initiative, während mein jüngerer, in letzter Zeit so sehr auf Coolness und Gleichgültigkeit bedachter Freund in der ungewohnten Umgebung erstaunlich schüchtern, ja sogar ängstlich schien. Das machte mir nichts aus, im Gegenteil. Ich genoss es, wieder den kleinen Niklas an meiner Seite zu haben, den ich so sehr ins Herz geschlossen und beinahe schon verloren geglaubt hatte.

Wir teilten uns ein kleines Zweibettzimmer, so dass mir trotz des Kissens, in dem er sein Gesicht vergrub, nicht entging, dass Niklas bereits in der ersten Nacht bitterlich weinte. Natürlich versuchte ich, emotionales Kapital daraus zu schlagen, doch er ließ meine Nähe nicht zu.

„Was ist denn los?"

„Nichts!"

„Aber warum weinst du dann? Soll ich zu dir kommen?"

„Lass mich in Ruhe!"

„Nicht so laut! Meine Eltern sind nebenan!"

Er wiederholte seinen letzten Satz, doppelt so laut. Die Wände des Bungalows waren noch dünner als die der Hochhäuser in Schmachthagen, so dass es keine Überraschung war, dass kurz darauf die Tür aufging und mein Vater unser Zimmer betrat.

„Was ist denn das hier für ein Geschrei?"

Sein Auftauchen und der Tadel in seinem Ton machte Niklas noch wü-

tender. Er schrie, heulte und schlug um sich. Es dauerte Ewigkeiten, bis er sich wieder beruhigte.

„Er hat Heimweh. Er vermisst sie", mutmaßte meine Mutter, nachdem er endlich eingeschlafen war.

„Aber sie ist doch der Grund, warum es dem Jungen so schlecht geht", sagte mein Vater.

„Deswegen kann er sie ja trotzdem vermissen. Sie ist schließlich immer noch seine Mutter."

„Mag sein, aber das gibt ihm noch lange nicht das Recht, sich so aufzuführen", erwiderte er.

„Er kann es nicht anders zeigen, schämt sich zu sehr. Das ist sein Ablenkungsmanöver, dieses ganze Theater", versuchte meine Mutter wie so oft, Verständnis für Niklas aufzubringen.

Ich fühlte mich um Jahre gealtert, nicht nur, weil vor lauter Konzentration auf Niklas niemand Anstalten machte, mich ins Bett zu schicken, sondern vor allem, weil sie mich erstmals in derartige Erwachsenenunterhaltungen einbezogen.

Schließlich schickten sie mich doch schlafen. Ich schlich mich in unser Zimmer, machte kein Licht an, um ihn nicht zu wecken. Doch seinem gleichmäßigen Atmen nach zu urteilen, schien er tief und fest zu schlafen.

Ich war nach der ganzen Aufregung überhaupt nicht müde und viel zu aufgewühlt, um mich hinzulegen. Stattdessen setzte ich mich auf mein Bett und hörte meinem jungen Freund beim Schlafen zu. Ich erkannte seine Umrisse und wie sein Brustkorb sich langsam auf und ab bewegte. Um ihn besser zu sehen, zog ich den Vorhang beiseite. Vermutlich kam das Licht bloß von der weißlichen Laterne, die schräg gegenüber von unserem Bungalow stand, aber ich redete mir ein, es sei der Mond, der sein engelsgleiches Gesicht erleuchtete, so hell, dass ich befürchtete, er könne jeden Moment aufwachen. Doch seine Augen blieben fest geschlossen.

Wie schön er doch war, wenn er schlief. So friedlich, so ruhig und anmutig. Kaum zu glauben, dass dies derselbe Junge war, der noch vor einer halben Stunde wie ein kleiner Teufel geschrien, getobt und gewütet hatte.

Ich stand auf und stellte mich direkt an sein Bett, nur wenige Zentimeter von seinem schmächtigen Körper entfernt, so dass ich die Wärme spüren konnte, die er ausstrahlte. Mich überkam ein bisher ungekanntes Verlangen, ihn zu berühren. In Zeitlupe näherte ich mich mit der Hand seinem Kopf und streichelte ihm ganz leicht über die Haarspitzen. Eine Gänsehaut breitete sich auf meinen Körper aus.

Sein Schlaf schien unverändert tief und ich wurde mutiger. Ich beugte mich über ihn, bis ich mit meinem Gesicht ganz dicht an seinem war. Das Gefühl, ihm so nah zu sein, war dermaßen überwältigend, dass ich – einem verrückten Impuls folgend – etwas tat, dass ich trotz aller Freundschaft zwischen uns noch nie getan hatte: Ich hauchte ihm ein Küsschen auf seine Wange.

Nur Bruchteile von Sekunden nachdem meine Lippen seine Haut berührt hatten, machte er die Augen auf, abrupt und weit aufgerissen, ohne zu blinzeln.

Oh, wie sehr ich mir doch wünschte, er hätte nach diesem ersten Schock mir eines seiner mittlerweile so rar gesäten Lächeln geschenkt und mir das schreckliche Gefühl genommen, bei etwas Falschem, Verbotenem erwischt worden zu sein. Doch alles, was er tat, war sich wortlos von mir in Richtung Wand wegzudrehen. Er rutschte soweit weg von der Bettkante, soweit weg von mir, wie es nur ging.

Nie zuvor in meinem Leben hatte ich mich so verletzt und zurückgewiesen gefühlt.

25.

„Und, wer ist es?" Ohne Rücksicht auf die fortgeschrittene Uhrzeit zu nehmen, hatte Simon Laura angerufen, unmittelbar nachdem er ihre Nachricht gelesen hatte. Zum Glück war sie noch wach. Es klang sogar so, als wäre sie unterwegs, zumindest waren im Hintergrund Stimmen und Musik zu hören.

„Moment, ich verstehe dich nicht!", schrie sie. Simon wartete, bis die Geräuschkulisse leiser wurde.

„Laura, hörst du mich? Wer hat die Videos ins Netz gestellt? Kenne ich ihn?"

„Keine Ahnung. Sein Nickname ist jedenfalls Schmachti-Styler69."

„Und der echte Name?"

„Das habe ich leider nicht rausgefunden. Noch nicht."

„Na toll! Das könnte jeder sein!"

„Aber dafür habe ich etwas anderes."

„Was denn?"

„Etwas, das dich fast noch mehr interessieren könnte als der Name." Sie klang so, als hätte sie Freude daran, Simon noch ein bisschen zappeln zu lassen.

„Nun sag schon!"

„Weitere Videos!"

„Was für Videos?"

„Überwachungsvideos! Und wenn mich nicht alles täuscht, dann ist dein Freund Big Joe da drauf und es sind für ihn nicht gerade vorteilhafte Bilder."

„Krass! Du musst mir sofort den Link schicken!"

„Damit Du ohne mich in blinden Aktionismus verfällst? Nein, ich würde vorschlagen, die gucken wir uns zusammen an und dann überlegen wir uns einen Plan. Kannst du kommen?"

„Wann, morgen?"

„Nein, jetzt! Die Party hier ist eh blöd."

Simon sah auf die Uhr. „Es ist fast Mitternacht!"

„Also ich bin noch nicht müde. Morgen ist Samstag, da fahren doch die Nachtbusse in Ginsterfelde, oder?"

Simon hatte keine Ahnung, ob und wann Nachtbusse fuhren und war tatsächlich müde, da er so gut wie nie lang aufblieb oder gar ausging. Doch er sagte sofort zu. Nach mehrmaligen Umsteigen mit längeren Aufenthalten kam er um kurz nach eins an der Adresse im Studentenviertel an, die Laura ihm genannt hatte.

Ihre WG lag im ersten Stock eines Altbaus, der dringend eine Renovierung benötigt hätte. In ihrem Zimmer roch es nach Räucherstäbchen und es brannte ein schummriges, rötliches Licht, das für eine gemütliche Atmosphäre sorgte und über den Saustall aus überall im Raum verteilten Klamotten, Büchern, Ladekabeln und Collegeblöcken hinwegtäuschte.

Laura hatte ein hübsches, geblümtes Kleid an und begrüßte Simon nicht wie üblich bloß mit einer angedeuteten Umarmung, sondern mit Küsschen. Ihre Wangen glühten. Sie roch ein bisschen so, als hätte sie zu viel getrunken, aber ihre Stimme war klar und deutlich wie immer, vielleicht nur etwas freudiger, ja beinahe erregt.

„Schön, dass du gleich gekommen bist. Freut mich wirklich. Auch wenn es nicht meinetwegen ist."

Es abzustreiten, wäre gelogen, also schwieg er.

„Hast du Lust auf ein Glas Wein?"

Er nickte, um nicht wieder unhöflich oder ungesellig zu wirken, auch wenn es eigentlich nur eines gab, was ihn interessierte. Sie ging in die Küche und kam mit zwei Gläsern Rotwein zurück.

Sie stießen an. Endlich klappte sie ihr Notebook auf.

„Also, zunächst habe ich mir das hier mal genauer angeschaut." Sie öffnete den neuesten Link zum ‚Schlampe vom Stahlhof'-Video.

„Der Qualität nach zu urteilen ist das ein relativ schlechter Download eines anderen Internet-Videos, der dann wieder online gestellt wurde. Laut Profil ist der Nutzer, der das hochgeladen hat, erst 14 Jahre alt, dürfte also diese Party nicht mal besuchen und hat mutmaßlich nichts mit dem Überwachungsvideodieb zu tun. Ein Trittbrettfahrer."

„Das ist doch nichts Neues." Der etwas zu schnell ausgetrunkene Wein hatte Simon, der nicht an den Alkohol gewöhnt war, noch müder gemacht, als er um diese Uhrzeit ohnehin schon war. Alles, was ihn noch wach hielt, war die Neugierde auf Lauras Videos, aber offenbar hatte sie beschlossen, ihn noch etwas auf die Folter zu spannen.

„Nun sei doch nicht so ungeduldig." Sie lächelte kokett. „Ich habe nämlich über die Kommentare herausgefunden, von welchem Account das Video ursprünglich stammt."

Sie rief einen Beitrag auf, in dem sich jemand darüber beschwerte, wie schlecht die Qualität sei und dass man ja kaum mehr etwas erkennen könne, anders als beim Original, das dort auch verlinkt war. Doch wenn man es anklickte, erschien lediglich der Hinweis, dass dieses Video gegen die Richtlinien des Videoportalbetreibers verstoßen würde und deshalb nicht mehr zur Verfügung stand.

„Dann lass uns doch mal etwas näher mit diesem Schmachti-Styler beschäftigen", sagte Laura und rief das Profil auf.

„Womit sollen wir uns da beschäftigen? Es steht weder ein

echter Name im Profil noch hat er weitere Videos hochgeladen."

„Das mag aktuell stimmen. Aber es muss ja nicht immer so gewesen sein. Weißt du nicht mehr, was unser Lehrer Herr Kastner im Blogger-Kurs immer gesagt hat? Das Internet vergisst nie!"

„Ja, das erzähl ich Mike auch immer, wenn er seinen Quatsch hochladen will. Aber was hat das mit dem Schmachti-Styler zu tun? Hast du was über ihn gefunden im Netz?"

Laura antwortete, indem sie den Nicknamen in einer Suchmaschine eingab, die darauf spezialisiert war, abgespeicherte Versionen von nicht mehr existenten Seiten zu durchforsten. Simon, der sich am Schlachthof als der große Medienexperte gab, hatte noch nie etwas von dieser Möglichkeit gehört.

„Guck mal, das ist das Profil von unserem Stylerfreund, Stand letzten Sommer. Die ‚Schlampe‘ ist schon zu sehen, aber auch noch ganze fünf weitere Videos mit nicht ganz so knackigen Überschriften." Simon sah sich die Liste an. Die Videos hatten nur eine Zahlenfolge als Titel. Endlich kamen sie der Sache näher. Sein Kopf brummte und er wusste, es kam nicht bloß vom Wein.

„Diese Archivseite speichert sogar gelöschte Videos?"

„Nein, das tut sie nicht."

„Und was nützt uns das dann?"

„Sie speichert die Links. Und die Videos sind gar nicht gelöscht, nur nicht mehr gelistet, das heißt, sie tauchen weder im Profil des Nutzers noch in den Suchmaschinen auf, aber wer den Link hat, kann sie sehen und…"

Simon hielt Lauras Vorträge nicht mehr länger aus, er hatte genug gehört. Ohne sie um Erlaubnis zu fragen, griff er nach ihrem Computer und klickte auf den erstbesten Videolink. Und danach auf den nächsten und wieder auf den nächsten.

Eine ganze Weile lang saßen sie schweigend nebeneinander und sahen sich die Filmchen an, die wieder in bester Qualität von einer offenbar statischen Überwachungskamera aufgenommen wurden. Der Inhalt war bei allen ähnlich: Saufende, Schischa rauchende und kiffende Jugendliche – und Joachim Lieberknecht mittendrin.

„Die sehen nicht so aus, als wären sie alle schon volljährig. Und selbst wenn, das geht einfach nicht, dass ein Pädagoge, der doch Vorbild sein soll, solche Gelage mit jungen Leuten veranstaltet", sagte Laura.

Simon schwieg. Zweifelsohne könnten diese Videos Big Joe ernsthafte Probleme bereiten, aber letzten Endes untermauerten sie lediglich die Legende vom ‚etwas anderen' Party-Pädagogen mit der in den 1970er-Jahren stehen gebliebenen Einstellung zu Rauschmitteln und waren noch lange kein Beweis für jene unaussprechlichen Dinge, die Simon ihm vorwarf. Denn trotz der unangemessenen Nähe zu den feiernden Jugendlichen waren die Szenen nicht übergriffig und die betreffenden Teenager alle auch weitaus älter als etwa Emre.

„Dieser Kronleuchter, die plüschigen Sofas – das sieht eher aus wie in einer Nobeldisco und nicht wie im Jugendclub. Wo wurde das denn aufgenommen?", versuchte Laura Simons nachdenkliches Schweigen zu brechen.

„Ich war da noch nie, aber ich denke, ich weiß, was das ist: die sogenannte Lounge. Ein Hinterzimmer im Keller der alten Fabrik, wo nur geladene Gäste Zutritt haben. Und ich hab es bislang leider nicht auf die Gästeliste geschafft."

„Diesem Treiben sollten wir ein Ende setzen. Das mit der Videoüberwachung war ja schon grenzwertig, aber das ist definitiv zu viel des Guten. Vielleicht gehen wir am besten mit den Videos zu deiner Ex-Chefin, dieser Anke. Und ich könnte im Blog darüber berichten. Dann kann er nicht mehr alles abstreiten und kleinreden."

„Das ist also dein Plan? Tut mir leid, aber da habe ich einen besseren. Diese Videos sind meine Eintrittskarte in die Lounge."

„*Da* willst du hin? Um was zu tun, mitzufeiern?"

„Wenn es sein muss, ja. Ich will wissen, was er noch alles verbirgt. Es muss noch mehr geben."

„Es gibt überhaupt keine Anhaltspunkte dafür. Bist du dir sicher, dass du dich da nicht in etwas verrennst? Vielleicht hat er ja wirklich nur mit Emre geredet. Also ehrlich gesagt, Big Joe macht für mich zwar alles andere als einen seriösen Eindruck, aber wie ein Pädophiler sieht er nicht gerade aus!"

„Wie sieht denn bitte ein Pädophiler deiner Meinung nach aus?"

„Na ja, jedenfalls nicht so. Nicht wie ein Partyhengst und Pseudo-Revoluzzer. Verklemmter, angepasster, unauffälliger, spießiger."

Simon lachte, obwohl er eigentlich verärgert war. Solche albernen Klischees hatte er seiner Freundin gar nicht zugetraut. „Also in etwa so wie ich, oder wie?"

Laura lachte auch, aber ein anderes, wärmeres Lachen, das Simon schwer deuten konnte. War sie etwa tatsächlich angetan von seiner Schlagfertigkeit, gar von ihm?

„Ich finde dich weder angepasst noch unauffällig, nur manchmal vielleicht ein bisschen spießig."

„Und verklemmt?"

„Das weiß ich noch nicht."

Sie flüsterte fast, denn ihr Kopf war auf einmal ganz nah an seinem. Dann machte sie die Augen zu und den Mund ein ganz kleines bisschen auf. Ihr schwerer Rotweinatem stieg Simon in die Nase.

Es dauerte Sekunden, bis er überhaupt verstand, und dann konnte er es einfach nicht. Er war wie gelähmt.

Sie machte die Augen wieder auf und verschloss ihre Lippen.

„Ich denke… Ich glaube… Mein Nachtbus fährt…", stammelte er.

Sie schwieg noch immer, ihr warmes Lächeln und das Leuchten in ihren Augen waren erloschen. Simon hatte es auf einmal furchtbar eilig, diesen Raum zu verlassen.

„Danke nochmal. Ich ruf dich an, ja?"

Keine Umarmung, keine Berührung zum Abschied. Er wusste, dass er sich wie ein Elfjähriger benahm, aber er konnte einfach nicht anders.

Ziellos irrte er durch die selbst um diese Uhrzeit belebten Straßen des Studenten- und Amüsierviertels und dachte nach. Über Laura und über Big Joe. Vor allem aber über Niklas.

26.

Als wäre unsere Freundschaft nicht schon kompliziert genug, tauchte plötzlich auch noch dieser andere Junge auf. Eines kalten Wintertages war er einfach da. Als ich Niklas nach der Schule und dem Mittagessen wie so oft besuchte, saß er schon auf dem Bett in seinem Zimmer und würdigte mich keines Blickes. Die beiden waren vertieft in eine Runde Autorennen. Er hielt den zweiten Controller in der Hand, den mit dem Kratzer an der Unterseite und dem leichten Wackelkontakt, der eigentlich mir gehörte, glotzte verkrampft auf den kleinen Fernseher und streckte dabei dämlich die Zunge heraus.

Jamal hieß er, ein Junge aus seiner neuen Hauptschulklasse, in etwa so alt wie er, aber dicker, größer. Sein Gesicht hatte etwas tumbes, seine Haare waren kurzrasiert, seine Art war laut und aufdringlich. Ich hasste ihn aus ganzem Herzen. Und verhielt mich dementsprechend – schlimmer als eine eifersüchtige Ehefrau.

„Ich will nicht mehr, dass er kommt", sagte ich zu Niklas, nachdem er endlich gegangen war.

„Warum?"

„Weil er dick und hässlich und doof ist. Außerdem haben wir eh nur zwei Controller und die Spiele sind für zwei und nicht für drei!"

Niklas erwiderte nichts, was mich freute, dachte ich doch, er würde meinen Argumenten folgen, doch am nächsten Tag war Jamal wieder da. Ich machte nun auch vor ihm keinen Hehl mehr aus meiner Abneigung und forderte ihn mehr oder weniger direkt zum Gehen auf.

„Geh du doch!", fauchte er und sah mich bedrohlich an.

Niklas tat so, als würde er davon nichts mitbekommen, doch als er merkte, dass Jamal und ich kurz davor waren, aufeinander loszugehen, schaltete er sich doch noch ein.

„Keiner von euch soll gehen! Ich will, dass ihr euch vertragt!"

Es schien ihm ernst zu sein, denn auch er schrie geradezu. Wir waren so überrascht, dass wir seiner Bitte nachkamen und zumindest kurzzeitig so taten, als wäre alles okay.

Als ich merkte, dass ich mit bloßem Schlechtmachen seines Freundes oder gar offener Konfrontation nicht weiter kommen würde, änderte ich die Taktik. Ich begann, Niklas wieder mehr zu umgarnen. Ich wollte ihm zeigen, dass ich sein einzig wahrer Freund war, dass es Dinge gab, die nur wir teilten, die nur ich ihm bieten konnte.

Ich lud ihn zu mir ein, was ich wegen der Verlockung des grenzenlosen Zockens bei ihm schon länger nicht mehr getan hatte. Meine Eltern freuten sich riesig, ihn mal wieder zu sehen. Meine Mutter hatte sogar für uns gebacken. Wir spielten alle zusammen Monopoly und taten so, als würden wir seine kleinen Schummeleien nicht bemerken. Das fiel mir fast noch schwerer, als ihn mit meinen Eltern zu teilen, aber alles war besser als ein weiterer Nachmittag mit Jamal an meinem Platz.

Nachdem wir das sich endlos ziehende Spiel irgendwann für beendet und Niklas zum Gewinner erklärt hatten, zogen wir uns mit den Resten vom Kuchen zurück in mein Zimmer. Mich überkam ein unendlich großes Bedürfnis, Niklas zu berühren. Seit dem Vorfall auf Teneriffa hatte es keine einzige Annäherung körperlicher Art zwischen uns mehr gegeben.

„Wie wär's mit einer Kissenschlacht, wie früher?"

Das brauchte man Niklas nicht zweimal zu fragen. Dass wir kaum noch welche austrugen, lag nicht an ihm, sondern an mir: Je größer er geworden war, umso aggressiver kämpfte er. Er warf nicht mehr nur mit Kissen und Stofftieren, er benutzte sie als Keulen und verdrosch mich damit regelrecht. Ich setzte mich dann natürlich zur Wehr und so war manch harmlose Kissenschlacht bereits in eine regelrechte Schlägerei ausgeartet.

Doch diesmal achtete ich darauf, mich trotz seiner unfairen Härte nicht annähernd so grob wie er zu wehren. Wie beim Monopoly ließ ich zu, dass er sich als überlegener Sieger fühlte. Irgendwann fiel ich wimmernd und jammernd aufs Bett. Seine Attacken waren zwar durchaus schmerzhaft, aber natürlich übertrieb ich maßlos. Ich schaffte es sogar, einen Heulkrampf zu provozieren. Es fiel mir gar nicht schwer. Ich musste nur an Jamal denken und wie er plötzlich auf meinem Platz neben Niklas gesessen hatte, und schon stiegen mir Tränen der Wut in die Augen.

Ich versuchte jedoch, leise zu heulen, um meine Eltern nicht auf den Plan zu rufen. Und ich hatte Glück, wir blieben allein. Niklas legte seine Waffen aus der Hand und kam auf mich zu.

„Was ist denn los?"

„Du hast mich verletzt! Aua, aua, es tut so weh!"

„Wo denn?"

„Hier, und hier, überall!"

„Tut mir leid! Das wollte ich nicht!"

Er legte seinen Arm auf meine Schulter. Ein warmes Gefühl ging von dort aus auf den Rest meines Körpers über.

Es war ein unwürdiges Schmierentheater, ich spürte das, und dennoch genoss ich den inszenierten Rollentausch. Ich nahm seine Hand und zog ihn sanft aufs Bett, um mich und meine Tränen in einer festen Umarmung zu vergraben.

Am liebsten hätte ich ihn nie mehr losgelassen.

27.

Simon befürchtete bereits, Lauras neuer Fund würde ihn zwangsläufig wieder zurück in die Rolle des Erpressers drängen, doch zum Glück war Big Joe in technischen Fragen derart unbedarft, dass er vielleicht sogar weiterhin mit der wohlgesinnten Berater-Nummer durchkommen würde.

„Woher hast du das?"

„Aus dem Internet."

„Das kann nicht sein. Ich war selbst dabei, als die Person, die das online gestellt hat, es wieder gelöscht hat. Und anders als das Knutschvideo wurden dieses Filmchen vorher auch nicht durch die sozialen Netzwerke gejagt und überall kopiert, geteilt oder geliket oder wie das heißt. Also, noch mal, wie bist du da rangekommen? Hast Du dich auf irgendwelche Rechner gehackt?"

Ausnahmsweise grinste der Boss mal nicht, sondern sah ihn finster an. Kurz überlegte Simon, ob er ihn in dem Glauben lassen sollte, ein PC-Genie zu sein, doch er besann sich eines Besseren.

„Das würde ich niemals machen, selbst wenn ich es könnte! Sieh mal, sie sind wirklich online. Derjenige, der sie hochgeladen hat, mag zwar seinen Account deaktiviert haben, die Deeplinks zu den Videos sind aber noch da – und die kriegt man auch nie mehr weg", fantasierte Simon, während er ein wenig auf dem Videoportal herumklickte. Er hatte zwar auch gar nicht einmal so viel mehr Ahnung als Big Joe, wusste aber sehr wohl, dass es bei einem so wenig oder im Grunde genommen gar nicht verbreiteten Video durchaus erfolgversprechende Möglichkeiten zur Löschung gab.

„Okay, aber wenn ich das richtig sehe, hat das doch bis jetzt keiner gefunden."

„Doch, ich", erwiderte Simon, fast ein wenig gekränkt, obwohl nicht einmal das der Wahrheit entsprach. Aber seine für Big Joe so bedrohliche Journalisten-Freundin wollte er erst einmal außen vor lassen. „Und wenn ich auf so etwas stoße, ist es nur eine Frage der Zeit, bis irgendwelche Kids das auch tun."

Der Stahlhof-Chef machte ein sorgenvolles Gesicht. Er hatte den Köder geschluckt. „Was sollen wir deiner Meinung nach jetzt machen?"

„Zunächst einmal wäre es hilfreich, wenn du mir endlich erzählst, was wirklich in der Lounge abgegangen ist. Ich meine, das ist echt nicht ohne, was auf den Videos zu sehen ist…"

Big Joe entfuhr ein Seufzer. Er sah kurz zur Tür und dann wieder seinen aufsässigsten Mitarbeiter an, beinahe gequält, so als würde es ihn wahnsinnig viel Anstrengung kosten, dieses Gespräch zu führen.

„Simon, warst du jemals richtig breit?" Er war zu perplex, um etwas zu entgegen, daher gab der Boss sich die Antwort selbst. „Wohl kaum. Du bist nämlich eher so der Kontrolltyp."

Der süffisante Ton seines Vorgesetzten missfiel Simon, also konterte er: „Ist man nicht eher ein Kontrolltyp, wenn man Überwachungskameras auf seinen Partys einsetzt?"

„Zum hundertsten Mal: Das sind keine Überwachungsvideos! Glaubst du wirklich, ich lasse mich freiwillig so filmen? Die Kamera ist aus Rainers alter Video-AG. Jemand hat sie ohne mein Wissen dort versteckt."

„Wer? Und warum?"

„Wir haben uns geeinigt: Ich habe mein Wort gegeben, dass ich ihn nicht auffliegen lasse und er hat sich verpflichtet, die Videos zu löschen."

„Mal abgesehen davon, dass du da offenbar in der schlechteren Verhandlungsposition warst, hat der Filmemacher sein Wort nicht gehalten, wenn auch womöglich nur aufgrund technischer Unkenntnis."

Für Argumente dieser Art war Big Joe offenbar nicht zugänglich, denn er weigerte sich weiterhin beharrlich, Simon gegenüber Ross und Reiter zu benennen. Stattdessen verstieg er sich in abenteuerliche Rechtfertigungsversuche für seinen unsägliches Feierverhalten und schaffte das Kunststück, den Suchtmittelkonsum mit Schutzbefohlenen als lehrreiche, praxisnahe Drogenprävention zu verkaufen. Es gipfelte darin, dass er die Vorzüge des von ihm „direkt beim Erzeuger" erworbenen Marihuanas anpries („Hundert Prozent bio, sozusagen") und endete mit der aberwitzigen Feststellung, dass seiner Meinung nach jeder Mensch ein Recht auf Rausch hätte.

Wenn es Simon nur darum gegangen wäre, den Jugendclubleiter abzusägen, hätte er nicht einmal mehr die Videos publik machen müssen – ein Mitschnitt dieses entlarvenden Monologs wäre ausreichend gewesen, um den großen Pädagogen als kleinkriminellen Kiffer zu überführen.

Aber es gab da ja noch dieses andere, aus Simons Sicht noch viel interessantere Thema, zu dem sich Big Joe überhaupt noch nicht geäußert hatte.

„Und was ist mit kleinen Jungs wie Emre? Was haben die an einem solchen Ort zu suchen?", versuchte er, das Gespräch in die von ihm gewünschte Richtung zu lenken.

„Du weißt doch, was ich dir über die Lounge erzählt hab. Es wird da doch nicht nur gefeiert und gekifft. Vor allem ist es ein Rückzugsort für Gespräche. Aber was hast du eigentlich immer mit diesem Emre? Ich glaub bald, *du* stehst auf Jungs! Entspann dich, schau mich nicht so an. Ich hab kein Problem damit, im Gegenteil, ein bisschen bi schadet nie, das ist auch immer mein Motto gewesen! Oder hast du doch eine Freundin, vielleicht diese Reporterbraut, mit der du mich erpressen wolltest, gibt's die wirklich?"

Big Joe hatte sein schelmisches Grinsen wiedergefunden – und verkannte offenbar den Ernst der Lage. Simon gefielen seine Witzchen und die zurückkehrende gute Laune jedenfalls gar nicht und die Anspielung auf Laura ließ ihn außerdem unweigerlich erröten.

„Wüsste nicht, was dich das angeht. Ich finde, statt mir Fragen zu stellen, solltest du lieber endlich meine beantworten. Nur so kann ich dir helfen."

Jetzt wurde der Pädagoge zum Glück wieder ernster. „Simon, ich habe dich mehr oder weniger wider Willen zum Webmaster gemacht. Aber um deine Hilfe hab ich dich nie gebeten. Du kannst mir auch gar nicht helfen. Das hast du doch selbst gesagt, die Videos sind nun mal entstanden, und falls sie irgendwann jemand entdeckt und mich damit konfrontiert, dann werde ich dazu stehen und ihm dasselbe erzählen, was ich dir gerade erzählt habe. Der Stahlhof wird es überleben, der hat schon ganz andere Sachen überlebt. Meine Person ist nicht wichtig. Ich hab sowieso nicht mehr all zu lang bis zum Ruhestand."

Stapelte er tief oder war er tatsächlich amtsmüde? Und was meinte er mit diesen ganz anderen Sachen, gab es da noch mehr Vorfälle, von denen Simon nichts wusste?

„Gegen das, was hier zu meiner Anfangszeit abgegangen ist, wirken die heutigen Partys geradezu sittsam", fuhr Big Joe fort, als hätte er Simons Gedanken gelesen. „Und ich meine nicht einmal die teuflischen Pillen in den Neunzigern oder davor das verfluchte Heroin, das haben wir zum Glück ziemlich schnell ein für alle mal vom Stahlhof verbannt, sonst wären wir heute vermutlich nicht mehr am Leben!"

Natürlich war schon die beiläufige Erwähnung weiterer furchtbaren Drogen Skandal genug, aber Simon hütete sich, das Thema darauf zu lenken, wo doch sein Chef offenbar gerade in Plauderlaune über weitere, für Simon möglicherweise noch viel interessantere Skandale aus alten Stahlhofzeiten gekommen war.

„Was meinst du dann?"

„Komm mal mit."

Big Joe erhob sich von dem Sperrmüllsofa, auf dem sich die beiden unterhalten hatten. Die zwei völlig plattgedrückten, knallgelben Kissen, auf denen er gesessen hatte, fanden nur langsam ihre Form wieder. Es war noch früh, Mittagszeit, und niemand außer ihnen im Stahlhof.

„Wo gehen wir hin?"

„Dreimal darfst du raten."

Und tatsächlich führte er ihn endlich in sein Allerheiligstes: die Lounge. „Den Namen haben sich irgendwelche Kiddies Anfang der 2000er ausgedacht. Früher hieß das einfach nur Hinterzimmer."

Der fensterlose Kellerraum war kleiner, als die von erhöhter Position aus gefilmten Aufnahmen vermuten ließen. Obwohl Simon sich gründlich umsah, entdeckte er keine Kamera, ja noch nicht einmal ein passables Versteck. Vermutlich hatte Big Joe alles, was dazu geeignet gewesen wäre, entfernen lassen.

Die plüschigen Sofas wirkten nur auf den ersten Blick luxuriös, bei näherem Hinsehen entpuppten sie sich als ebenso uralt und abgewetzt wie die schlichteren Varianten, die oben im offenen Bereich herumstanden. Nur der üppige Kronleuchter machte einen imposanten Eindruck.

„Weißt du, wo der her ist? Aus einem besetzten Haus, so 'ne verlassene Bonzenvilla. War eine Riesenarbeit, den auseinander zu nehmen und hier wieder anzubringen."

„Warum sind wir hier?"

„Das wolltest du doch unbedingt, oder?"

Big Joe ließ sich mit seinem gesamten Gewicht auf eines der Polstersofas fallen, auf dessen abgewetzten Bezug jemand ein künstliches Wildkatzenfell gelegt hatte. Simon blieb stehen.

„Ich will wissen, was hier passiert ist."

„Das *Leben* ist hier passiert, Simon. Das Leben."

Er kramte in seinen Taschen, holte einen bereits vorbereiteten Joint heraus und zündete ihn sich an. Aus irgendeinem Grund war Simon weder überrascht noch geschockt.

„Der war eigentlich für heute Abend, aber ich glaube, ich gönne mir ausnahmsweise jetzt schon mal was. Wer weiß, wie lange ich das hier noch tun kann, ohne dass du und deine ganzen politisch korrekten Freunde mich aus dem Verkehr ziehen."

Er nahm einen tiefen Zug. Süßlicher Qualm übertünchte den ohnehin in dem Raum festsitzenden, kalten Rauch.

„Jetzt setz dich schon. Oder hau ab. Ist mir egal."

Simon setzte sich, auch wenn er den Gestank widerlich fand.

„Weißt du, es heißt doch immer, die Reichen würden alles unter sich ausmachen, in Hinterzimmern. Aber ich finde, die Armen sollten auch ein Hinterzimmer haben dürfen. Ein Ort, an dem alles erlaubt ist, was Freude macht und das Scheißgeld und die Scheißgesetze, mit denen sie uns da oben jeden Tag unterdrücken, keine Gültigkeit haben."

Simon war etwas erstaunt und zugleich erleichtert, dass Big Joe offenbar nicht vorhatte, ihm den Joint zu reichen. Doch plötzlich wusste er, was zu tun war.

„Lässt du mich auch mal ziehen?"

„Damit es dann wieder heißt, ich würde die Jugend verführen? Nein, lass mal lieber."

„Wieso verführen? Glaubst du wirklich, ich war noch nie breit?"

Simon war mal wieder überrascht über sich selbst und wie weit er doch gehen konnte, wenn es darum ging, seinem Ziel näher zu kommen. Lässig griff er nach der Tüte des Pädagogen und nahm mit gar nicht einmal schlecht gespielter Selbstverständlichkeit einen tiefen Zug.

„Bist ja doch gar nicht so ein Spießer wie ich dachte. Nicht schlecht, Herr Specht!"

Simon kicherte gequält, um nicht zu husten oder zu würgen, fast so, als hätte das Hasch seine stimmungsaufhellende Wirkung bereits entfaltet. „Super Wortspiel, hab ich ja noch nieeee gehört."

Big Joe sah in einen Moment lang verständnislos an, doch dann schien ihm der Nachname seines Mitarbeiters wieder einzufallen und er brach in für einen Mann seiner Statur seltsam schrilles Gelächter aus, doch schon kurze Zeit später wurde er wieder ernst, ja beinahe melancholisch. Er ließ sich den Joint von Simon zurückgeben und zog erneut daran.

„Ach, das waren schon schöne Zeiten hier."

„Erzähl doch mal", ermutigte ihn Simon, froh darüber, dass auch das Gras die Gesprächigkeit des Bosses nicht minderte.

„Von früher?"

„Vom *Leben*, das hier stattgefunden hat. Sex, Drugs, Rock'n'Roll und so."

Beide mussten schmunzeln.

„Irgendwas sagt mir, dass du dich am meisten für das erste interessierst. Auch wenn du dir gerade echt Mühe gibst, Kiffer bist du genauso wenig wie Rock'n'Roller. Also, was willst du hören? Freie Liebe, jeder mit jedem, jung und alt, Mann und Frau, Frau und Frau, Mann und Mann? Ja, klar, genau so war's. Aber die Zeiten sind vorbei."

Ein eiskalter Schauder lief Simon den Rücken herunter. Seine Ahnung war also doch kein Hirngespinst, seine Intuition hatte ihn nicht getäuscht. Hoffentlich, so dachte er, würde er jetzt endlich für seine Beharrlichkeit belohnt werden – mit den Informationen und Geständnissen, nach denen er so sehr gierte.

Doch statt ins Detail zu gehen oder wenigstens zu spezifizieren, seit wann genau diese Zeiten vorbei waren, schwang Big Joe wieder eine seiner Reden wider dem Zeitgeist, in der es im Wesentlichen darum ging, dass auch Minderjährige seiner Meinung nach durchaus bereits eine eigene Sexualität hätten und bei allem berechtigten Schutz vor Missbrauch und Übergriffen Freiräume haben sollten, in denen sie ihre Fantasien ausprobieren konnten. „Stattdessen lassen die scheinheiligen Erwachsenen sie vor ihre PCs und Telefonen alleine, wo sie sich den ganzen Tag all diese absurden Pornos ansehen, bevor sie überhaupt wissen, wie sich ein richtiger Orgasmus anfühlt."

Simon war verwirrt, er konnte seinen zunehmend bekifften Chef, der sich in zunehmend wirreren Allgemeinplätzen verlor, nicht folgen.

„Was heißt das denn jetzt konkret? Haben hier, unter deiner Aufsicht oder gar Beteiligung, sexuelle Kontakte zwischen Erwachsenen und Minderjährigen stattgefunden?"

Sobald er sie ausgesprochen hatte, war Simon klar, dass diese im Stile eines Untersuchungsrichters vorgetragene Frage ein Fehler war, dass er unmöglich eine Antwort und schon gar keine ehrliche bekommen würde.

Doch da irrte er sich.

„Ach, Simon. Das ist doch alles längst verjährt."

Er drückte seinen Joint sorgfältig an der Sofatischkante aus, klopfte die Asche ab und steckte ihn wieder in die Innentasche seiner Jeansjacke. Dann stand er wortlos auf und ging.

28.

Jamal verschwand nicht, so sehr ich mir das auch wünschte. Da ich seine An-
wesenheit nicht ertrug, verringerte ich die Anzahl der Treffen mit Niklas. Ich
versuchte, den Gedanken zu verdrängen, dass – anders als Niklas für mich –
ich nicht mehr der einzige Freund für ihn war.

„Willst du nicht vorbeikommen?", fragte mich Niklas am Telefon (sein
Anschluss funktionierte mittlerweile wieder).

„Ist Jamal auch da?"

„Ja."

„Ich kann leider nicht."

Niklas verstand und rief immer seltener an, und zwar nur noch, wenn
Jamal nicht da war. Dafür hatte es sich eingebürgert, dass Niklas wieder
regelmäßig zu uns kam, mindestens einmal in der Woche und natürlich ohne
seinen neuen Freund.

Die abnehmende Quantität unserer Treffen hatte einen gegenteiligen Ef-
fekt auf die Qualität: Dadurch, dass wir uns nicht mehr täglich sahen, gin-
gen wir uns auch weniger auf die Nerven. Ich war zwar noch immer eifer-
süchtig und verletzt, wenn ich daran dachte, mit wem er die meisten seiner
Nachmittage jetzt verbrachte – aber dennoch konnte ich nicht leugnen, dass
wir uns besser verstanden und weniger langweilten, jetzt, wo wir uns nicht
mehr ständig sahen. Obwohl die Momente großer Nähe, die ich noch immer
so sehr herbeisehnte, nahezu ausblieben.

Auch das Verhältnis zwischen Niklas und meinen Eltern hatte sich seit
dem Tiefpunkt während des Kanaren-Urlaubs wieder erholt. Sie mochten ihn
und sorgten sich wie eh und je um ihn. Aber ein bisschen mehr sorgten sie sich
um mich.

Waren sie damals, zu Beginn unserer Freundschaft, noch heilfroh, dass
ich überhaupt jemanden gefunden hatte, so vertraten sie mittlerweile die Mei-
nung, Niklas sei nicht mehr genug und ich zu fixiert auf ihn. Ich müsse
mehr auf Kinder meines Alters zugehen, solle mir ein Hobby suchen, mich
irgendwo anmelden oder zumindest mal nachmittags oder am Wochenende mit
jemandem aus der Schule verabreden. Was ich alles nicht tat.

Das neue Jahr begann, ich wurde dreizehn und entgegen aller Bitten, Vor-
schläge und Wünsche meiner Eltern feierte ich wieder nur mit ihnen und Ni-
klas. Ich war kein richtiges Kind mehr, aber auch noch kein Jugendlicher,
sondern irgendetwas Undefinierbares dazwischen. Ein Alter, in dem die Er-

wartungen und Befürchtungen der Eltern fast noch schneller als die Körper ihrer Kinder wachsen.

Ihr größtes Geburtstagsgeschenk war ein Spiegel dieser elterlichen Erwartungen: Sie hatten eine Reise für mich gebucht im Sommer, drei Wochen in einem Ferienlager am Meer – ohne Eltern, ohne Niklas, mit wildfremden Kindern. Ein absoluter Horrortrip. Ich wehrte mich mit allen Mitteln, die mir zur Verfügung standen, doch mit einer Mischung aus Drohungen und Einschüchterungen auf der einen Seite und Verheißungen und Prophezeiungen auf der anderen gelang es ihnen schließlich, meinen trotz aller Entschlossenheit noch schwachen Willen zu brechen, die ersten Keime pubertären Widerstands in mir zu ersticken. Ich gehorchte und trat die Reise pünktlich zu Ferienbeginn an, auch wenn mir davor mehr graute als vor einem Zahnarztbesuch.

Es kam zum Glück anders als ich befürchtete, weniger schlimm, wenn auch nicht so, wie es mir meine Eltern ausgemalt hatten: Es wurde nicht der Sommer meines Lebens, ich fand auch keine Freunde fürs Leben und blieb auch danach ein Einzelgänger. Aber immerhin hatte ich einen Zimmergenossen zugeteilt bekommen, mit dem ich mich gut verstand. Er hieß René, war nur ein paar Monate älter, aber anderthalb Köpfe größer als ich, war anders als ich bereits mitten im Stimmbruch und hatte nicht nur auf dem Kopf eine beachtliche Matte, was mich angesichts meiner eigenen Kahlheit schwer beeindruckte.

Ansonsten war René aber ziemlich uncool. Er stand auf die Kelly Family und sprach mit starkem Dialekt (seine Familie stammte aus einem Dorf in Sachsen), weswegen er ständig aufgezogen wurde, doch es schien ihm nicht viel auszumachen.

Als ihm die Hänseleien dann doch zu viel wurden, wartete er ab, bis gerade kein Betreuer in der Nähe war und haute demjenigen, der am frechsten war, mit aller Wucht eine runter. Danach hatte er, zumindest vorerst, Ruhe. Aufgrund seiner beeindruckenden Größe wagte es keiner, sich mit ihm körperlich anzulegen. Und auch ich fühlte mich sicher in seiner Gegenwart und wich ihm während der drei Wochen kaum von der Seite.

Renés größte Verdienste waren jedoch nicht auf dem Gebiet der Selbstverteidigung, sondern auf dem der Selbstbefriedigung angesiedelt. Ich kam, was das betraf, als Ahnungsloser in das Ferienlager hinein und fuhr als Profi wieder nach Hause. Er brachte mir nicht nur die richtige Technik anschaulich nahe, sondern nahm mir durch seine unverkrampfte Einstellung auch die Angst vor dieser Angelegenheit. Schon in unserer ersten Nacht sprach er es zum ersten Mal ganz unverblümt an.

„Wollen wir noch wichsen?"

Ich wäre vor Scham fast aus dem Bett gefallen, aber war gleichzeitig von seinen offenen Worten zu erregt, um nicht zumindest so zu tun, als würde ich auf sein Angebot eingehen wollen. Am zweiten Abend tat ich es ihm dann wirklich gleich und am dritten begann ich, Gefallen daran zu finden und meine Hemmungen endgültig abzubauen. Zu allem Überfluss versorgte er mich auch noch großzügig mit einigen Heften aus seiner umfangreichen, vom Vater geklauten Schmuddelheftsammlung.

René lebte in einer ganz anderen Ecke unserer Region. Wir tauschten zwar Telefonnummern aus, sahen uns aber nach dem Ferienlager nie wieder.

29.

Es war der Tag nach dem Gespräch mit Big Joe in der Lounge, ein Freitag, und Simon saß vor dem PC. Er versuchte, sich auf eine Hausarbeit zu konzentrieren, doch es gelang ihm nicht. Seine Gedanken kreisten immer wieder um den Stahlhof. Um sich abzulenken, setzte er sich seine Kopfhörer auf und machte Musik an, so dass er weder das Klingeln noch das Klopfen vernahm. Etwas zu schreckhaft fuhr er herum, als seine Mutter die Tür aufriss. „Besuch für dich!"

Hinter ihr stand Laura. Simon traute seinen Augen kaum. „Kann ich reinkommen?"

„Äh, ja, natürlich", stammelte er. Sie hatte eine Jeans und eine weiße Bluse an und sah damit irgendwie erwachsener aus als in den bunten Kleidern, die sie sonst so gern trug. Obwohl sie gleich alt waren, kam sich Simon in seinem alten Jogginganzug und in seinem noch älteren Kinderzimmer viel zu jung für einen solchen Damenbesuch vor. Er bot ihr an, sich aufs Bett zu setzen, das er zum Glück wie üblich gemacht und mit einer Tagesdecke überzogen hatte.

„Tut mir leid, dass ich einfach so unangekündigt vorbeischaue. Aber du hast nicht auf meine Nachrichten geantwortet. Ich wollte mich persönlich bei dir entschuldigen."

Auch Laura schien die Situation unangenehm zu sein, sie lächelte unbeholfen.

„Ist schon okay", sagte er, obwohl er gar nicht wusste, wofür sie sich eigentlich entschuldigte. War er nicht derjenige, der sich bei ihrem letzten Treffen wie ein Idiot verhalten hatte? Und der es seitdem vor lauter Scham nicht einmal fertig brachte, sich bei ihr zu melden?

„Ich hab dich in eine blöde Situation gebracht. Aber glaub mir, ich wollte dich nicht bedrängen. Ich dachte nur… Ach, vergiss es, ich hatte bloß zu viel Wein an dem Abend. Können wir vielleicht einfach wieder Freunde sein, so wie vorher, als wäre nichts passiert?"

„Klar", sagte er, im Bemühen, locker zu klingen, was jedoch vermutlich nicht gelungen war. Simon konnte sich noch immer nicht an den Anblick von Laura auf seinem Bett gewöhnen. Selbst als sie noch in einer Klasse waren und sich täglich sahen, war sie nie hier gewesen. Ohnehin bekam er so gut wie nie Besuch.

„Woher weißt du überhaupt, wo ich wohne?"

Das war in diesem Moment wohl kaum die drängendste Frage, aber es interessierte ihn wirklich und er wusste nicht, was er sonst sagen sollte, was sie von ihm erwartete.

„Schon vergessen, ich bin investigative Journalistin!"

Endlich huschte so etwas wie ein Lächeln über Simons bis zu diesem Augenblick wie versteinertes Gesicht.

„Ich war heute eh hier draußen in Ginsterfelde bei meinen Eltern und da haben wir über dich gesprochen. Mein Vater kennt deine Mutter, wusstest du das? Sie sind beide im selben Verein, in der Nabu-Ortsgruppe. Dass du noch zu Hause lebst war mir ja bekannt und eure Adresse steht auf der Mitgliederliste. Ich dachte aber immer, du wohnst in Schmachthagen?"

Sie deutete mit dem Kopf in Richtung des Fensters, in dem sich die Silhouette der benachbarten Hochhaussiedlung abzeichnete, auf die Simon in seinem Leben schon so viele Stunden geblickt hatte, dass er jeden Millimeter dieses Panoramas auswendig kannte.

Er verzichtete darauf, ihr zu erklären, dass die kleine Nebenstraße, in der sie sich befanden, noch zu Schmachthagen gehörte, immerhin leugneten das mittlerweile sogar die Anwohner selbst.

„Bis vor ein paar Jahren haben wir da drüben gewohnt."

Sie erhob sich vom Bett und stellte sich vors Fenster.

„Schöne Aussicht."

Simon wusste nicht, ob sie das ernst oder ironisch meinte, da außer ihm die meisten Leute Schmachthagen hässlich fanden.

„Früher standen hier ziemlich hohe Bäume", sagte er. Jetzt hatte auch Simon, anders als zuvor bei der wenig herzlichen Begrüßung seiner Freundin, sich endlich von seinem Bürostuhl erhoben und stellte sich neben Laura.

„Wo, dort auf dem Feld?"

„Nein, direkt hier, wo jetzt die Reihenhäuser sind. Weißt du das nicht mehr? Wir sind uns als Kinder dort schon mal begegnet, erinnerst du dich?"

Laura sah konzentriert aus dem Fenster, so als würde dort irgendwo die Antwort auf Simons Frage liegen. Plötzlich drehte sie sich um und blickte ihm direkt in die Augen.

„Jetzt fällt es mir wieder ein! Ich habe eine Freundin in Schmachthagen besucht, Marie-Luna. Und du warst auch nicht allein."

Simon nickte. Unweigerlich wich er ihrem Blick aus und richtete ihn verstohlen auf die Pinnwand rechts von ihm. In den seltenen Fällen, in denen er tatsächlich mal Besuch bekam, nahm er sie normalerweise vorher ab. Jetzt war es zu spät – und Laura sein verräterisches Spähen natürlich nicht entgangen.

„Wow", sagte sie, während sie sich bereits sämtliche Fotos aus der Nähe ansah: Niklas und er am Strand auf Teneriffa, Niklas und er mit Geburtstagstorte, Niklas und er als Feuerwehrmänner verkleidet… „Dieser Junge und du, ihr wart ja wohl unzertrennlich. Wie hieß er noch gleich?"

„Niklas."

„Warum sind hier nur Fotos von euch als Kinder drauf? Ist er irgendwann weggezogen?"

„Nein. Das heißt, keine Ahnung. Wir haben… Der Kontakt ist abgebrochen. Ich hab ihn seit Ewigkeiten nicht mehr gesehen."

Simons unentspannter Gesichtsausdruck musste bei Laura offenbar den Eindruck erweckt haben, es gäbe Gesprächsbedarf. Sie setzte sich wieder aufs Bett und deutete an, es ihm gleich zu tun.

„Willst du darüber reden?"

„Oh, das ist eine lange Geschichte, ich weiß nicht, ob du die wirklich hören willst."

„Nur zu! Ich hab heute nichts mehr vor. Also, was ist passiert mit dir und Niklas?"

Unmöglich konnte er ihr wirklich die gesamte Geschichte erzählen. Niemand kannte die ganze Wahrheit. So sehr er Laura auch mochte – auch sie würde es nicht verstehen. Er verstand es ja nicht einmal selbst.

Anderseits spürte Simon, dass er Laura etwas anvertrauen musste. Sie war die Einzige, die ihm geholfen hatte und wenn er wollte, dass sie das auch weiterhin tat, dann führte kein Weg daran vorbei, ihr ein wenig mehr zu verraten. Er entschied sich für eine ebenso drastische wie drastisch verkürzte Variante, die seiner Meinung nach aber durchaus den Kern traf.

„Big Joe hat mir Niklas weggenommen. Und er hat ihn missbraucht."

Simon merkte, wie eine stille Träne sein linkes Auge verließ, was peinlich, aber auch befreiend war. Laura legte tröstend ihren Arm auf seine Schulter.

„Oh Gott, Simon, das ist ja furchtbar. Warum hast du mir das nicht schon längst erzählt?"

„Weil... Weil ich selber schuld daran bin."

„Wieso bist du schuld an dem was Big Joe getan hat?"

„Seine Eltern haben sich nicht um ihn gekümmert. Ich wollte, dass er zu uns zieht, aber wir haben uns gestritten und er seine Zeit auf einmal lieber im Stahlhof als mit mir verbracht. Er war leichte Beute für Big Joe."

Ein Schluchzen mischte sich in seine letzten Worte. Nun kamen die Tränen aus beiden Augen. Er löste sich von Laura und holte sich ein Taschentuch vom Nachttisch.

„Entschuldige."

„Du musst dich nicht entschuldigen! Egal, was du getan hast:

Dich trifft keine Schuld! Du warst doch noch ein Kind."

Es tat so unglaublich gut, das zu hören, auch wenn es nicht stimmte. Dankbar sah er sie an und versuchte, das Weinen zu unterdrücken.

„Jetzt wird mir klar, warum du so besessen von diesem Typen bist. Wenn er das wirklich getan hat, dann sollte er sich dafür verantworten."

„Aber ich habe keine Beweise."

„Woher weißt du dann, was passiert ist?"

„Es gab einen Zeugen. Einen anderen Jungen, Jamal. Er hat es mir erzählt. Aber er wollte damals nicht bei der Polizei oder beim Jugendamt aussagen. Und mir hat niemand geglaubt."

„Vielleicht würde er ja heute aussagen?"

„Halte ich für ausgeschlossen. Ich weiß nicht einmal, wie er mit Nachnamen heißt. Er wohnt schon ewig nicht mehr in Schmachthagen. Außerdem – das ist alles so viele Jahre her. Und längst verjährt. Das hat sogar Big Joe eingeräumt."

„Er hat den Missbrauch gestanden?"

„Na ja, indirekt. Ich hab mich noch nicht getraut, ihn auf Niklas anzusprechen. Er weiß nicht, dass ich sein Freund war."

Simon erzählte ihr ausführlich von seiner Begegnung mit dem Pädagogen am Tag zuvor: Die Konfrontation mit den neuen Videos, der Joint, vor allem aber die zwar allgemein gehaltenen, aber dennoch pikanten Geständnisse was die verschrobene Sexualmoral früherer Tage im Stahlhof anging.

Lauras Pupillen wanderten aufgeregt hin und her. Man konnte ihr praktisch dabei zusehen, wie sie angestrengt nachdachte und versuchte, aus all diesen verwirrenden und erschütternden Geständnissen die richten Schlüsse zu ziehen.

„Wir müssen verhindern, dass es wieder passiert. Das ist wohl alles, was wir tun können. Und das wäre trotzdem schon eine Menge", sagte sie.

„Emre", erriet Simon ihren nächsten Gedanken, was nicht besonders schwer war, kreisten doch seine seit Wochen auch schon um wenig anderes – wenn auch ohne Ergebnis.

30.

Nach meiner Rückkehr aus dem Ferienlager lief es mit Niklas so gut wie seit Langem nicht mehr. In den letzten Sommerferientagen kam er mich fast täglich besuchen.

Während mir trotz meiner mittlerweile dreizehn Jahre noch immer weder ein eigener Fernseher noch ein PC erlaubt waren, hatte er bereits im Frühjahr zu seinem elften Geburtstag von seinem Vater eine dieser damals so angesagten, tragbaren Konsolen geschenkt bekommen. Wir spielten abwechselnd hintereinander damit. Da ich keine Übung darin hatte, ging ich schnell game over und seine Spielzeiten waren deutlich länger. Das machte mir nichts aus, im Gegenteil, ich genoss es, ihn so still und konzentriert ganz nah bei mir zu haben.

Ich tat so, als würde ich seine Geschicklichkeit bewundern, aufmerksam das Spielgeschehen auf dem Display verfolgen, doch stattdessen musterte ich ihn heimlich. Hin und wieder beugte ich mich hinter seinem Rücken über seinen Kopf und schnupperte unbemerkt an seinen Locken, die nach fruchtigem Kindershampoo und einer leichten Note Tabak seiner Mutter rochen – eine Duftmischung, die mir seltsamerweise sogar gefiel, wie eigentlich alles an ihm. Beiläufig, scheinbar zufällig berührten sich unsere Körper und wenn er ein Level schaffte, einen Gegner besiegte, umarmte ich ihn zum Glückwunsch überschwänglich, was er sogar zuließ.

Wir sprachen nicht darüber, aber ich redete mir ein, er habe mich während meiner Zeit im Ferienlager genauso vermisst wie ich ihn und sei deswegen nun wieder anhänglicher. Doch dann erfuhr ich, dass es noch einen anderen, vermutlich gewichtigeren Grund gab für seine häufigen Besuche: Zuhause lief es wieder schlechter.

Während ich gerade zum x-ten Mal kläglich daran scheiterte, das erste Level eines Adventurespiels heil zu überstehen (Niklas hatte bereits aufgegeben, mir Tipps geben zu wollen), begann er unvermittelt, von seiner Mutter zu erzählen.

„Sie nimmt ziemlich viele Pillen. Und manchmal kommt sie den ganzen Tag nicht aus dem Bett."

„Muss sie wieder in die Klinik?"

Ich wusste, dass es falsch war und schämte mich dafür, aber ich hoffte, er würde ja sagen. Denn das würde bedeuten, dass es eine Chance gab, Niklas erneut in unsere Obhut zu holen, ihn rund um die Uhr bei mir zu haben.

„Nein. So schlimm ist es nicht. Außerdem, ich bin jetzt schon groß, ich kann mich um sie kümmern." Plötzlich wechselte er die Tonlage und fügte fast ein wenig weinerlich hinzu: „Versprich mir, dass du deinen Eltern nichts sagst!"

„Warum denn?" Ich war gekränkt. Vertraute er mir nicht? Hatte er meine Hintergedanken erraten – und fand die Aussicht, wieder zu uns zu ziehen, anders als ich etwa gar nicht erstrebenswert?

„Versprich es mir!"

„Okay, ich sag ihnen nichts."

„Du musst es schwören."

Ich schwor, doch in Gedanken kreuzte ich die Finger und redete mir ein, es zu seinem und dem Wohl seiner Mutter zu tun.

Noch schneller als üblich verlor ich mein letztes Leben und gab das Gerät an ihn zurück. Während er auf der Jagd nach neuen Highscores war, konnte ich nicht anders, als ihn doch noch einmal anzusprechen.

„Fändest du es nicht gut, wenn du wieder bei uns wohnen würdest?"

„Doch, klar", sagte er, ohne besonders überzeugend zu klingen. „Aber meine Mama braucht mich."

„Verstehe", erwiderte ich, auch wenn das nicht stimmte. Ich verstand gar nichts. Doch ich stellte keine weiteren Fragen.

Das war eines der wenigen ernsthaften Gespräche, die wir in jener Zeit miteinander führten. In den kurzen Momenten, in denen wir mal nicht mit Videospielen beschäftigt waren, flachsten wir meist bloß herum, lieferten uns Kissenschlachten und erzählten uns ebenso versaute wie saublöde Witze von Fritzchen im Gebüsch und nackten Blondinen, von denen er trotz meiner im Ferienlager erworbenen Erotik-Kenntnisse über ein größeres Repertoire als ich verfügte.

Ausgerechnet zu diesem Thema stellte er mir dann doch noch einmal ernstgemeinte Fragen.

„Waren da auch Mädchen im Ferienlager?"

„Ja, klar."

„Fandst du eine gut?"

Ich zuckte nur mit den Schultern. Auf der einen Seite war es spannend, dass er so etwas ansprach, aber auf der anderen machte es mich auch ziemlich nervös.

„Hatten die schon Brüste?"

„Die waren dreizehn, so wie ich. Oder noch älter, zum Teil. Klar hatten die schon alle einen mehr oder weniger großen Busen." Ich versuchte krampfhaft, nicht zu erröten.

„So wie die Neue von meinem Vater. Die hat richtig große Möpse."

Es war erregend, aber irgendwie auch verstörend für mich, wenn jemand wie Niklas, der nach außen hin noch immer ein dermaßen süßer, kleiner Junge war, so sprach.

„Willst du mal was Krasses sehen?"

Eigentlich hatte ich mir geschworen, dass niemals jemand von der geheimen Pornosammlung, die mir meine Ferienbekanntschaft René vermacht hatte, erfahren durfte. Doch die Art und Weise wie er Ja sagte, bestärkte mich darin, es zu wagen. Er hatte keinen Augenblick gezögert. Ich wusste, dass er es wollte und dass er in der Lage sein würde, mein Geheimnis zu bewahren. Das konnte nicht mehr nur kindliche Neugierde sein, was da in ihm aufkeimte. Es musste sexuelles Verlangen sein. Ich bemerkte, wie ich eine Erektion bekam.

Wie üblich ohne anzuklopfen betrat meine Mutter das Zimmer. Wäre sie eine halbe Minute später gekommen, sie hätte uns mit Schmuddelheften auf dem Schoß erwischt. Eine unerträgliche Vorstellung.

„Es wird langsam Essenszeit. Wie wäre es mit Fischstäbchen, Jungs?", fragte sie, und an Niklas gerichtet: „Du bleibst doch noch, oder?"

Dafür, dass Niklas eigentlich Fischstäbchen liebte, überlegte er ziemlich lang, bis er schließlich zustimmte.

Kaum waren wir wieder allein, forderte er mich auf, ihm zu zeigen, was ich ihm angekündigt hatte.

„Nein, nicht jetzt", sagte ich. Nicht nur, dass meine Mutter jeden Augenblick wiederkommen konnte, zum Beispiel, um uns zu bitten, den Tisch zu decken. Ich wollte diesen Trumpf auch nicht zu schnell ausspielen, zwischen Tür und Angel, sondern wollte es auskosten, dass es etwas gab, das ich ihm mutmaßlich Voraus hatte – ein verruchtes Geheimnis in meinem ansonsten so viel braveren, langweiligeren Leben.

„Dann aber gleich nach dem Essen?"

Ich dachte an das, was im Ferienlager passiert war und vor allem, wann es passiert war, und da hatte ich eine Idee: „Nur, wenn du deine Mutter anrufst und fragst, ob du heute bei uns übernachten darfst."

Wieder schien er ernsthaft abzuwägen, was verlockender wahr: die Aussicht darauf, ein nächtliches Geheimnis mit mir zu teilen oder einen weiteren Abend seiner labilen Mutter beizustehen.

Zum Glück siegte die Neugierde, und ebenfalls zu meinem Glück hatten weder meine noch seine Mutter Einwände. Sie sagten beide sofort zu, was mich vor allem bei Niklas' Mutter wunderte. Offenbar hing sie weniger an ihm als er an ihr, was seine Loyalität für mich nur noch unerklärlicher machte.

Zum ersten Mal seit Ewigkeiten hatte ich es eilig, ins Bett zu kommen. Noch waren Ferien, wir hätten also ruhig ein wenig länger aufbleiben können, aber ich gähnte übertrieben und täuschte Müdigkeit vor. Niklas hatte meine Schauspieleinlage offenbar durchschaut, denn er warf mir ein verschwörerisches Zwinkern zu, das meine Aufregung und Vorfreude nur noch vergrößerte.

Wir sagten meinen Eltern gute Nacht, putzten uns die Zähne – Niklas besaß noch immer eine Zahnbürste bei uns, auch wenn er sie lang nicht mehr benutzt hatte – und ich lieh ihm ein T-Shirt, das wegen des milden Spätsommers als Pyjama-Ersatz völlig ausreichend war. Da ich mittlerweile einen Wachstumsschub hingelegt hatte, war es meinem rund zwei Jahre jüngeren Freund viel zu groß. Er tat so, als wäre es ein Kleid und hüpfte herumalbernd auf der Gästematratze umher, die meine Mutter für ihn bezogen und neben mein Bett auf den Boden gelegt hatte. Wir lachten beide.

„Also, was wolltest du mir nun zeigen?", fragte er endlich.

Verschwörerisch vergewisserte ich mich, dass es im Flur ruhig war und wir nicht mit einer erneuten Störung durch meine Mutter zu rechnen hatten, bevor ich die Hefte aus dem Versteck unter meinen alten Spielsachen ganz hinten im Schrank hervorholte.

Zu meinem großen Bedauern zeigte er sich wenig beeindruckt. „Da hab ich auf Jamals Computer schon ganz andere Sachen gesehen."

Der Name des anderen Jungen versetzte mir ein Stich ins Herz.

„Habt ihr auch gewichst?", fragte ich.

„Spinnst du? Wir sind doch nicht schwul!"

Obwohl ich mich doch eigentlich ertappt und bloßgestellt von dieser Reaktion fühlen sollte, so war ich doch erleichtert, dass er eine derartige Nähe zwischen Jamal und ihm so entschieden zurückwies.

„Das hat doch nichts mit Schwulsein zu tun. Du weißt doch bestimmt nicht einmal, was Wichsen überhaupt ist, oder?"

Zumindest hatte ich davon in seinem Alter, ja selbst vor ein paar Wochen noch keine Ahnung gehabt.

Er erwiderte nichts, was mich glauben ließ, dass ich mit meiner Unterstellung richtig lag.

„Soll ich's dir erklären?"

„Ich weiß, was ein Wichser ist."

Ich schmunzelte. Er war, Pornos und versaute Witze hin oder her, wirklich noch so unschuldig wie ich geglaubt, ja gehofft hatte.

„Ein Wichser sein und zu wichsen sind zwei völlig unterschiedliche Dinge. Das eine ist eine doofe Beleidigung und das andere ist etwas ganz Normales, das alle Jungs ab einem gewissen Alter heimlich machen. Wenn du willst, zeig ich es dir."

Ich fühlte mich so ungemein erwachsen, so verwegen und mutig wie noch nie. Umso größer war die Enttäuschung, als Niklas den Kopf schüttelte.

„Warum denn nicht?"

„Weiß nicht. Ist irgendwie eklig."

„Quatsch. Es macht Spaß, glaub mir. Hast du einen stehen?"

Wieder schüttelte er mit dem Kopf. Er sah mich aber dabei nicht an. Ich redete mir ein, bloß den ersten Schritt machen zu müssen, damit er sich auch traute.

„Also ich schon." Ich schob meine Bettdecke beiseite und zeigte auf die kleine Beule in meiner Boxershorts. Er sah hin, aber nur kurz.

„Zeig du auch mal", forderte ich ihn auf. Wieder erntete ich bloß ein Kopfschütteln. Ich dachte daran, wie René im Ferienlager mir diese Frage zum ersten Mal gestellt hatte und auch ich noch zu genant gewesen war, um meine Erregung zuzugeben oder gar zu zeigen. Zum Glück war er hartnäckig geblieben und hatte mich doch noch in die hohe Kunst der Selbstbefriedigung eingeweiht, die mir seither beinahe täglich neue Höhepunkte verschaffte.

„Na gut." Ich deckte mich wieder zu. „Wir können es auch erstmal unter der Bettdecke machen. Schau auf meine Hand: Du nimmst ihn zwischen Daumen und Zeigefinger, und dann machst du so." Ich führte ihm die entsprechende Bewegung in der Luft vor, doch Niklas sah höchstens aus den Augenwinkeln hin, was mich wütend machte. Beim Klettern und Toben, wenn es galt, sich mit anderen Kindern anzulegen oder selbst in Sachen frühreifer Sprüche sowie Mädchenschwärmereien war er doch immer viel mutiger, erwachsener und frecher als ich gewesen. Es war kaum zu glauben, dass

er sich jetzt so anstellte. Ich war mir nahezu sicher, dass ihn unser Gespräch und die Bilder in den noch immer aufgeschlagen herumliegenden Heften genauso erregten wie mich. Übermütig beugte ich mich hinab zu ihm und zog und zupfte an seiner Bettdecke, um den Beweis dafür zu erhalten, doch er klemmte sie fest zwischen seine Beine und wehrte sich vehement, was die Sache für mich nur noch eindeutiger und spannender machte.

„Jetzt stell dich doch nicht so an, du bist doch kein Baby mehr! Ich wette, dass du schon längst einen Steifen hast.“

„Hab ich gar nicht! Lass mich in Ruhe!“, schrie er.

Erschrocken von seiner Lautstärke und Entschlossenheit ließ ich von ihm ab, ermahnte ihn, still zu sein, doch es war schon zu spät: Die Tür flog auf. Es war mein Vater. Verzweifelt versuchte ich, mich auf die Magazine zu stürzen, doch er hatte sie längst gesehen.

„Was ist denn hier los?“

Er machte einen großen Schritt auf uns zu und schon stand er direkt neben unseren Betten, schob meinen Arm, den ich zur völlig ungenügenden Tarnung eilig über die Pornohefte gelegt hatte, recht unsanft beiseite und nahm das oberste in die Hand.

„Wem gehören die?“

„Ihm“, sagte Niklas ohne zu zögern und zeigte auf mich.

„Stimmt das, Simon?“

Er sah mich nicht mit seinem üblichen, nachsichtigen Vater-Blick an, sondern genauso vernichtend, wie er seine Schüler ansah, wenn er sie daran erinnern wollte, wer von ihnen die unumstrittene Autoritätsperson war und wer nur der erbärmliche Wurm.

„Nein, das stimmt nicht! Er hat sie mitgebracht. Sie sind von seinem Freund, diesem ekligen Jamal.“

Ich wollte nicht der erbärmliche Wurm sein. Auch wenn ich mich genau so verhielt.

30.

Simon erinnerte Laura daran, dass er bereits mehrfach versucht hatte, etwas aus Emre herauszubekommen – vergeblich.

„Verständlicherweise mauert er, wird dir wohl nichts erzählen. Womöglich kommen wir aber anders an ihn ran. Du hast mir doch von seinem Bruder erzählt, diesem Cem, der sich mit Big Joe angelegt hat. Vielleicht ging es um Emre und er hat etwas geahnt. Vielleicht war er es sogar, der die Videos geklaut und ins Netz gestellt hat!"

Er schüttelte mit dem Kopf. „Die Videos sind mir mittlerweile echt egal. Das ist eine tote Spur. Selbst wenn man Big Joe wegen Datenschutzverstößen und Drogenmissbrauchs aus dem Stahlhof jagen kann – dann wüsste noch immer niemand, wozu er wirklich fähig ist. Was er Niklas angetan hat. Und mit Sicherheit auch Emre. Niemand würde uns glauben. Er wäre immer noch für viele Kult, vielleicht sogar mehr als vorher und könnte immer noch kleine Jungs um den Finger wickeln, wenn er wollte."

Laura pflichtete Simon bei, beharrte aber darauf, dass Cem dennoch der Schlüssel zu allem sein könnte. „Wir müssen ihn dazu bringen, dass er mit seinem Bruder redet. Nur wenn Emre sein Schweigen bricht und gegen Big Joe aussagt, können wir sein Treiben stoppen."

„Und wie sollen wir das machen?"

„Wir schreiben ihn an. Du bist doch sicherlich online mit Emre befreundet."

„Auf so ziemlich allen Plattformen die es gibt, Mike sei Dank."

„Gut." Laura ging zum PC. „Ist der an? Darf ich?"

Simon hatte kaum Ja gesagt, da bewegte sie die Maus bereits und erwachte den Rechner aus dem Ruhezustand.

„Oh, eine Hausarbeit. Halte ich dich vom Studieren ab?"

„Macht nichts, das ist wichtiger." Eine Untertreibung. Die Sache mit Niklas und Big Joe war nicht bloß wichtiger als die Uni – es war, wenn man es nüchtern betrachtete, der einzige Grund, weshalb er dieses Studium überhaupt begonnen hatte.

Es dauerte keine halbe Minute, da hatte Laura Emre und über seiner Freundesliste auch Cem gefunden. „Er scheint online zu sein. Was sollen wir schreiben?"

Das war wohl eher eine rhetorische Frage, denn sie tippte bereits. Doch plötzlich hielt sie inne. „Oh, er hat gerade was gepostet. Seinen Standort geteilt, um genau zu sein. Kennst du das *Alibaba*?"

Simon erklärte Laura, was das *Alibaba* war: Offiziell eine Sportsbar, tatsächlich aber ein maximal halblegales Wettbüro und ein beliebter Treffpunkt für halbstarke bis halbseidene Gestalten aller Art. Es befand sich im Einkaufszentrum in Schmachthagen, dort wo früher einmal die Spielhalle gewesen war, vor der sich Niklas und Simon schon als Kinder die Nasen plattgedrückt und sehnsüchtig auf die ihnen verbotenen, verheißungsvoll blickenden und tutenden Spielautomaten geschaut hatten.

„Dann nichts wie hin! So etwas klärt man besser persönlich", sagte sie.

„Willst du das wirklich?"

„Ich lass dich doch jetzt nicht allein. Das ziehen wir zusammen durch. Oder nerve ich dich?"

Das tat Laura natürlich nicht. Ganz im Gegenteil. Er war froh, dass sie das Zepter in die Hand genommen hatte. Mit Jungs wie Mike wurde er ja mittlerweile fertig, aber glaubte man seinen und Emres Schilderungen, dann war der aufsässige und um ein paar Jahre ältere Cem noch ein ganz anderes Kaliber.

Das Einkaufszentrum war wie üblich fast ausgestorben. Mindestens die Hälfte der Fläche stand mittlerweile leer, die anderen Lokale waren fast ausschließlich mit Ramschläden, Handyshops, Billig-Frisören und Schnell-Imbissen belegt. Jeder, der in Schmachthagen etwas auf sich hielt, fuhr zum Einkaufen ins beschauliche Ginsterfelde oder zumindest zu den modernen Discountern und großflächigen Verbrauchermärkten im Gewerbegebiet. Es gab noch nicht einmal mehr den Visitenkartenautomaten, an dem alles begonnen hatte, auch wenn ein solch aus der Zeit gefallenes Gerät durchaus in das völlig veraltete Center gepasst hätte. Auch der Kioskbetreiber, bei dem Simon einst unverschuldet Hausverbot bekommen hatte, war mittlerweile in Rente gegangen, ein persischer Goldankäufer hatte seinen Platz eingenommen.

Im *Alibaba* liefen mehr Fernseher als Gäste anwesend waren. In jeder Ecke stand mindestens ein Gerät, von Fußball über Motorsport bis hin zu Pferderennen wurde so ziemlich alles übertragen. Es waren nur zwei der etwa zehn schmucklosen Plastiktische besetzt. An einem saß ein bärtiger, Tee trinkender und in eine lange Liste mit Quoten vertiefter Mann. Am anderen drei Jungs im Alter von etwa sechzehn Jahren, die gelangweilt mit ihren Mobiltelefonen herumspielten und eine Shisha umhergingen ließen. Als Laura den Laden betrat, sahen sie fast gleichzeitig auf.

„Hey Süße, setz dich zu uns", sagte einer davon, ohne Simon auch nur eines Blickes zu würdigen.

„Aber dein Freund soll sich verpissen, das ist keine Gaybar hier", sagte der Junge rechts von ihm. Dem Profibild nach musste das Cem sein – ausgerechnet.

„Ach ja, wenn man euch hier so sieht, könnte man fast was anderes glauben", entgegnete Laura.

Cem wollte etwas erwidern, doch sie ließ ihn nicht zu Wort kommen. „Spar dir die Sprüche. Wir müssen mit dir reden. Und zwar nur mit dir. Es ist wichtig, es geht um deinen kleinen Bruder."

„Das sind meine Cousins. Wenn du und dein Homo mir was zu sagen haben, dann macht es einfach."

Simon spürte, dass es an der Zeit war, auch mal das Wort zu ergreifen, wenn er nicht wirklich wie der größte Schwächling dastehen wollte. Er besann sich darauf, wie mutig er bei Big Joe gewesen war – eine mit Sicherheit noch größere Nummer als diese drei Halbstarken.

„Wir wissen, warum du bei Big Joe rausgeflogen bist."

„Das weiß doch jeder. Weil Big Joe ein Hurensohn ist", meldete sich der Dritte im Bunde erstmalig zu Wort. Die anderen beiden lachten.

„Hat es nicht eher hiermit zu tun, Cem? Oder soll ich dich lieber SchmachtiStyler69 nennen?" Laura holte ihr Smartphone hervor und setzte damit den großen Bluff fort – mal wieder mussten die eigentlich längst aufgegebenen Videos als Brechstange, als wenig eleganter Türöffner dienen.

„Na und, was ist damit? Kennt doch jeder, die Stahlhof-Schlampe. Was kann ich dafür, wenn die mit jedem rummacht."

„Ja, genau, was kann er dafür, wenn seine Ex ‚ne Schlampe ist", sagte einer der Cousins.

Simon ärgerte sich, dass sie nicht längst darauf gekommen waren, diese Verbindung zu überprüfen, schließlich hatte Mike sogar schon einmal erwähnt, dass Cem und das Mädchen auf dem Video Klassenkameraden waren. „Aha, alles klar. Und das Video online zu stellen, das war deine Rache an ihr", schlussfolgerte er.

„Und wenn schon. Du kannst mir gar nix deswegen."

„Dann schau dir mal das an." Laura rief eines der anderen, vermeintlich gelöschten Filmchen auf, in dem man Big Joe und seine Gäste beim exzessiven Feiern sah – allerdings keinen der drei Jungs. „Das richtet sich doch wohl kaum gegen deine Ex-Freundin, sondern eher gegen deinen Ex-Boss, oder?"

Cem sah sich das Video aufmerksamer als das vorherige an und konnte trotz aller aufgesetzter Coolness nicht verhindern, dass man ihm seine Überraschung und Verunsicherung ansah. Laura und Simon wechselten einen Blick. Volltreffer!

„Na, da staunst du, dass wir das gefunden haben! Hast du die Videos mit Absicht nicht richtig gelöscht? Wolltest dich wohl doch nicht ganz auf Big Joes Forderungen einlassen", mutmaßte Simon.

„Mann, Digger, was laberst du. Ich hab mit dem Scheiß nix zu tun."

„Hör zu, diese Videos interessieren uns eigentlich gar nicht. Wie gesagt, es geht uns nur um deinen Bruder", sagte Laura.

„Was soll mit ihm sein?"

„Weißt du das wirklich nicht? War das nicht auch ein Grund, weshalb du dich mit dem Boss gestritten hast?", hakte sie nach.

„Ey, sprich mal Deutsch mit mir. Was ist jetzt mit Emre?"

Cems Ahnungslosigkeit wirkte nicht einmal gespielt. Ihre Theorie war also zumindest in diesem zentralen Punkt falsch.

„Also, das ist ein sehr ernstes Thema und wir würden das wirklich lieber gern mit dir…"

„Big Joe hat Emre missbraucht", unterbrach Simon seine Freundin, die ihm sofort einen vorwurfsvollen Blick zuwarf.

Eine Zeit lang sagte niemand etwas. Der alte Mann zwei Tische weiter sah kurz von seinen Listen auf, aber es war nicht ganz klar, ob es an Simons drastischen Worten lag oder weil auf irgendeinem der Bildschirme ein Tor gefallen war. Der einzige Angestellte im ganzen Café saß weiterhin stumm und unbeteiligt an seinem PC hinter dem Tresen. An der Decke surrte ein Ventilator, obwohl es überhaupt nicht besonders warm war, und eine der Neonröhren, mit denen der bis auf die schmale Glastür im Eingangsbereich fensterlose Raum beleuchtet war, flackerte.

Dann begann Cem heftig mit dem Kopf zu schütteln. „Das kann nicht sein. Das hätte Emre mir erzählt. Ich bin sein großer Bruder. Das hätte er mir erzählt." Es klang beschwörend, so als würde er gern an seine eigenen Worte glauben, aber der Zweifel stand ihm ins Gesicht geschrieben.

„Dieser Hurensohn, dieser Kinderficker, ich hab euch doch schon immer gesagt, der ist pervers, oder?", sagte einer von seinen Begleitern, doch niemand ging darauf ein.

„Woher willst du das eigentlich wissen? Hat Emre dir das etwa erzählt?", richtete sich Cem an Simon.

„Nein, aber glaub mir, ich weiß es. Er hat dasselbe mit einem Freund von mir getan, vor vielen Jahren."

„Na ja, es gibt keine Beweise, doch der Verdacht steht im Raum und ist ernst zu nehmen", schaltete sich Laura ein. „Wir sollten jetzt aber nichts überstürzen und in Ruhe überlegen, wie wir mit der Situation…"

Diesmal war es Cem, der sie nicht ausreden ließ.

„Ich schwör, ich bring das Schwein um!"

32.

„Du dreckiger Lügner!", schrie er.

„Selber Lügner", erwiderte ich, aber leiser.

„Aufhören! Beide! Sofort!"

Mein Vater hatte jetzt endgültig in den Lehrer-Modus umgeschaltet. Er behauptete, wir seien gleichermaßen verantwortlich und noch viel zu jung für solche Sachen, weswegen er die Hefte umgehend konfiszieren und vernichten würde. Die schlimme Lüge war sinnlos gewesen, wir hatten beide seinen Zorn abgekommen.

Dennoch gab es jetzt kein Zurück mehr, ich blieb bei meiner Version. Auch als meine Mutter hinzukam, die zwar angewidert die Hefte betrachtete, uns aber zum Glück etwas weniger streng als mein Vater anging. „Egal von wem die sind – solche Pornografie ist immer frauenverachtend und hat nichts mit echter Liebe und selbstbestimmter Sexualität zu tun. Ich kann euch gern mal ein paar gute Aufklärungsbücher mitbringen, in denen ihr wirklich etwas über euren Körper und vor allem über Mädchen und deren Wünsche lernen könnt", schwadronierte sie.

Ich wäre am liebsten vor Scham im Boden versunken und Niklas hielt sich sogar die Ohren zu.

„Ich will nach Hause", sagte er.

„Niklas, es ist schon spät. Was ihr euch da angeschaut habt, ist nicht gut, aber wir machen jetzt keine große Sache draus, in Ordnung? Wir entspannen uns jetzt alle wieder und gehen schlafen und morgen reden wir in Ruhe noch mal darüber."

„Ich möchte nicht darüber reden. Ich möchte jetzt nach Hause."

„Wir haben deiner Mutter zugesagt, dass du heute Nacht bei uns bleibst. Willst du sie etwa jetzt noch belästigen und mit eurem kindischen Verhalten in Aufruhr versetzen?", schaltete sich mein Vater ein. Niklas quengelte noch ein wenig, doch schon nicht mehr ganz so entschlossen. Das Argument mit dem Wohl seiner Mutter hatte seine Wirkung nicht verfehlt.

Kaum waren sie samt meiner kostbaren Sammlung endlich gegangen, drehte Niklas mir den Rücken zu und rutschte auf seiner Matratze soweit wie möglich von mir weg.

Mein schlechtes Gewissen pochte lauter und schneller als mein Herz.

„Niklas, es tut mir leid. Ich musste es sagen. Auf dich sind sie nie so sauer wie auf mich, weil ich der Ältere bin und das eigene Kind, das verstehst du doch, oder? Er hätte mich umgebracht, wenn ich zugegeben hätte, dass die von mir sind."

Ich glaubte selbst nur so halb an das, was ich da sagte und von daher war es nicht verwunderlich, dass er keinerlei Reaktion zeigte.

Darauf schwieg auch ich und dachte eine ganze Zeit lang nach, zunehmend verzweifelt. Was war ich doch bloß für ein Idiot. Er war mein einziger Freund, der Mensch, der mir neben meinen Eltern auf dieser Welt am meisten bedeutete, und ich war drauf und dran, es mir mit ihm zu verscherzen. Eine stille Träne lief mir die Wange hinunter.

„Das mit der Decke tut mir auch leid", sagte ich schließlich. Ich flüsterte, doch konnte nicht vermeiden, selbst dabei weinerlich zu klingen. „Bitte verzeih mir!" In meiner Rolle als großer Freund hatte ich einmal mehr kläglich

versagt.

Wieder erhielt ich keine Antwort. Stattdessen hörte ich bald darauf Niklas gleichmäßiges, mir vor allem von Teneriffa noch so vertrautes Atmen. Er war tatsächlich eingeschlafen.

Ich machte die Augen zu und versuchte auch einzuschlafen. Doch meine endlos kreisenden Gedanken ließen mich nicht zur Ruhe kommen.

Niklas schien zwar weiterhin zu schlafen, aber ebenfalls keine Ruhe zu finden, denn er wälzte sich oft hin und her und gab einmal sogar einen seltsamen Laut von sich, der wie eine Mischung aus Seufzer und Stöhnen klang. Vermutlich quälte ihn gerade ein Albtraum.

Ich überlegte, ob ihn ihn wecken und daraus befreien sollte, aber er würde meinen Trost in dieser Nacht wohl kaum annehmen. Dennoch machte ich meine Nachttischlampe an. Als kleines Kind hatte es mich immer beruhigt, wenn meine Eltern nachts das Licht brennen ließen, da ich mir eingebildet hatte, es würde die bösen Geister von meinen Träumen fernhalten.

Es war das erste Mal seit dem Vorfall auf den Kanaren vor beinahe einem Jahr, dass ich ihn beim Schlafen beobachtete. Anders als damals waren seine Gesichtszüge nicht friedlich, sondern verkniffen. Dennoch war er wunderschön.

In meinem kleinen Zimmer war die Luft stickig und verbraucht, er schwitzte. Die Decke, die er vor kurzer Zeit noch so fest umklammert hatte, bedeckte ihn kaum noch und lag zur Hälfte auf dem Boden neben ihm.

Wieder bewegte sich Niklas, drehte sich von der Seite auf den Rücken, wand seine Beine hin und her, als würde er im Schlaf davonlaufen wollen und streckte sich anschließend, indem er die Arme weit nach hinten zog. Dabei rutschte das lange Shirt gerade weit genug nach oben, dass ich seine Unterhose sehen konnte. Schnell blickte ich zur Seite, da ich damit rechnete, er wäre aufgewacht, doch als ich wieder hinsah, waren seine Augen noch immer fest geschlossen. Seine Gesichtszüge hatten sich entspannt. Vielleicht war der Albtraum nun vorüber, er den Monstern noch einmal entkommen.

Wie von einer höheren Macht ferngesteuert wanderte mein Blick von seinem Gesicht erneut hinab. Ich hatte Niklas in all den Jahren noch nie nackt gesehen. Wir beide achteten seit jeher beim Umziehen sehr penibel darauf, dass wir uns nicht voreinander entblößten.

Bestimmt hatte er dort unten anders als ich noch kein einziges Haar. Er war in jeder Hinsicht noch so unschuldig, so rein, so schön. Er konnte noch so viele schweinische Schimpfwörter sagen oder Pornos ansehen, er war trotzdem nicht ansatzweise so verdorben wie ich. Ohne es zu wollen bekam ich erneut eine Erektion.

Konnte das vielleicht die Liebe sein, von der meine Mutter gesprochen hatte, die echte? Wenn man sich nicht nur an einem Foto, einer Fantasie ergötzte, sondern wenn man jemanden wirklich begehrte?

Ich verspürte ein beinahe zwanghaftes Verlangen, ihn zu berühren, doch nach den Erfahrungen auf den Kanaren konnte mein Verstand mich gerade noch daran hindern. Auf keinen Fall wollte ich in dieser Nacht ein weiteres Mal seine Zurückweisung, ja gar seine Verachtung ertragen müssen.

Stattdessen begann ich, mich selbst zu berühren, so wie ich es von René gelernt und Niklas hatte beibringen wollen. Es fühlte sich noch verbotener und dennoch wundervoll an, dabei anstelle von irgendwelchen Fotos mit Erwachsenen beim Sex den kleinen, zarten Körper meines jungen Freundes und die winzige Wölbung in seiner mit bunten Fußbällen verzierten Unterhose zu betrachten.

Mit zunehmender Lust und Intensität wurde mir immer wärmer, so dass ich mich auch von meiner Decke befreite und schließlich sogar mein Shirt hoch und meine Unterhose hinunter schob. Das Licht ließ ich an. Die Vorstellung, dass er jederzeit die Augen öffnen und mich in flagranti erwischen könnte, ließ mich vor Angst und Erregung gleichermaßen erzittern.

Er schien jedoch mittlerweile eine tiefere Schlafphase erreicht zu haben, denn bis auf das gleichmäßige Auf und Ab seines Brustkorbs bewegte er sich nicht mehr. Ich wurde mutiger und rutschte über meine Bettkante hinaus in seine Richtung, beugte mich so nah wie möglich über ihn, jedoch ohne ihn zu berühren. Sein nur durch ein kleines Stück Stoff verhülltes Geschlecht war nun weniger Zentimeter unter meinem, das ich immer schneller bearbeitete.

Bis ich mich zum ersten Mal in meinem Leben wirklich entlud. Ich hatte davon gehört, es auf Bildern gesehen, aber nicht für möglich gehalten, dass auch ich bereits dazu in der Lage war.

Schnell packte ich alles wieder ein, doch es war zu spät, ein großer, feuchter, weißer Fleck prangte auf Niklas Unterhose. Eine Woge aus Scham und Angst überflutete mich. Es erschien mir zu viel, um zu verdunsten, zu offensichtlich, um am nächsten Morgen von ihm unbemerkt zu bleiben, also machte ich einen fatalen Fehler: Ich berührte ihn doch. An seiner intimsten Stelle. Und das nicht einmal mehr aus Erregung, sondern aus purer Verzweiflung, indem ich versuchte, mit den Fingern diese seltsame, ekelhafte Flüssigkeit wegzuwischen.

Doch kaum hatte ich ihn auch nur flüchtig berührt, fuhr er hoch, als wäre er jetzt erst aus dem wahren Albtraum erwacht. Ich erschreckte mich so sehr, dass ich, noch immer weit nach vorn gelehnt, aus meinem Bett fiel – hinab direkt auf ihn und seine auf dem Boden liegende Matratze. Brüsk schob er mich beiseite.

Ich betete, dass er es nicht bemerkt hatte, doch dann sah ich bereits, wie er angewidert etwas betrachtete, das an seinen Fingern klebte.

Er war doch noch so jung. Er wusste doch eigentlich noch gar nichts. Und dennoch sah er mich voller Abscheu an.

„Das war ich nicht!", brachte ich hilflos hervor.

Ohne ein Wort zu sagen, wischte er erst seine Hand, dann seine Unterhose an der Bettdecke ab. Anschließend stand er auf, nahm seine Shorts und sein Hemd von der Lehne meines Schreibtischstuhls und ging in Richtung der Tür.

„Niklas, warte, bitte!", rief ich, in einer Mischung aus weinerlichem Flüstern und unterdrücktem Verzweiflungsschrei.

Ich war jetzt auch aufgestanden und ihm gefolgt. Er drehte sich tatsächlich noch einmal um, noch immer wortlos. Gab er mir vielleicht doch noch eine Chance?

Zaghaft streckte ich die Hand in seine Richtung aus. Auch ich war nicht mehr in der Lage zu sprechen. Er musste doch spüren, dass ich ihm nichts Böses wollte. Dass ich ihn liebte, es ein Versehen, ein Unfall war.

Doch er stieß meine Hand weg. „Fass mich nicht an", zischte er. „Ich geh jetzt und komm nie wieder."

Unmöglich durfte ich das zulassen. Ich griff nach seinem Arm, doch als ich ihn festhalten wollte, traf mich etwas Feuchtes im Gesicht und ich ließ ihn abrupt los.

Mein bester Freund, meine erste Liebe – hatte mich angespuckt. Er verließ mich. Und, was noch schlimmer war, ich hatte es mir selbst zuzuschreiben.

Ich weinte die ganze Nacht. Erst in den Morgenstunden, als es bereits wieder hell wurde, beruhigte ich mich ein wenig. Vielleicht war doch noch nicht alles verloren, vielleicht würde er mir verzeihen. Ich fiel in einen kurzen, unruhigen Schlaf, bis mich meine Mutter irgendwann weckte, weil das Frühstück fertig war.

Als sie Niklas' Fehlen feststellte, erzählte ich ihr, er habe sich mitten in der Nacht davongeschlichen vor Heimweh. Sofort rief sie bei seiner Mutter an. Es dauerte ewig, bis jemand ans Telefon ging, doch dann war das Gespräch schnell beendet.

„Er ist gut angekommen. Aber seine Mutter war irgendwie seltsam."

„Das ist sie doch immer", sagte ich.

„Was ist heute Nacht passiert? Du siehst völlig fertig aus, Simon. Habt ihr euch gestritten? Ging es um diese schmuddeligen Hefte? Papa und ich, wir sind euch deswegen nicht mehr böse. Das ist wohl leider normal, dass ihr jetzt langsam in das Alter für so etwas kommt."

„Das hat damit gar nichts zu tun", beeilte ich mich festzustellen.

„Womit dann?", mischte sich mein Vater in das Gespräch ein.

Zum Glück hatte ich lang genug wachgelegen, um mir eine Geschichte zurechtzulegen. Es war eine, die auf wahren Tatsachen beruhte, aber von Aussparungen und Verdrehungen geprägt war: Ich erzählte ihr davon, wie er mir gestanden hatte, dass es seiner Mutter wieder schlechter ging. Dass zu befürchten stand, sie habe einen Rückfall in ihrer Tablettensucht erlitten. Und dass er von mir verlangt hatte, es niemandem zu erzählen, doch weil ich mich so sehr sorgte und als der Ältere schließlich eine Verantwortung hätte, habe ich ihm dieses Versprechen nicht geben können, woraufhin er wutentbrannt nach Hause gegangen sei.

Zur Verteidigung meiner Ehre sei gesagt, dass ich das anschließende Lob meiner Mutter bezüglich meiner Reife und die Versicherung meines Vaters, das Richtige getan zu haben, nicht genießen konnte.

Noch am selben Tag telefonierte meine Mutter mit dem Jugendamt. Auch dieses Telefonat dauerte nicht allzu lang, doch sie führte es im Arbeitszimmer bei geschlossener Tür, so dass ich nichts vom Inhalt mitbekam.

„Was wird jetzt passieren?", fragte ich.

„Das weiß ich nicht, Schatz. Ich weiß es wirklich nicht."

Ich wusste, dass wir beide die gleiche Hoffnung hatten, auch wenn wir sie nicht aussprachen.

33.

„Was um alles in der Welt sollte das denn, Simon?"

So wütend und aufgebracht hatte er seine sonst stets um Besonnenheit bemühte Freundin noch nie erlebt.

„Beruhig' dich! Zum Stahlhof hätte er den anderen Ausgang nehmen müssen. Cem ist da lang gerannt, also vermutlich nach Hause."

„Ach ja, macht es das besser, wenn er erst ein Missbrauchsgeständnis aus seinem Bruder rausprügelt und danach Big Joe umbringt?"

Ohne ein genaues Ziel vor Augen verließen sie das Einkaufszentrum. Die beiden anderen Jungs waren wieder ins *Alibaba* zurückgegangen, Cem hatte seine Cousins ebenso wie Simon und Laura abgewimmelt und einfach stehen lassen.

„Das glaubst du doch nicht wirklich? Cem hat bloß ein großes Maul. Wie die meisten Jungs in dem Alter. Seinen Bruder wird er bestimmt nicht anrühren. Und wer sich mit Big Joe anlegt, der zieht leider ohnehin meist den Kürzeren, das hat er ja selbst schon erlebt."

„Trotzdem, wir müssen ihn warnen."

Nichts stand Simon ferner als das, aber damit Laura ihn zufrieden ließ, tat er so, als wäre er einverstanden. „Er wird ausrasten, aber gut, ich rufe ihn nachher mal an."

„Nicht nachher, sofort!"

Nun wurde auch Simon langsam wütend. „Warum machst du dir auf einmal solche Sorgen um ihn? Schon vergessen, er ist ein Kinderschänder!"

„Simon, dafür haben wir keine Beweise!"

„Glaubst du mir etwa nicht mehr?"

„Doch, natürlich! Ich sage ja auch nicht, dass er unschuldig ist. Aber Selbstjustiz – das geht gar nicht!"

Er wollte etwas erwidern, doch da klingelte plötzlich sein Handy. Es dauerte einen Moment, bis er den Ton zuordnen konnte, schließlich bekam er nur selten Anrufe.

„Wenn man vom Teufel spricht", sagte er, nachdem er den Namen des Anrufers auf dem Display gesehen hatte.

Das Gespräch dauerte keine zehn Sekunden. Simon konnte bloß noch „Okay, mach ich" sagen, da hatte Big Joe schon wieder aufgelegt.

„Was ist los? Warum hast du es ihm nicht gesagt?"

„Ich soll zu ihm kommen. Sofort."

„Ist Cem etwa schon bei ihm?"

„Unmöglich. Ich hab dir doch gesagt, er es ist in die entgegengesetzte Richtung gelaufen."

„Dann hat er ihn angerufen und am Telefon bedroht."

„Quatsch. Es geht bestimmt nur um die Arbeit, irgendwas mit der Homepage oder mal wieder diese bescheuerten Videos", sagte Simon, jedoch hauptsächlich um Laura zu beruhigen. Der Boss hatte seine dringliche Einladung zum Gespräch dafür etwas zu knapp und nachdrücklich hervorgebracht. Er hatte nicht so geklungen, als ob er etwas rein Berufliches mit ihm zu bereden hatte.

„Egal, ich komme mit."

„Nein Laura, das wirst du nicht. "

Verdutzt sah er sie an. Selbst Simon war überrascht davon, mit welcher Geschwindigkeit und Entschlossenheit er ihr eine Abfuhr erteilt hatte.

„Bitte, versteh mich nicht falsch. Du warst mir eine große Hilfe. Aber ich hätte dich da nicht mit reinziehen sollen. Das ist eine Sache zwischen Joachim Lieberknecht und mir."

„Ich kann dich doch da jetzt nicht allein hingehen lassen!"

Simon spürte, dass er mal wieder an einem Punkt in seinem Leben angelangt war, an dem er einen gewissen Weg eingeschlagen hatte und ihn nichts und niemand davon abbringen konnte, diesen bis zum Ende zu gehen.

„Du hast mich vorhin gefragt, ob wir wieder Freunde sein wollen. Wenn unsere Freundschaft noch eine Chance haben soll, dann fährst du jetzt nach Hause. Da drüben ist die Bushaltestelle. Ich melde mich später, versprochen. Vertrau mir. Ich bringe das in Ordnung mit Big Joe. Aber auf meine Art."

Sie sah nicht so aus, als würde sie ihm trauen, aber sie ging dennoch – ohne ein Wort des Abschieds. Simon hielt es durchaus für möglich, dass sie sich nie wieder sehen würden, aber es war ihm in diesem Moment beinahe egal.

Noch im Gehen suchte er auf seinem Smartphone nach Cems Profil, fand seine Kontaktdaten und schickte ihm eine Nachricht.

Schnellen Schrittes bewegte Simon sich durch die Häuserschluchten der Trabantenstadt. Mit jedem Meter, dem er sich dem Stahlhof näherte, wuchs seine Nervosität. Er versuchte, sich abzulenken, indem er seinen Blick über die Gebäude wandern ließ, an denen er vorbeikam. Je weiter er sich vom Zentrum entfernte, desto niedriger wurden sie. Der graue Beton war vielerorts einem bunten Anstrich gewichen, der jedoch das Elend dahinter nicht kaschieren konnte.

Schmachthagen war geprägt von Verfall, dem baulichen genauso wie dem seiner Bewohner. Die meisten Balkone waren ungepflegt, mit Unrat oder übergroßen Satellitenschüsseln vollgestellt, die Fenster schmutzig, die Blumenkübel leer oder vertrocknet, die gerade frisch in absurd knalligen Farben gestrichenen Hauseingänge schon wieder mit im Vergleich geradezu dezent wirkenden Graffiti überschmiert.

Das alte Fabrikgebäude am Rand der Siedlung, auf das Simon sich zielstrebig zubewegte, bildete da keine Ausnahme, im Gegenteil, es war noch viel verschmierter und heruntergekommener als die schlimmsten Blocks des Quartiers. Aber es versuchte wenigstens nicht, durch einen neuen Anstrich etwas anderes vorzugeben, sondern stand mit Stolz zu seiner bröckelnden Fassade.

Der Stahlhof war wie jeden Nachmittag gut besucht, überall tummelten sich kleine Grüppchen Kinder und Jugendliche, einige kannten Simon und hoben die Hand zum Gruß, doch zum Glück nirgendwo eine Spur von Emre oder gar Cem. Er erwiderte die Begrüßungen lediglich mit einem Nicken.

Von Big Joe fehlte jede Spur. In seinem Büro war er nicht. In der Werkstatt traf er den zotteligen Rainer, der an einem Mofa schraubte und ihm verriet, dass der Boss ihn in der Lounge erwartete. Spätestens jetzt wusste Simon, dass es sich nicht um ein normales Arbeitstreffen handeln konnte, wenn er ihn zu diesem, zu jener frühen Zeit verwaisten und ihm bis vor kurzem noch stets verschlossenen Ort zitierte.

Die Tür war erwartungsgemäß verriegelt. Er klopfte in hektischer Folge einige Male hintereinander, fast genauso schnell wie sein Herz schlug.

Es dauerte eine gefühlte Ewigkeit, bis Big Joe ihm persönlich öffnete. Kein übertrieben fester Händedruck, noch nicht einmal ein ironisches Grinsen hatte er diesmal für ihn übrig. Er machte bloß eine knappe Geste, mit der er ihn hineinbat. Zu Simons Überraschung waren sie nicht allein.

Es dauerte ein wenig, bis sich seine Augen an das schummrige Licht des nur durch den alten Kronleuchter erhellten, ansonsten fensterlosen Raumes gewöhnten. Doch plötzlich dämmerte ihm, wer da noch auf dem Plüschsofa saß.

„So, ihr Lieben. Jetzt wird reinen Tisch gemacht. *Tabula rasa.* Damit der ganze Kindergarten hier endlich mal aufhört. Setz dich hin, Simon. Er beißt nicht. Er will nur reden, versprochen."

Über ein halbes Jahrzehnt war es her, dass Simon ihn das letzte Mal gesehen hatte. Er war riesig, viel größer als er, seine Gesichtszüge waren kantig und erwachsen geworden, die Sommersprossen verschwunden und das Stupsnäschen längst verwachsen, aber zwei Dinge hatten ihn dennoch sofort verraten: Der Lockenkopf, auch wenn die Haare ungepflegter und kürzer waren als damals, und seine unverwechselbaren Augen. Anders als früher waren sie gerötet, die Pupillen wirkten verdächtig groß – aber der todernste, tieftraurige und dennoch wunderschöne Blick war ihm erhalten geblieben. Auch wenn er damit nur einen unbestimmten Punkt im Raum fixierte und Simon noch nicht ein einziges Mal angesehen hatte, war der Zauber oder zumindest die Erinnerung daran sofort wieder erwacht.

Da weder Simon noch Niklas Anstalten machten, ein Gespräch zu eröffnen oder sich wenigstens zu begrüßen, setzte Lieberknecht seine Ansprache fort. „Endlich ist mir wieder eingefallen, woher wir uns kennen, Simon. Es ist also doch fast genau so, wie ich von Anfang an befürchtet hatte: Ich hab dich hier vor hundert Jahren mal rausgeworfen. Aber nicht, weil du mir auf die Eier gegangen wärst. Sondern diesem jungen Mann hier. Und das hast du mir offenbar krumm genommen."

Simon dachte zum ersten Mal seit Ewigkeiten wieder daran, wie gehässig, ja beinahe grob der Pädagoge mit seiner ganzen mächtigen Erscheinung ihn damals davon abgehalten hatte, zu Niklas zu gelangen, nachdem dieser begonnen hatte, seine Nachmittage nicht mehr mit ihm, sondern nur noch im Stahlhof zu verbringen.

„Du weißt ganz genau, dass es nichts mit meinem Rauswurf hier zu tun hat. Es geht hier gar nicht um mich. Es geht um das, was du getan hast", sagte Simon.

Zu gern hätte er gesehen, wie Niklas auf seine Worte reagierte, doch er traute sich nicht, ihn anzusehen und verwendete all seine Energie darauf, dem bitterbösen Blick von Big Joe standzuhalten.

„Niklas, sag es ihm, bitte."

„Big Joe hat mich nie angefasst."

Auch wenn es aufgrund der ins Land gegangenen Jahre keinerlei Überraschung war, erschrak Simon, nachdem er Niklas nun erstmals mit tiefer, männlicher Stimme reden gehört hatte. Obwohl er nun also erwachsen war, deckte er Big Joe, ließ sich von ihm offenbar noch immer einschüchtern.

„Es gab einen Zeugen."

Nachdem Simon damals hatte einsehen müssen, dass es für einen Jungen wie ihn ohne Freunde und Allianzen im Viertel aussichtslos sein würde, gegen den Willen des Häuptlings in den geschlossenen Mikrokosmos des örtlichen Jugendclubs vorzudringen und sich seinen Freund zurückzuholen, war Jamal seine letzte Hoffnung gewesen. Er nahm all seinen Mut zusammen und fragte die coolen Kids, die vor dem Einkaufszentrum abhingen und rauchten, ob sie ihn kannten und nachdem er ein paar Mal zur Hölle oder auf falsche Fährten geschickt wurde, geriet er an ein kleines schwarzes Mädchen mit roten Schleifen im Haar, das sich als Jamals Nichte vorstellte und ihm bereitwillig verriet, wo er lebte.

Er traf ihn allein zu Hause an und war überrascht, wie freundlich der dicke Junge und einstige Widersacher ihn begrüßte. Keine zwei Minuten später saßen sie an seinem Rechner und spielten eines dieser Simon eigentlich strengstens verbotenen Ballerspiele.

Nachdem er wie in nahezu allen Videospielen schnell unterlegen war und bereits überlegte, wie er den schweigsamen Jamal dazu bringen konnte, mit ihm über das heikle Thema Niklas zu reden, beendete sein Gastgeber abrupt das Spiel – und öffnete ohne jede Vorankündigung eine ganz andere Art von Datei.

Natürlich hatte Simon gleich daran denken müssen, schon als er den PC in Jamals überraschend ordentlichem Zimmer nur erblickt hatte, wäre aber niemals auf den Gedanken gekommen, ihn darauf anzusprechen. Er fühlte sich überrumpelt, gar peinlich berührt und dachte zum ersten Mal daran, dass es Niklas womöglich genauso ergangen sein mochte, nachdem Simon ihm seine Hefte gezeigt hatte.

Doch er schob den Gedanken schnell wieder beiseite. Das hier hatte eine ganz andere Qualität. Gegen das Video, das Jamal ihm vorspielte, waren seine Pornos geradezu harmlos gewesen. So etwas hatte er wirklich noch nie gesehen, ja trotz aller Popularität homophober Beleidigungen auf dem Schulhof nicht einmal für möglich gehalten: zwei Männer, ein älterer und ein sehr junger, die miteinander Sex hatten! Obwohl seine Mutter hier wohl kaum von Frauenverachtung sprechen konnte, war Simon bewusst, dass es noch viel schlimmer war, sich so etwas anzusehen. Vor allem, weil er trotz aller Scham nicht verhindern konnte, dass die Bilder ihn erregten.

„Mach das aus, das ist ja ekelhaft", sagte er schließlich, viel zu spät um noch glaubwürdig zu wirken.

Er betete, dass Jamal nicht auf die gleiche Idee kam, auf die er noch wenige Nächte zuvor mit Niklas gekommen war, doch zum Glück machte er diesbezüglich keinerlei Anstalten und brach die Wiedergabe tatsächlich ab.

„Wo hast du das her?"

„Sag ich nicht."

„Hast du Niklas das auch gezeigt?"

Jamal zuckte nur mit den Schultern, doch Simon kannte die Antwort bereits.

„Fand er es gut?"

„Niklas ist doof."

„Warum?"

Wieder zuckte er bloß mit den Schultern, während er mit der Maus wild und ohne erkennbaren Grund auf dem Bildschirm herumklickte.

Es war eine denkbar schlechte Überleitung und Simon hatte mittlerweile starke Zweifel, ob sein Plan zu irgendetwas taugte, aber er musste es dennoch versuchen: „Wollen wir zum Stahlhof gehen und wieder zusammen mit Niklas was machen?"

Er schüttelte mit dem Kopf. „Hab Hausverbot vom Boss."

„Warum?"

Simon rechnete nicht ernsthaft mit einer Antwort und war um so erstaunter, als der bis eben noch so schweigsame Jamal seine Erklärung vortrug – in einer Tonlage, als würde er davon erzählen, was es zum Mittagessen gegeben hatte.

„Dieser Big Joe wollte sein Ding bei uns reinstecken wie in dem Video. Ich hab Nein gesagt, aber der doofe Niklas hat ihn gelassen und sie haben mich rausgeworfen."

Was er da vortrug, war völlig unfassbar. Und schon deshalb musste es stimmen.

„So etwas denkt sich doch kein Kind aus. Egal welche Videos es auf dem Rechner hat."

Kommentarlos schob Big Joe einen Schnellhefter in Simons Richtung. Er musste die ganze Zeit schon auf dem Tisch gelegen haben, war Simon aber noch gar nicht aufgefallen.

„Das geht zwar gegen jede Menge Regeln, an die sogar ich mich normalerweise halte, aber das hier ist wichtig, also machen wir mal eine Ausnahme. Das ist eine Kopie der damaligen Akte. Und damit du mir nicht gleich mit der nächsten Verschwörungstheorie kommst, schau dir an, wer den Fall damals im Auftrag des Jugendamtes betreut hat: deine liebe Freundin Anke Gebhardt."

Simon blätterte in den Papieren, las quer. Auffälligkeiten in der Schule. Aggressionen im Jugendclub. Sexuelle Belästigung anderer Kinder. Anzeichen für Traumata. Wiederholter, schwerer sexueller Missbrauch. Unterbringung in einer Facheinrichtung. Strafprozess. Langjährige Haftstrafe.

Und immer wieder: Der eigene Vater.

34.

„Das beweist gar nichts." Ich klappte die Akte zu und warf sie etwas zu schwungvoll auf den winzigen Couchtisch, so dass sie Niklas vor die Füße fiel und die nur lose eingelegten Blätter sich auf dem Boden verteilten. Niemand hob sie auf.

„Oh Mann, du hast dich echt überhaupt nicht verändert."

Ich verspürte beinahe Erleichterung, dass Niklas endlich mit mir sprach, mich ansah, auch wenn die gleiche Abscheu in seinen Worten lag, mit der er mich schon damals so schmerzhaft zurückgewiesen hatte.

„Es tut mir leid. Ich weiß, ich habe einen schlimmen Fehler gemacht. Ich hätte mich gern schon früher bei dir entschuldigt, aber das hat Big Joe ja erfolgreich zu verhindern gewusst. Bitte gib mir die Chance, es wieder gutzumachen."

„Ach ja, du glaubst, das kann man wiedergutmachen? Fünf Jahre in einer beschissenen Wohngruppe mit lauter mindestens genauso gestörten Kindern wie Jamal, nur weil du und deine tolle Familie gern einen süßen kleinen Nigger als Vorzeige-Pflegekind gehabt hättet?"

Es war, als hätte er mir ein Messer in den Rücken gestochen.

„Wenn du nicht zu uns mochtest, warum bist du nicht wenigstens zu deinem Vater?", sagte ich, nur um irgendetwas zu sagen. Auch wenn dieses Gespräch eine Qual war, wollte ich nicht, dass es vorüber ging.

„Seine Neue ist eine Schlampe. Die wollte mich eh nie. Der Einzige, der damals zu mir gehalten hat, war Big Joe. Nur seinetwegen hab ich mich drauf eingelassen, heute hierherzukommen. Weil ich nicht zulasse, dass du ihn aus bloßer Eifersucht fertig machst, für etwas, das er nie getan hat. Etwas, das sich nur in deiner und Jamals kranker Fantasie abspielt."

Ich wusste nicht, was schlimmer wog: dass er mir meine unbeholfenen Annäherungsversuche, meine pubertäre Schwärmerei offenbar noch immer übel nahm oder dass ihm an einem zweifelhaften, schmierigen Pädagogen wie Big Joe mehr gelegen war als an mir, seinem ehemals besten Freund, der zwar Fehler gemacht hatte, aber dennoch alles für ihn getan und ihn vergöttert hatte.

Ich spürte, wie Tränen von innen auf meine Augen drückten. Es war wie ein Déjà-vu. Er wollte aufstehen, ich griff nach seinem Arm, doch er entzog sich mir blitzschnell, wandte sich an den Stahlhof-Chef.

„Mach's gut, Boss."

„Danke, Niklas."

Unfähig etwas zu sagen oder ihm zu folgen, ließ ich abermals zu, dass er mich verließ. Natürlich konnte ich nicht erwarten, dass er sich von mir ebenfalls halbwegs anständig verabschiedete, aber ich wäre ja schon froh gewesen, wenn er überhaupt noch mit mir geredet hätte. Doch er ging einfach. Nicht einmal besonders schnell. Ich erwartete, er würde die Tür zuknallen, aber er ließ sie offen stehen. Ich sah ihm nach. Anders als damals drehte er sich nicht mehr zu mir um.

Ich war ihm egal. Das hatte ich nicht verdient. Diesmal nicht. Warum konnte er meine Entschuldigung nicht annehmen?

Die Antwort saß direkt vor mir und machte einen unfassbar selbstgefälligen, zufriedenen Eindruck. Selbst wenn es wirklich stimmte und der widerliche Big Joe Niklas nicht angefasst hatte, änderte es nichts daran, dass er derjenige war, der ihn mir genommen hatte.

Eine solche Wut überkam mich, dass ich ihm am liebsten ins Gesicht geschlagen hätte, in das mittlerweile sein charakteristisches Boss-Grinsen zurückgekehrt war.

„Und noch etwas, mit dem ich recht hatte: Du stehst also doch auf kleine Jungs."

Der Drang, auf ihn loszugehen, wurde immer größer. Nur mit Mühe und weil ich wusste, dass er stärker als ich war, konnte ich mich zurückhalten, was ihn offenbar ermutigte, seine Demütigung fortzusetzen.

„Bevor du kamst, hat mir Niklas gestanden, was du damals im zarten Alter von dreizehn schon so alles angestellt hast, um ihm an die Wäsche zu gehen. Und da du offenbar noch immer von diesem Thema besessen bist, gibt es für mich Grund zur Annahme, dass es besser für alle Beteiligten wäre, wenn jemand wie du keinen pädagogischen Beruf ergreift."

Ich war fassungslos ob der Unverschämtheiten, die sich Big Joe erlaubte und teilte ihm das genauso mit. „Du hast kein Recht, moralisch über mich zu urteilen. Wenn hier jemand als Pädagoge versagt, dann du. Dafür gibt es Beweise. Auf Video."

Er winkte ab, wurde schlagartig wieder ernst. „Ich habe mit dem Jugendamt darüber gesprochen. Der Referatsleiter ist ein alter Kumpel von mir. Er weiß Bescheid. Auch über die bislang unbekannten Videos und darüber, dass du mich erpresst. Du bist gefeuert, Simon. Diesmal werde ich wirklich dafür sorgen, dass du nie mehr einen Fuß in den Stahlhof setzt, versprochen. Und am besten auch sonst in keine andere Einrichtung mehr. Du weißt, ich habe noch 'ne Menge guter Kontakte."

Er stand auf und erwartete offenbar, dass ich es ihm gleich tun würde, doch ich war noch nicht fertig. Ich holte seelenruhig mein Telefon hervor, öffnete die gesendeten Nachrichten auf und wählte die oberste Nummer.

„Du kannst kommen. Wir sind unten in der Lounge. Er hat alles gestanden."

„Was soll das? Mit wem hast du da gesprochen? Deine Reporter-Freundin? Die wollte ich eigentlich ja schon immer mal kennenlernen."

Untypischerweise lachte er nicht über seinen eigenen Witz, sondern machte einen leicht verdutzten Eindruck. Ich hatte Mühe, meinen Stolz über diesen gelungenen Spielzug zu verbergen – jetzt wo er glaubte, er habe mich so gut wie schachmatt gesetzt.

„Wie dem auch sei, die Sitzung hier ist beendet. Ich begleite dich gern noch nach oben, aber wer auch immer da ist, ich…"

Er beendete den Satz nicht. Cem stürmte in die Lounge. Ehe ich mich versah stand er direkt vor Big Joe.

„Du Schwein hast dich an meinem Bruder vergangen!"

„Cem, bitte beruhig' dich. Setz dich. Egal was Simon dir erzählt hat, es ist gelogen."

Cem machte keine Anstalten sich zu setzen und so blieb auch Big Joe stehen. Sein Atem roch dermaßen stark nach Schnaps, dass selbst ich es wahrnahm, obwohl die beiden gut einen Meter von mir entfernt standen.

„Er hat's mir gegenüber zugegeben. Es gibt sogar schon einen Bericht, hier, guck mal."

Ich bückte mich und hob eines der Blätter aus der Akte auf, die noch immer auf dem Boden lagen, in der Hoffnung, eines derer gegriffen zu haben, in dem die Namen geschwärzt, „sexueller Missbrauch" aber in jedem zweiten Satz vorkam. Doch er wollte es gar nicht sehen, schlug es mir beinahe aus der Hand.

„Ich will, dass er es mir selbst erzählt."

„Es gibt nichts zu erzählen. Du wurdest mal wieder verarscht, Cem. Guck dir das Papier ruhig an. Simon ist ein miserabler Schmierenkomödiant, sonst nichts. Warum lässt du dich eigentlich immer so leicht verarschen? Erst tanzt dir dein Mädchen auf der Nase rum und jetzt lässt du dir auch noch…"

„Halt dein Maul! Sag mir, was du mit Emre gemacht hast!"

„Frag ihn doch selbst."

„Der heult nur. Sagt, du bist wie ein Vater für ihn und so 'ne Scheiße. Mann, ich weiß, wann mein Bruder mir was verheimlicht. Mit dem stimmt doch was nicht, seitdem er ständig mit dir abhängt. Was ist da gelaufen? Ich lass nicht zu, dass du meine Familie beschmutzt!"

Obwohl Cem genauso groß wie Big Joe war und vielleicht über weniger Körperfett, wohl aber über eine gehörige Portion Muskeln verfügte, wich der Pädagoge keinen Zentimeter zurück. Er schien sich leider nicht im Geringsten vor dem aufgebrachten Jungen zu fürchten. Wie mich diese selbstgefällige Arroganz doch anwiderte!

„Cem, es hat keinen Zweck", sagte ich.

„Misch du dich da nicht ein."

„Er wird alles abstreiten. Er wird seine Kontakte beim Jugendamt nutzen, um meinen Bericht irgendwo in der Schublade verschwinden zu lassen. Es tut mir leid, ich hab es wirklich versucht. Aber leider wird er damit durchkommen. Hast du den jungen Mann noch gesehen? Der müsste dir entgegengekommen sein. Den hat er auch missbraucht, auch er hat nie ausgesagt, heute ist er ein Junkie…"

„Simon Specht, bist du eigentlich völlig übergeschnappt? Was ziehst du hier für eine beschissene Show ab?", unterbrach Big Joe mich. Endlich wurde er wütend, hatte ich ihn provozieren können. Auch wenn ich eigentlich nicht ihn, sondern Cem anstacheln wollte.

Doch auch dieser schien von meinen Worten zum Glück nicht unbeeindruckt geblieben zu sein. Er trat noch näher an Big Joe heran und fasste ihn unsanft mit beiden Händen an die Ärmel, versetzte ihm einen leichten Stoß, der ihn jedoch aufgrund seiner Körperfülle nur minimal erschütterte.

„Was wollt ihr eigentlich von mir, ihr Versager? Ich weiß gar nicht, was schlimmer ist: Einer erzählt Märchen und der andere ist auch noch so beschränkt und glaub den Mist! Verschwindet sofort und lasst euch hier nie mehr blicken!"

„Wie hast du mich gerade genannt, du Hurensohn?"

Endlich machte Big Joe einen Schritt zurück. Obwohl er sich nichts anmerken ließ war das ein erster Punktgewinn für den Aggressor.

„Weißt du, ich hatte wirklich eine Menge Verständnis für dich, Cem. Hab dich nie angezeigt wegen deiner ganzen Videoscheiße. Du hast deine

Freundin an einen anderen Typen verloren, die erste große Liebe, da kann man schon mal auf blöde Ideen kommen. Aber das hier ist 'ne andere Nummer: Beleidigung. Hausfriedensbruch. Üble Nachrede. Verleumdung. Bedrohung. Wenn du nicht im Knast landen willst, dann hörst du jetzt auf mit dem Theater und haust ab, verstanden?"

„Du wirst im Knast landen, du Kinderficker!"

„Nein, wird er nicht. Leute wie er kommen immer irgendwie davon", sagte ich. Auch wenn ich damit riskierte, einen Teil seines Zorns abzubekommen, war die Verlockung zu groß, seine Leidenschaft auf diese einfache Art noch ein wenig am Köcheln zu halten. Doch er beachtete mich nicht, war zu sehr damit beschäftigt, Big Joes böse Blicke zu erwidern und ihn erneut zu schubsen. Diesmal sah sich sein Gegenüber genötigt, gleich zwei Schritte zurückzutreten.

„Bleib hier, du Feigling!", rief Cem, während er ihm erneut auf die Pelle rückte.

„Ich hab keine Angst vor dir, du kleiner Hosenscheißer. Ich kann nur deinen Gestank nicht mehr ertragen. Und wenn du säufst, wirst du immer so aggressiv. Kein Wunder, dass dir deine Freundin davongelaufen ist und dein kleiner Bruder lieber mit mir…"

Er konnte den Satz nicht beenden. Ich weiß nicht, ob es an der spärlichen Beleuchtung in der Lounge lag oder daran, dass alles so schnell ging, aber es dauerte eine halbe Ewigkeit, bis ich verstanden hatte, dass der Gegenstand, den Cem da plötzlich in der Hand hielt, ein Messer war und dass er damit nicht bloß herumgefuchtelt, sondern zugestochen hatte.

Und es wieder tat. Und noch einmal. Und noch ein weiteres Mal. Bis sein Kontrahent zu Boden ging und sich eine Pfütze aus schwarzem Blut langsam, aber stetig auf seinem Jeanshemd ausbreitete.

Cem war längst davongerannt, während ich noch immer reglos daneben stand und zusah, wie aus dem großen Pädagogen, den alle doch so ehrfürchtig immer Big Joe oder einfach nur Boss genannt hatten, ein Häufchen Elend wurde, aus dem sukzessive jedes Leben wich.

Für einen kurzen Moment empfand ich so etwas wie Mitleid.

Epilog

„Sind das echte Diamanten?"

Der Junge schien noch immer kaum müde zu sein. Munter sah er sich im Raum um und stellte Fragen. Hätte er ihn doch bloß überredet, mehr von der Cola zu trinken.

„Schön wär's! Das ist bloß Glas und das Licht von der Discokugel, das sich darin spiegelt, deswegen funkelt es so."

„Kannst du noch mal die Maschine mit dem Rauch anmachen, Boss?"

„Klar."

Nachdem sich der Qualm langsam verzogen hatte, bemerkte er endlich ein Gähnen. Zeit für den nächsten Schritt.

„Du wirkst erschöpft. Leg dich ruhig mal hier aufs Sofa, das ist echt bequem! Ich bin gleich wieder da, dann zeig ich dir noch was besonders Cooles, das ich noch keinem gezeigt hab."

„Was denn?"

Seine eigentlich so tieftraurigen Augen funkelten prächtiger als der Kronleuchter über ihnen. Es tat beinahe weh, so perfekt war dieser Junge.

„Verrate ich dir gleich. Ist doch eine Überraschung. Ich muss nur noch mal kurz nach oben. Leg dich hin und rühr dich nicht von der Stelle! Am besten du machst die Augen zu und erst wieder auf, wenn ich es dir sage."

Er tat, worum er ihn gebeten hatte, auch wenn davon auszugehen war, dass er die Augen wieder öffnen würde, sobald der Pädagoge den Raum verlassen hatte. Aber früher oder später würden sie ihm zufallen, so viel war sicher.

Glücklicherweise hatte ihn beim Verlassen der Lounge niemand gesehen. Um diese Uhrzeit und bei gutem Wetter spielte sich das Leben auf dem Stahlhof fast ausschließlich draußen ab. Er durchsuchte seine Taschen nach etwas Schweigegeld, das er dem Jungen notfalls geben konnte, falls er auch bei seiner Rückkehr noch nicht schlafen sollte, doch bis auf ein paar Münzen und eine alte, völlig zerknitterte Visitenkarte befand sich kaum etwas von Wert in seinem Portmonee.

Als er die Lounge erneut betrat, stellte er erleichtert fest, dass der Junge nun doch eingeschlafen war. Langsam und routiniert begann er, ihn zu entkleiden.

Je mehr von seiner dunklen Haut, seinem feingliedrigen Körper zu sehen war, um so unfassbarer erschien ihm, was er da gerade erlebte. Wie lange hatte er auf so einen Knaben gewartet. Das musste ein Zeichen sein. Es konnte sich schlicht nicht mehr um einen Zufall handeln, so groß waren die Übereinstimmungen.

Er nahm sich fest vor, sich diesmal besonders viel Zeit zu lassen, es auszukosten. Er durfte nichts überstürzen. Vor allem natürlich, um kein Risiko einzugehen, aber auch, weil dieser Junge anders als alle bisherigen war.

Nur anschauen, nicht anfassen – so hatte vor Jahren alles begonnen. Doch heute, das wusste er bereits jetzt, würde es schwerer denn je werden, sich an seine selbst auferlegten Regeln zu halten.

Schließlich überkam ihn ein so übermächtiges Verlangen, dass er der Versuchung unterlag. Er berührte den Körper des schlafenden Kindes an seiner intimsten und gleichzeitig aufregendsten Stelle.

„Niklas!", flüsterte er leise, wobei seine Lippen vor Erregung bebten.

Ein warmes Gefühl des Triumphs machte sich in ihm breit. Es fühlte sich so echt an. All die Intrigen, die Machtkämpfe, die Lügen, seine jahrelange Geduld, bis er endlich den Posten hatte ergattern können, wurden mit diesem einen Augenblick belohnt, in dem er wiederfand, was er längst verloren geglaubt hatte.

Natürlich war es ein entsetzlich flüchtiges Glück, wenn das Einzige auf der Welt, das ihm Befriedigung verschaffen konnte, der Anblick eines entblößten, kleinen, schwarzen, schlafenden Jungen war.

Das Kind wachte nicht auf, auch nicht, nachdem er fertig war. Einmal mehr hatte Simon Glück gehabt.

Danksagung

Ich danke meinen wundervollen Lesern, die mir ihre Gefühle und Gedanken zu „Die Sache mit Peter" geschrieben und mich durch ihr wertvolles Feedback darin bestärkt haben, weiterzumachen – und die mir treu geblieben sind, auch wenn dieses Buch ganz anders geworden ist.

Vor allem aber danke ich meinem Mann für seine Liebe und Unterstützung. Simon und Big Joe hätte es ohne ihn nicht gegeben, denn niemand kennt ihre guten und ihre dunklen Seiten so gut wie er.